中华经典诗话

词品

【明】杨慎 撰　高林广 评注

中華書局

图书在版编目(CIP)数据

词品/(明)杨慎撰;高林广评注. —北京:中华书局,2019.1
(中华经典诗话)
ISBN 978-7-101-12408-8

Ⅰ.词… Ⅱ.①杨…②高… Ⅲ.词(文学)-文学研究-中国-古代 Ⅳ.I207.23

中国版本图书馆 CIP 数据核字(2017)第 008999 号

书　　名	词　品
撰　　者	〔明〕杨　慎
评 注 者	高林广
丛 书 名	中华经典诗话
责任编辑	宋凤娣
出版发行	中华书局 (北京市丰台区太平桥西里 38 号　100073) http://www.zhbc.com.cn E-mail:zhbc@zhbc.com.cn
印　　刷	北京市白帆印务有限公司
版　　次	2019 年 1 月北京第 1 版 2019 年 1 月北京第 1 次印刷
规　　格	开本/710×1000 毫米　1/16 印张 18¾　插页 2　字数 180 千字
印　　数	1-8000 册
国际书号	ISBN 978-7-101-12408-8
定　　价	38.00 元

前　言

一

杨慎（1488—1559），字用修，号升庵，新都（今四川成都）人。“幼警敏，十一岁能诗。十二拟作《古战场文》《过秦论》，长老惊异。入京，赋《黄叶诗》，李东阳见而嗟赏，令受业门下。”（《明史·杨慎传》）武宗正德六年（1511）殿试第一，授翰林修撰。参预修撰《武宗实录》，秉性刚直，事必直书。武宗微行出居庸关，抗疏切谏。世宗立，充经筵讲官。嘉靖三年（1524）廷臣“议大礼”，杨慎等三十六人上言抗谏，背旨，受廷杖，贬云南永昌卫。自此以后，或归蜀，或居云南会城，或留戍所，达三十余年之久。嘉靖三十八年（1559）卒于戍所。隆庆初，赠光禄少卿；天启中，追谥文宪。

杨慎渊雅博丽，著述颇丰。《明史·杨慎传》称：“明世记诵之博，著作之富，推慎为第一。诗文外，杂著至一百余种，并行于世。”其诗文作品主要见于《升庵集》八十一卷和《遗集》二十六卷中。存诗二千三百余首，其诗雄浑蕴藉，工致绮丽，清沈德潜《明诗别裁集》评价说：“升庵以高明伉爽之才，宏博绝丽之学，随题赋形，一空依傍，于李（梦阳）、何（景明）诸子外，拔戟自成一队。”又有《升庵长短句》三卷,《升庵长短句续集》三卷，存词三百四十余首，明王世贞《艺苑卮言》评价其词曰:“杨状元用修，好入六朝丽事，似近而远。”长短句创作之外，杨慎尚有不少词学著作，如《词品》以及词选《百琲明珠》《词林万选》等，另外，他还评点过《草堂诗余》。因此，杨慎是集作词、论词、选词、评词为一身的著名词学家，被王世贞誉为“词家功臣”。其中，尤以《词品》影响最大。

《词品》为通代词学论著，论析范围从六朝讫于明代。全书辨析文理，研讨正变，考订名物，诠次字句，涉及词的源起、词体特性、词人故实、词作品鉴、风格兴寄、韵律字词等众多内容。清李调元《雨村词话序》评为:“吾蜀升庵《词品》，最为允当，胜弇州之英雄欺人十倍。”清吴衡照《莲子居词话》卷二也给予了很高的评价:“杨用修《词品》四卷，论列诗余，颇具知人论世之概，不独引据博洽而已。其引据处，亦足正俗本之误……其他辨订，渊该综核，终非陈耀文、胡应麟辈所可仰而攻也。”

《词品》是在杨慎远谪滇南时完成的，由于地处荒蛮，闻见有限，加之资料稀少，检阅不便，致使书中出现了不少讹误。对此，明胡应麟《少室山房笔丛》、陈耀文《正杨》多有指摘，清谢章铤《赌棋山庄词话》也曾指出:“杨升庵《词品》六卷，补遗一卷，中记刘子寰、马子严、冯艾子，皆以名为字。张仲宗又专举其字，而失记其名，殊误。谓词名多取诗句，虽历历引据，率皆附会，屡为《笔丛》辨驳。”此外,《词品》又大量摘录、抄袭宋元人著述，这部分内容约占全书的四分之一，这也使后人对《词品》的价值产生了疑议。

二

尽管《词品》存在较多的舛谬和不当，但总体看来，仍然具有较高的词学价值，在中国词学史上具有较为重要的地位。清谢章铤《赌棋山庄词话》在指摘《词品》之失的同时，也客观地指出："然大体极有可观。盖升庵素称博洽，于词更非门外道黑白。"吴梅《词学通论》也讲过："《词品》虽多偏驳，顾考核流别，研讨正变，确有为他家所不如者。"

《词品》所涉及的理论问题较多，现择其要者简单归纳如下。

（一）论词的起源

关于词的起源，文学史上有源于《诗经》、源于乐府、源于唐教坊曲等说法。杨慎认为，词源于六朝，其《词品序》开宗明义指出："诗词同工而异曲，共源而分派。在六朝，若陶弘景之《寒夜怨》，梁武帝之《江南弄》，陆琼之《饮酒乐》，隋炀帝之《望江南》，填词之体已具矣。"杨慎所列诸篇均为诗，与后世真正意义上的由乐定辞、依曲定体的词体尚有很大差异。不过，这些诗在句式、结构、韵律、格调等方面确与词有相似之处。如，南朝梁陶弘景《寒夜怨》间用长短句，句式参差错落，从形式上看确与词体具有一定的相似之处；此外，该诗情致婉媚，冲淡秀洁，与后世词特别是婉约词具有相似的内容情趣和格调气韵。再如，梁武帝之"改"西曲，"制"《江南弄》，与后世的"依声填词"有相似之处；《江南弄》六首，中用叠句，这有其音乐上的缘由和作用；而大量和作的出现，则是在完全遵循原有曲调、韵律形式的基础上进行，这又与后世的依曲填词相类。又如，南朝梁陈陆琼《还台乐》属六言古体诗，从体式上看，唐五代《破阵乐》六言八句一体，《何满子》六言六句一体，确与陆琼《还台乐》颇多接近。因此，杨慎讲："填词起于唐人，而六朝已滥觞矣。"（卷一《梁武帝〈江南弄〉》）

《词品》卷一从词调缘起、句式变化、故实纪传、诗词关系、韵律形式、字源词典、风华情致等方面多方考论了词与六朝文学的关系。杨慎认为，词之源在六朝；不仅如此，"大率六朝人诗，风华情致，若作长短句，即是词也"（卷一《王筠〈楚妃吟〉》），其中一些观点，对于考察词的历史与递嬗痕迹有重要的参鉴意义。如，《穆护砂》乃"隋朝曲也。与《水调》《河传》同时，皆隋开汴河时，词人所制劳歌也"（卷一《穆护砂》）；梁简文帝《春情曲》为"唐律之祖"，"唐词《瑞鹧鸪》格韵似之"（卷一《梁简文〈春情曲〉》）等。杨慎所论，虽时有舛误，但亦能自成一家，在中国词学史上影响巨大。受杨慎影响，后世持相似观点者为数不少。例如，明王世贞《艺苑卮言》："词者，乐府之变也。昔人谓李太白《菩萨蛮》《忆秦娥》，杨用修又传其《清平乐》二首，以为词祖。不知隋炀帝已有《望江南》词。盖六朝诸君臣，颂酒赓色，务裁艳语，默启词端，实为滥觞之始。"清刘熙载《词概》："梁武帝《江南弄》、陶弘景《寒夜怨》、陆琼《饮酒乐》、徐孝穆《长相思》，皆具词体，而堂庑未大。至太白《菩萨蛮》之'繁情促节'，《忆秦娥》之'长吟远慕'，遂使前此诸家，悉归环内。"近代王国维《戏曲考源》："诗余之兴，齐梁小乐府先之。"

（二）论词调的缘起与流变

词调（或称词牌）是填词用的曲调名。流传至今的词调名有一千个以上，每一个词调都有其特定的内涵和体式要求。对词调来源的考释是词学研究的重要内容,《词品》对这一问题多有涉及。

杨慎认为,词调名多来自古人诗句。杨慎“掇拾古语以牵合词调名义”(《四库全书总目》卷二〇〇《填词名解》“提要”),对《蝶恋花》等众多词调的来源进行了推考。例如,“《蝶恋花》则取梁元帝‘翻阶蛱蝶恋花情’。《满庭芳》则取吴融‘满庭芳草易黄昏’。《点绛唇》则取江淹‘白雪凝琼貌,明珠点绛唇’。《鹧鸪天》则取郑嵎‘春游鸡鹿塞,家在鹧鸪天’。《惜余春》则取太白赋语。《浣溪沙》则取少陵诗意。《青玉案》则取《四愁诗》语”(卷一《词名多取诗句》)。再如,《踏莎行》本韩翃诗“踏莎行草过春溪”(卷一《踏莎行》)等。杨慎从文学史料着手,侧重于探讨词调与魏晋唐人诗歌创作的渊源关系。由于缺少翔实的文献依据,也没有作进一步的说明和辨析,杨慎所作出的判断和所得出的结论,往往显得感性有余而理据不足。不过,此中却贯穿了杨慎“诗词同源”的思想。从一定意义上讲,这一观念体现了杨慎对词体地位的尊崇和肯定。

诗之外,杨慎又以为有些词调出于魏晋及唐人的史志、笔记、小说甚至佛典等。例如:“唐人小说《冥音录》,载曲名有《上江虹》,即《满江红》。《红窗影》,即《红窗迥》也。”(卷一《〈上江虹〉〈红窗影〉》)再如:“西域诸国妇人,编发垂髫,饰以杂华,如中国塑佛像璎珞之饰,曰菩萨鬘,曲名取此。《唐书》吕元济上书,‘比见方邑,相率为浑脱队,骏马胡服,名曰苏幕遮’,曲名亦取此。李太白诗‘公孙大娘浑脱舞’,即此际之事也。”(卷一《〈菩萨鬘〉〈苏幕遮〉》)《词品》还多从乐曲名物、韵律特点等探讨词调的渊源与特点,这些考释为后人的相关研究提供了直观的史料参照,具有重要的词学价值。

名称之外,《词品》对于词调与内容的关系多有解释。杨慎承续宋黄昇《花庵词选》“唐词多缘题所赋”的论点，认为唐代词调多与词作所写内容相一致。例如，南唐李后主《捣练子》“即咏捣练，乃唐词本体也”（卷一《捣练子》）；宋王晋卿《人月圆》“即咏元宵，犹是唐人之意”（卷一《人月圆》）；“《临江仙》则言水仙,《女冠子》则述道情,《河渎神》则咏祠庙,《巫山一段云》则状巫峡。如此词题曰《醉公子》，即咏公子醉也”（卷一《醉公子》）。不过，词调的来源和产生又是比较复杂的，并不是每一个词调和所咏内容之间都存在着必然的关联。有鉴于此，杨慎又论析了“借腔别咏”的问题。例如,《干荷叶》曲本该咏荷，但刘秉忠却用此调写出吊宋之作，杨慎认为“此借腔别咏，后世词例也”（卷一《干荷叶》）。杨慎的考论符合词体创作的演变过程，对于进一步认识词体的演变过程具有积极意义。

（三）论词体特性

词在诞生之初，就有比较明显的香艳性、缘情性、柔媚性等特点，其基本功能是遣兴娱宾，而不是言志抒怀。这一点有别于诗，因此，词又称为“诗余”。其后，词的表现范围日渐扩大，词的功能和作用更趋丰富，人们对词体特性的体认也各有侧重。杨慎对慷慨清拔、匡时济世之作持赞赏态度，不过，相比之下，他更喜欢风华情致、约情合中一类词作。杨慎论词主“情致”，这在《词品》中多有体现，如卷一《王筠〈楚妃吟〉》曰：“大率六朝人诗，风华情致，若作长短句，即是词也。”卷二《莲词第一》中，杨慎评欧阳修咏莲花词“情思两极”，故而推为“古今莲词第一也”。卷三《林和靖》以“甚有情致”评林逋《长相思》一词。卷三《韩范二公词》评韩琦和范仲淹曰：“二公（韩琦、范仲淹）一时熏德重望，而词亦情致如此。大抵人自情中生，焉能无情，但不过甚而已。宋儒云：‘禅家有为绝欲之说者，欲之所以益炽也。道家有为忘情之说者，情之所以益荡也。圣贤但云寡欲养心，约情合中而已。’”拾遗《于湖〈南乡子〉》评朱熹曰：“则晦翁于宴席，未尝不用妓。广平之赋梅花，又司马公亦有艳辞，亦何伤于清介乎？”

杨慎所处的时代，理学统治文坛，复古之风大盛。在理学家看来，情欲与天理水火不容，“情之溺人也甚于水”（宋邵雍《伊川击壤集序》）。词以抒写情性为主，自然就受到了理学家的轻视和排斥。但在杨慎看来，“大抵人自情中生，焉能无情”（卷三《韩范二公词》），因此，词中抒写情致是合情合理的；不独六朝作品多风华情致，宋代欧阳修、韩琦、范仲淹、朱熹词等也概莫能外。杨慎批评了禅家的“绝欲”说、道家的“忘情”说和理学家的“禁欲”论，突出强调了词的抒情功能。实际上，这也是对词的历史地位和文学特性的充分肯定。在理学盛行、扬理抑情的文化背景下，此论亦明显包含了对理学及其思想主张的批判和反驳。其后，明代中后期主情、尊情之说大盛，并最终发展成为一种声势浩大的思想解放思潮，并直接推动了文学的发展。如，明徐祯卿主张“因情立格”（《谈艺录》），明李梦阳讲“真者，音之发而情之原也”（《诗集自序》），“前后七子”“公安三袁”、李贽、冯梦龙、汤显祖等，都莫不强调情的地位和价值。杨慎一方面强调了情之必有和词中写情之必然，另一方面又主张“不过甚”，要“寡欲养心”“约情合中”，这实际上是对传统儒学“发乎情，止乎礼义”“乐而不淫，哀而不伤”等观念的继承。

（四）论词人品行、学识与词作的关系

《论语·宪问》曰："有德者必有言，有言者不必有德。"有德之人一定会有出色的言论，有出色言论的人不一定有德，因此作家的品行学养就显得尤为重要。卷二《曹元宠梅词》一则曰："徽宗时禁苏学，元宠（曹组）又近幸之臣，而暗用苏句，其所谓掩耳盗铃者。噫，奸臣丑正恶直，徒为劳尔。"曹组是徽宗的文学侍臣，"以占对开敏得幸"（《宋史·曹勋传》），确为"近幸之臣"；杨慎崇尚苏轼其人、其作，又鄙薄曹组之为人，因此才有"掩耳盗铃""奸臣丑正恶直"之评。卷三《初寮词》讲，王安中"初为东坡门下士，诗文颇得膏腴。……其后附蔡京，遂叛东坡，其人不足道也"。王安中曾拜苏轼为师，登第后，又以弟子礼事苏门中人晁说之。但王安中显贵之后，对于求学晁说之一段经历却颇为忌讳；又谄事蔡京父子，品行轻薄。因此，杨慎言"其人不足道也"。对于那些清标玄致、英英独照一类词家，杨慎又极力推许，褒扬有加。如其评张元幹曰："以送胡澹庵及寄李纲词得罪，忠义流也。"（卷三《张仲宗》）杨慎对张元幹词中的英雄之气、悲愤之情大为嘉许，认为虽然其词不甚工，但"忠义"可嘉，"亦当传""宜表出之"。再如，其评王迈曰："实之盖进则忠鲠，退则豪侠，元龙、太白一流人也。可以补史氏之遗。"（卷四《王实之》）杨慎引刘克庄《满江红·送王实之》词及《宴吉倅王实之》文，对王迈的才性、气质、政治品节等予以了高度评价。又如，其评刘辰翁《宝鼎现》曰："此词题云'丁酉'，盖元成宗大德元年，亦渊明书甲子之意也。词意凄婉，与《麦秀歌》何殊！"（补《刘会孟》）对刘辰翁的政治品节大为推许。

品行之外，杨慎对词人的学识亦多有强调。如卷一《欧苏词用选语》曰：

“填词虽于文为末，而非自《选》诗、《乐府》来，亦不能入妙。”主张词人应多研读《文选》《乐府诗集》等古代典籍，缵修前续，斟酌古语，取其精华，以此来增长才识，使词作臻于妙境。卷二《邱长春梨花词》曰：“天上无不识字神仙，世间宁有不读书道学耶？”此论意在褒扬邱处机学识渊博、勤于著述；同时，也对“束书不看”、妄言玄理者提出批评。卷三《张仲宗词用唐诗语》曰：“词虽一小技，然非胸中有万卷，下笔无一尘，亦不能臻其妙也。”对张元幹词化用唐人诗意的情况进行了细致分析，在杨慎看来，胸中万卷是张元幹“填词最工”的重要表现。《词品》中对苏轼、秦观、辛弃疾等人词作中的用典、用韵乃至用语情况都进行了大量的考证。其中，既见出了诸家的天才高朗，亦体现了杨慎的博洽。同时，从一定意义上讲，又是对“前七子”之“文必秦汉、诗必盛唐”观念的反驳。

（五）论词的风格情调

与其对词体特质的体认有关，杨慎对风情婉致、绮丽娴雅一类词作情有独钟。在他看来，“风华情致”之格最符合词之本色。因此，他对《花间》《草堂》一类笙歌流觞、绮媚婉错之作持肯定和赞许态度。《词品》卷一以“风致婉丽”评隋炀帝《夜饮朝眠曲》，实际上，旧传隋炀帝所写的这两首诗浓艳靡丽、婉娈务情，与六朝宫体无异。在一般人看来，这类作品柔媚近俗、绮语惑人，但杨慎却依然予以了很高的评价，这明显地反映了杨慎的词学倾向。拾遗《于湖〈南乡子〉》曰：“广平之赋梅花，又司马公亦有艳辞，亦何伤于清介乎？”唐宋璟《梅花赋》风流富艳，有南朝徐、庾宫体之风；宋司马光《锦堂春》一词亦有“笙歌丛里”“青衫湿透”之咏，侧艳柔媚。在杨慎看来，这并无损于二公之高名。杨慎尊崇词体的本色与特质，因此对情致婉媚、蕴藉风流一类作品深为赏识。

不过，杨慎论词并不专主一格，举凡冲淡秀洁、安雅清赡、雍穆中远、沉雄笃挚等，只要约情合中、篇句相称，杨慎都是赏识的。在这一点上，他的认识又是通脱的。例如，卷二《闲适之词》通过列举宋傅大询《水调歌头》、宋黄昇《酹江月》、元刘因《风中柳》以及宋吕本中《满江红》共四首“闲适”类词作，表现出了对冲淡娴雅、淳朴明秀一类作品的喜好。这几首词多以茅屋、寒梅、疏竹等自然景物为主要描写对象，大有陶渊明、孟浩然的风格意趣。杨慎讲：“每独行吟歌之，不惟有隐士出尘之想，兼如仙客御风之游矣。”卷三《潘逍遥》一则，评潘阆“其人狂逸不检，而诗句往往有出尘之语。词曲亦佳”。潘阆以狂疏不羁、率性自适著称，所作清古警迈、放意玄远，杨慎对此种情调也深为叹赏。

《词品》对忠愤悲慨之作多所论析，显示了杨慎对此类作品的重视。例如，卷一释《六州歌头》曰：“本鼓吹曲也，音调悲壮。又以古兴亡事实之，闻之使人慷慨，良不与艳词同科，诚可喜也。”卷五论陆游《鹊桥仙》感旧词“英气可掬，流落亦可惜矣。”宋岳珂有《祝英台近》（澹烟横）一词，杨慎称赞其“感慨忠愤”，可与宋辛弃疾“千古江山”一词相伯仲（卷五《岳珂〈祝英台近〉词》）；元刘秉忠有《吊宋》之作，杨慎称许曰“凄恻感慨，千古之寡和”（卷一《干荷叶》）。其他如以“雄壮”评宋葛长庚《武昌怀古词》、以“慷慨悲壮”评宋李冠《六州歌头》、以“悲壮可传”评宋孙浩然《离亭宴》、以“感慨之词”评元徐一初《摸鱼儿》和《登高词》等，都显示了杨慎对雄奇悲慨一类风格的崇尚。

此外,《词品》还对“以俗为雅”“微言兴寄”“使事用典”等词学核心理论问题进行了分析和讨论，所论虽不够系统和全面，但片言警策，时有发明，同样具有重要的理论价值。《词品》还大量涉及了词的立意命题、句法结构、用韵方式、炼字炼句、名物考释等，这些内容，本书在“注释”和“评析”部分作了一定的归纳和分析，这里不再赘述。值得注意的是,《词品》对一些作品的选录和考订，具有极其重要的文献价值，有些则成为后世相关研究的原始文本依据。例如，宋陆游的《莺花亭》一诗、宋杜旟的《酹江月·石头城》等三词、元鲜于枢的《念奴娇·八咏楼》一词、元滕斌的《瑞鹧鸪·赠歌童阿珍》一词、明花纶的题杨太真画图《水仙子》一词等，均首见于《词品》。因此,《词品》的选录起到了留存古籍的重要作用。

三

据杨慎《词品序》,《词品》的成书时间是在嘉靖三十年（1551）仲春。其刊行时间是在嘉靖三十三年（1554），前有周逊序及杨慎自序。这是《词品》最早的刻本，人称“嘉靖本”。其后，明清两代出现了《词品》的众多刊本和影印本，如刘大昌珥江书屋本、陈继儒校订本、顾起元校刊本、程好之天都阁刊印本、李调元函海本等，其中又以李调元本影响最大，人称“函海本”。1960 年，人民文学出版社出版了王幼安校点本，但仍有不少舛误。1986 年中华书局出版的唐圭璋《词话丛编》修订本据嘉靖本辑入，并对王幼安校点本之讹脱加以补正，此本遂成为现传《词品》中最权威、最通行的本子。此本六卷，“拾遗”一卷，另有陈秋帆“词品补”四则。

本书即以《词话丛编》本为底本，除个别标点等依据通行本及现行通用规范做了一定的改动外，其余文字、小注等一仍其旧。

《词品》不独内容丰富，而且篇幅也较长，全书有三百二十四则，近六万字。为与“中华经典诗话”的整体编写体例保持一致，我们精选了其中的一百则，并予以注释和评析。在篇目遴选上，除考虑内容的精粹性、典型性外，还适当顾及了原书结构的完整性和均衡性，于各卷及拾遗、补各部分中分别选录了一些代表性篇目。所选篇目均独立成篇，内容上不作删减，以保持其完整性。同时，保留了原有的篇名，并依据前后顺序统一加了序号。

选篇方面，本书大致遵循以下原则：

一、抄录他文者不选。《词品》大量引述《花庵词选》《吴礼部诗话》《苕溪渔隐丛话》《齐东野语》《能改斋漫录》等前人著述中的论点和内容。在摘录前人言论时，《词品》多不注文献来源或出处。有的系通篇照搬，有的对字句稍作改换，有的则是糅合、拼接几种文献而成，这部分内容约占全书的四分之一。例如，卷三共四十五则，其中有二十则出自《湘山野录》《吴礼部诗话》《草堂诗余》《苕溪渔隐丛话》《扪虱诗话》《敬乡录》《夷坚志》等他人著述；卷六共二十三则，其中出自明田汝成《西湖游览志》和《西湖游览志余》者就达十八则之多，另有两则出自《吴礼部诗话》，因此本卷中真正属于杨慎“原创”者，只有三则。拾遗一卷十六则，其中有十四则出自《山房随笔》《古杭杂记》《苕溪渔隐丛话》等一些著述中。对于这些问题，明胡应麟《少室山房笔丛》、明陈耀文《正杨》等早有指摘。现代人的一些著作和论文，如唐圭璋《词话丛编》、岳淑珍《杨慎词品校注》、张仲谋《杨慎〈词品〉因袭前人著述考》（《古籍整理研究学刊》2008年第4期）、张静《评点与词话——杨慎评点〈草堂诗余〉与撰著〈词品〉之关系》（《中国韵文学刊》2008年第2期）、罗忼烈《杨慎〈词品〉多纰漏》（《重庆师院学报》1994年第1期）等均有举列和分析。这部分抄录之作，并不能代表《词品》的独特学术价值，因此，本书不予选录。

二、全篇存在明显错误且理论意义不大者不选。如卷三《李邦直》："李邦直与东坡同时人，小词有：'杨花落。燕子横穿朱阁。苦恨春醪如水薄。闲愁无处着。　绿野带红山落角。桃杏参差残萼。历历危樯沙外泊。东风晚来恶。'为坡所称。"此贺铸词，杨慎误记为李邦直词。再如，卷二《三弦所始》："今之三弦，始于元时。小山词云：'三弦玉指，双钩草字，题赠玉娥儿。'"实际上，"三弦"不始于元，新、旧《唐书》《宋史》等文献中就屡有记载。类似的情况在《词品》中并不少见，本书一般不予选录。至于虽有纰漏、但尚具一定词学价值的条目，则另当别论，本书酌情选录并进行了一定的说明和评析。

三、篇幅短小、内容简单，词学价值和文献价值不大者不选。如，卷一《乐府用取月字》："子夜歌'开窗取月光'，又'笼窗取凉风'，妙在'取'字。"再如，卷四《易彦祥》："易祓，字彦祥，长沙人，宁宗朝解褐状元。《草堂》词《蓦山溪》'海棠枝上，留取娇莺语'，其所作也。"这些篇目，或评述字词，或摘引文句，与词作及词论关系不大，词学意义有限，因此，不予选录。

除上述情形外，《词品》真正有价值的论述大概有一百五十则。因此，本书所选之一百则，基本上能体现出《词品》的独特面貌和词学价值。对于一些不可不谈的重要篇目，本书则采用合论的方式，在对相似问题进行分析时附带引出，并加以一定的说明。

选文之外，本书还包括“注释”与“评析”两部分。“注释”方面，侧重于对原文中所涉及的作家、作品、名物、事典、文献及疑难字词等的疏解和说明。有异文者，参照公认的权威版本予以适当列举。考虑到丛书的编写体例和篇幅限制，注释尽量做到清晰明了、言简意赅。为使读者更直观、全面地了解《词品》内容，避免翻检之劳，依据本丛书的统一要求，注释中还引录了不少重要的诗词作品，尤其是词作品。这些作品均来自本集或公认的权威选集、总集，如《全宋词》《全金元词》等。“评析”部分则对选篇内容进行概括说明，分门别类、剖判源流，重点在于对重要理论观点的分析和辨证。有的观点，仅为一己之见，未必妥帖，不当之处，肯请方家学者予以批评指正。限于闻见和学识水平，书中一定还有不少的纰漏和错误，也请读者不吝赐教！

本书在编写过程中，得到了中华书局宋凤娣博士的帮助，在此谨致谢忱！

高林广

2015年3月

目　录

卷五

拾遗

补

卷一

一 陶弘景《寒夜怨》

陶弘景《寒夜怨》云[①]:“夜云生。夜鸿惊。凄切嘹唳伤夜情[②]。”后世填词,《梅花引》格韵似之[③],后换头微异[④]。

【注释】

①陶弘景(456—536):字通明,自号华阳隐居,丹阳秣陵(今江苏南京)人。萧道成为相时,荐为齐诸王侍读。入梁,隐居句曲山(茅山)。梁武帝礼聘不出,然朝廷大事,每以咨询,时称“山中宰相”。信奉道教,博学多识,主要事迹见《梁书》《南史》等。明人辑有《陶隐居集》(一名《陶贞白集》),见明汪士贤《汉魏诸名家集》、明张溥《汉魏六朝百三名家集》。

②“夜云生”几句:出自陶弘景《寒夜怨》,载于宋郭茂倩《乐府诗集·杂曲歌辞十六》中,全诗如下:“夜云生,夜鸿惊,凄切嘹唳伤夜情。空山霜满高烟平,铅华沈照帐孤明。寒月微,寒风紧。愁心绝,愁泪尽。情人不胜怨,思来谁能忍。”嘹唳(lì),指声音响亮凄清。南朝齐谢朓《从戎曲》:“嘹唳清笳转,萧条边马烦。”

③《梅花引》:词调名,又名《小梅花》《行路难》《将进酒》《贫也乐》。

格韵：指格调气韵。王国维《人间词话》："白石写景之作……'高树晚蝉，说西风消息'，虽格韵高绝，然如雾里看花，终隔一层。"

④换头：词的下阕首句句式与上阕首句句式不同的，称"换头"，也称"过片""过遍""过变"。

【评析】

陶弘景的存世诗作并不多，逯钦立编《先秦汉魏晋南北朝诗》仅录六首（《梁诗》卷十五）。其中，《寒夜怨》最有特点。从内容来看，该诗抒写了闺阁相思之情，因此，《乐府诗集·杂曲歌辞十六》云："《乐府解题》曰：'晋陆机《独寒吟》云"雪夜远思君，寒窗独不寐"，但叙相思之意尔。'陶弘景有《寒夜怨》，梁简文帝有《独处愁》，亦皆类此。"从形式上看，该诗属杂言体诗，以三言居多，同时杂以七言和五言，句式参差错落，韵律灵动婉转。

杨慎认为，词起源于六朝。《词品序》开宗明义指出："诗词同工而异曲，共源而分派。在六朝，若陶弘景之《寒夜怨》，梁武帝之《江南弄》，陆琼之《饮酒乐》，隋炀帝之《望江南》，填词之体已具矣。"在本则中，杨慎更具体地指出，陶弘景《寒夜怨》与后世《梅花引》"格韵"相似。关于《梅花引》，宋郭茂倩《乐府诗集》卷二十四南朝宋鲍照《梅花落》解题称:"《梅花落》本笛中曲也,按唐大角曲亦有《大单于》《小单于》《大梅花》《小梅花》等曲,今其声犹有存者。"清毛先舒《填词名解》曰:"《梅花引》,本笛曲名,唐诗《羌笛梅花引》。"可见,其渊源比较久远。宋代《梅花引》词调有两体,一体为五十七字,一体为一百一十四字,即在五十七字的基础上再加一叠。清康熙五十四年(1715)王奕清等所编的《钦定词谱》卷十二,以贺铸所著"城下路"为正体,双调,五十七字,上阕七句三仄韵转三平韵,下阕六句换另部二仄韵转二平韵一叠韵。《寒夜怨》是诗,和后世作为词调的《梅花引》在字数、句式、结构及韵律形式上显然存在巨大的差异。但另一方面,《寒夜怨》间用长短句,句式参差错落,从形式上看确与词体具有一定的相似之处。更重要的是,陶弘景《寒夜怨》情致婉媚,冲淡秀洁,与后世词特别是婉约词具有相似的内容情趣和格调气韵,因此杨慎才有"格韵似之"之论。以"格韵"论词,《词品》中尚有两例:其一,评梁简文帝《春情曲》:"此诗似七言律,而末句又用五言。王无功亦有此体,又唐律之祖。而唐词《瑞鹧鸪》格韵似之。"(卷一《梁简文〈春情曲〉》)其二,评《春霁》《秋霁》,"皆胡浩然作也。格韵如一"(卷二《〈春霁〉〈秋霁〉》)。

学界关于词体起源的说法不少,如源于《诗经》说、源于乐府说等,而杨慎的源于六朝说考订细密,影响最大。早在南宋,朱弁《曲洧旧闻》就持相同观点:"词起于唐人,而六代已滥觞矣。梁武帝有《江南弄》,陈后主有《玉树后庭花》,隋炀帝有《夜饮朝眠曲》。岂独五代之主,蜀之王衍、孟昶,南唐之李璟、李煜,吴越之钱俶,以工小词为能文哉。"(清王弈清《历代词话》

卷一引）受杨慎影响，后世持相似观点者为数不少。例如，明王世贞《艺苑卮言》：“词者，乐府之变也。昔人谓李太白《菩萨蛮》《忆秦娥》，杨用修又传其《清平乐》二首，以为词祖。不知隋炀帝已有《望江南》词。盖六朝诸君臣，颂酒赓色，务裁艳语，默启词端，实为滥觞之始。”清刘熙载《词概》：“梁武帝《江南弄》、陶弘景《寒夜怨》、陆琼《饮酒乐》、徐孝穆《长相思》，皆具词体，而堂庑未大。至太白《菩萨蛮》之‘繁情促节’，《忆秦娥》之‘长吟远慕’，遂使前此诸家，悉归环内。”近代王国维《戏曲考源》：“诗余之兴，齐梁小乐府先之。”

二　陆琼《饮酒乐》

陈陆琼《饮酒乐》云[①]：“蒲桃四时芳醇。琉璃千钟旧宾。夜饮舞迟销烛，朝醒弦促催人。春风秋月长好，欢醉日月言新[②]。”唐人之《破阵乐》《何满子》皆祖之。

【注释】

①陆琼（537—586）：字伯玉，吴郡吴（今江苏苏州）人。陈武帝永定（557—559）中，州举秀才。历官尚书外兵郎、给事黄门侍郎，转太子中庶子等。后主时，官至吏部尚书。有集二十卷，早佚。今存诗六首，逯钦立辑入《陈诗》卷五。主要事迹见《陈书》《南史》本传。

②“蒲桃四时芳醇”几句：诗载于《乐府诗集·杂曲歌辞十七》，题为《还

台乐》,“蒲桃”作“蒲萄”,“长好”作“恒好”。蒲桃，即葡萄，此处指葡萄酒。

【评析】

《诗品》所引陆琼《还台乐》一首，共六句，每句六字。这种形式，既不同于齐言体的五言、七言古诗，也不同于间用三言、五言或七言的杂言体诗，属六言古体诗。从内容上看，此诗乃宴饮遣兴之作，并无特别之处。《乐府诗集》将之收入“杂曲歌辞”中，而“杂曲歌辞”是不入乐的，可知，该诗在韵律和曲调方面似乎也无特别之处。

那么,《词品》为何要推此诗为词体的重要源头，并说“唐人之《破阵乐》《何满子》皆祖之”呢?

《破阵乐》乃唐教坊曲，后用作词调。《旧唐书·音乐志二》:“《破阵乐》，太宗所造也。太宗为秦王之时，征伐四方，人间歌谣《秦王破阵乐》之曲。及即位，使吕才协音律，李百药、虞世南、褚亮、魏徵等制歌辞。”唐《破阵乐》有五言四句、六言八句、七言四句共三体（详见任半塘《唐声诗》下编，上海古籍出版社 1982 年)，其六言八句一体，商调，五平韵，从体式上看，与陆琼《还台乐》六言六句较为接近。

《何满子》即《河满子》，亦唐教坊曲，后用作词调。唐白居易有《何满子》诗，其自注云:“开元中，沧州有歌者何满，临刑进此曲以赎死，上竟不免。”后定为曲名。后蜀赵崇祚《花间集》录五代和凝《河满子》两首，其中“写得鱼笺无限”一首，六言六句，三平韵，共三十六字，体式与陆琼《还台乐》相同；另一首“正是破瓜年几（纪)”，只第三句为七字，其余与前词基本相同。这两首后均被《词谱》卷三收列。

可见，从体式上看，唐五代《破阵乐》《何满子》两曲确与陆琼《还台乐》颇多接近，杨慎所谓唐人“皆祖之”是有一定依据的。

三 梁武帝《江南弄》

梁武帝《江南弄》云[①]：“众花杂色满上林。舒芳耀彩垂轻阴。连手躞蹀舞春心。舞春心。临岁腴。中人望，独踟蹰[②]。”此词绝妙。填词起于唐人，而六朝已滥觞矣。其余若“美人联锦”“江南稚女”诸篇皆是[③]。《乐府》具载，不尽录也。

【注释】

①梁武帝（464—549）：即萧衍，字叔达，南朝梁开国皇帝。在位四十八年，侯景之乱，饿死台城，年八十六。在位期间，提倡儒学，大兴佛教，重视文士，也笃好著述，有《梁武帝集》。《梁书》《南史》有传。《江南弄》：梁武帝模仿当时民歌制作的一组乐歌，共七首，分别为：《江南弄》《龙笛曲》《采莲曲》《凤笙曲》《采菱曲》《游女曲》《朝云曲》。

②“众花杂色满上林”几句：诗载于《乐府诗集·清商曲辞七》。耀彩，作“耀绿”。躞蹀（xiè dié），小步行走貌。中人，指宫女。

③美人联锦：指《江南弄》七曲之《龙笛曲》：“美人绵眇在云堂，雕金镂

竹眠玉床。婉爱寥亮绕红梁。绕红梁。流月台。驻狂风。郁徘徊。”江南稚女：指《江南弄》七曲之《采菱曲》：“江南稚女珠腕绳，金翠摇首红颜兴。桂棹容与歌采菱。歌采菱。心未怡。翳罗袖。望所思。”

【评析】

本则以梁武帝《江南弄》为例，以证填词滥觞于六朝的观点。结合杨慎的论述及相关文学史事实，《江南弄》与后世词体的关联，似可举出如下数端：

第一，梁武帝之“改”西曲和“制”《江南弄》，与后世“依声填词”相类。据南朝陈释智匠《古今乐录》：“梁天监十一年（512）冬，武帝改西曲，制《江南上云乐》十四曲，《江南弄》七曲。”西曲是南朝乐府的一种，因其出于荆、郢、樊、邓之间，“故依其方俗而谓之西曲”（《乐府诗集》卷四十七引《古今乐录》）。《乐府诗集》列入“清商曲辞”一类，存歌词约一百四十首。从形式上看，西曲多为五言四句，个别也有四言四句、七言两句或五言、三言相间等情况。梁武帝《江南弄》以七言、三言结构成篇，与《西曲》全然不同，这显然是改造《西曲》的结果。形式上的差异，实际上也正反映了两曲在曲调、韵律、声调等方面的不同。音乐形式发生了变化，歌辞的结构形式随之也出现了新的变化。因此，梁武帝之“改”西曲，实际上正体现了音乐表现方面的需要，这与后世之依声填词有一定相似之处。

第二，《江南弄》叠句形式的运用，与音乐及演唱有关。本则所录梁武帝《江南弄》第一首“舞春心”三字属叠句，其他六首，也具有相同的结构特点。叠句的使用不仅使诗歌更具回环往复、婉转绮靡之美，同时，也有其音乐上的缘由和相应的作用。对此，萧涤非《汉魏六朝乐府文学史》有过精辟论述：“乐

府之叠句，泰半由音乐关系，然当其所叠，往往为篇中主旨所在。至如此处之叠句，则并为章法、韵脚、情意转化之枢纽，故即离开音乐，犹自有其文艺上之曲线美，亦乐府中利用叠句表情法之一进步也。”唐宋词中，叠句的使用并不鲜见。如传唐李白作《忆秦娥》:“箫声咽，秦娥梦断秦楼月。秦楼月，年年柳色，灞陵伤别。乐游原上清秋节，咸阳古道音尘绝。音尘绝，西风残照，汉家陵阙。”这种情况的出现，多半也与词的曲调韵律及音乐形式有关，从表达效果来看，萧涤非所言之数端在词中也同样可以得到充分的印证。此为填词滥觞于六朝的又一明证。

第三，大量和作的出现，与词体创作有相似处。武帝制《江南弄》七曲问世后，当时就有不少和作。如，简文帝有《江南曲》《龙笛曲》《采莲曲》，沈约有《赵瑟曲》《秦筝曲》《阳春曲》《朝云曲》等。和作的格律形式、章法结构、句式等与梁武帝所作完全相同。兹举一例："邯郸奇弄出文梓，萦弦急调切流徵。玄鹤徘徊白云起。白云起，郁披香。离复合，曲未央。"（南朝沈约《赵瑟曲》，载于《乐府诗集》卷五十）显然，这些和作是在遵循原有曲调、韵律的基础上产生的，这与后世依曲调填词的情形相类似。

四　徐勉迎客送客曲

古者宴客有迎客、送客曲，亦犹祭祀有迎神、送神也。梁徐勉《迎客曲》云[①]："丝管列，舞曲陈。含声未奏待嘉宾。罗丝管，陈舞席。敛袖嘿唇迎上客[②]。"《送客曲》云："袖缤纷，声委咽。余曲未终高驾别。爵无算，景已流。空纡长袖客不留。"徐勉在梁为贤臣。其为吏部日，宴客。酒酣，有求詹事者[③]。勉曰："今宵且可谈风月。"其严正而又蕴藉如此。江左风流宰相，岂独谢安、王俭邪[④]？

【注释】

①徐勉（466—535）：字修仁，东海郯（今山东郯城）人。齐时，为太学博士、尚书殿中郎等，梁天监二年（503），除给事黄门侍郎、尚书吏部郎，后迁尚书右仆射、右光禄大夫等。博通经史，勤于著述。主要事迹见《梁书》《南史》本传。存诗八首，逯钦立辑入《先秦汉魏晋南北朝诗》。

②“丝管列”几句：此诗与下引《送客曲》均载于《乐府诗集·杂曲歌辞十七》中，“舞曲”作“舞席”，“陈舞席”作“舒舞席”。嘿唇，魏晋六朝时女子的一种唇妆。

③詹事：官名。秦始置，职掌皇后、太子家事。东汉废，魏晋复置。

④谢安（320—385）：字安石，阳夏（今河南太康）人。官至尚书仆射，领中书令。王俭（452—489）：字仲宝，临沂（今属山东）人。少好礼学，尤善《春秋》。宋明帝时，官秘书丞；入齐，迁尚书左仆射，领吏部。著有《七志》。

【评析】

迎来送往，亘古不绝，古诗中歌咏此类题材的作品汗牛充栋，比比皆是。然而，专为迎客和送客而创作的乐府诗却并不多见。《乐府诗集·杂曲歌辞》中所载录的抒写离情别绪、宴饮遣兴之作不少，但迎客、送客之曲却寥寥无几。因此，徐勉的这两首词就显得弥足珍贵。大抵词之初始，以宴饮娱宾为主要目的，就其合乐歌唱的表现形式及遣兴娱宾的社会功能来看，与六朝乐府诗中的迎、送之曲有着紧密的渊源关系。杨慎论词，以为词体之源在六朝。如此，《词品》载录和叙及徐勉的《迎客曲》和《送客曲》，个中原因也就不难理解了。

本则还对徐勉的政治才能和品行节操进行了评述，称赞徐勉为“贤臣”，“严正而又蕴藉”，这是符合历史事实的。文中所言“今宵且可谈风月”之事，在《梁书》及《南史》本传中都有具体记载。《梁书·徐勉传》曰：“勉居选官，彝伦有序，既闲尺牍，兼善辞令，虽文案填积，坐客充满，应对如流，手不停笔。又该综百氏，皆为避讳。常与门人夜集，客有虞暠求詹事五官，勉正色答云：‘今夕止可谈风月，不宜及公事。’故时人咸服其无私。”江左多名士，其中尤以王、谢两家行为高蹈，风华绝代；而徐勉博通经史，儒雅风流，为政清廉，不徇私情，在杨慎看来，正可以与谢安、王俭媲美。徐勉勤于政事，常常数月不归，致有“群犬惊吠”之典：“时王师北伐，候驿填委。勉参掌军书，劬劳夙夜，动经数旬，乃一还宅。每还，群犬惊吠。勉叹曰：‘吾忧国忘家，乃至于此。若吾亡后，亦是传中一事。’”（《梁书·徐勉传》）而且，“勉虽居显位，不营产业，家无蓄积，俸禄分赡亲族之穷乏者”（同上），确为一代名臣。因此，杨慎评其为“江左风流宰相”是十分恰当的。

五 隋炀帝词

隋炀帝《夜饮朝眠曲》云[①]：“忆睡时，待来刚不来。卸妆仍索伴，解佩更相催。博山思结梦[②]，沉水未成灰。”其二云：“忆起时，投签初报晓。被惹香黛残，枕隐金钗袅。笑动林中乌，除却司晨鸟。”二词风致婉丽。其余如《春江花月夜》《江都乐》《纪辽东》[③]，并载《乐府》。其《金钗两股垂》《龙舟五更转》[④]，名存而辞亡。《铁围山丛谈》云[⑤]：“寒鸦飞数点，流水绕孤村。”乃炀帝辞，而全篇不传。又传奇有炀帝《望江南》数首[⑥]，不类六朝人语，传疑可也。

【注释】

①隋炀帝（569—618）：即杨广，弘农华阴（今属陕西）人。隋文帝第二子，开皇元年（581）立为晋王；二十年（600）以阴谋废夺太子勇，得立为太子。仁寿四年（604）弑父自立，在位十四年，荒淫暴虐，下不堪命，为宇文化及所杀。据称有集五十五卷，今佚。

②博山：博山炉的简称。南朝宋鲍照《拟行路难》之二："洛阳名工铸为金博山，千斫复万镂，上刻秦女携手仙。"

③《江都乐》：《乐府诗集·近代曲辞一》有《江都宫乐歌》一首，疑是。

④《金钗两股垂》：今不传。据《隋书·音乐志》，陈后主曾造《金钗两鬓垂》。《龙舟五更转》：今不传。《隋书·音乐志》："（炀帝）令乐正白明达造新声，创《万岁乐》……《泛龙舟》《还旧宫》《长乐花》及《十二时》等曲，掩抑摧藏，哀音断绝。"

⑤《铁围山丛谈》：宋代蔡绦所撰史料笔记。今传本《铁围山丛谈》不载该诗。

⑥传奇：小说体裁之一，一般指唐宋人用文言写作的短篇小说。明清以唱南曲为主的戏曲也称"传奇"。

【评析】

本则是对隋炀帝诗作的考叙，涉及隋炀帝《夜饮朝眠曲》《春江花月夜》《江都乐》《纪辽东》《金钗两股垂》《龙舟五更转》《望江南》等篇目，以及"寒鸦飞数点，流水绕孤村"句。或录其原作，或考其名实，或评骘其优劣，虽考辨不够精细，纰缪犹存，但仍具有一定的文献价值。

文中所录隋炀帝《夜饮朝眠曲》两首并不可信。此诗较早见于旧题颜师古所著《大业拾遗记》：“帝幸月观，……帝问曰：‘……曾效刘孝绰为《杂忆》诗，常念与妃，妃记之否？’萧妃承问，即念云：‘忆睡时，待来刚不来。卸妆仍索伴，解佩更相催。博山思结梦，沉水未成灰。’又云：‘忆起时，投签初报晓。被惹香黛残，枕隐金钗袅。笑动上林中，除却司晨鸟。’”而《大业拾遗记》（又名《隋遗录》《南部烟花录》）乃为宋代笔记小说，主要记述炀帝幸广陵江都时之宫中秘事，内容俚俗，伪谬殊多，鲁迅《中国小说史略》评曰：“其叙述颇凌乱，多失实，而文笔明丽，情致亦时有绰约可观览者。”杨慎以何为据，认定隋炀帝有《夜饮朝眠曲》之作，已不得而知。之后，清冯金伯《词苑萃编》卷一“填词必然溯六朝”条，悉数照搬杨慎《词品》，也载录了这两首诗。两诗浓艳靡丽，婉娈务情，柔媚近俗，与六朝宫体无异。而杨慎以“风致婉丽”评之，过矣！

《夜饮朝眠曲》外，《词品》还考察了隋炀帝的其他作品。其中，提到《乐

府诗集》所载之《春江花月夜》等三诗。按《乐府诗集》共载炀帝诗十三首，分别为：《饮马长城窟行》（卷三十八）、《春江花月夜二首》（卷四十七）、《泛龙舟》（卷四十七）、《四时白纻歌》（《东宫春》《江都夏》，卷五十六）、《锦石捣流黄》（卷七十七）、《步虚词二首》（卷七十八）、《喜春游歌二首》（卷七十七）、《纪辽东》（卷七十九）、《江都宫乐歌》（卷七十九）。对于《春江花月夜》等三诗，《词品》未作评述。

本则还谈到"寒鸦飞数点，流水绕孤村"句乃隋炀帝所作，其实这一说法早在宋代就已出现，因此也很难说是杨慎的发明。宋叶梦得《避暑录话》及宋胡仔《补苕溪渔隐词话》都提到了秦观《满庭芳·山抹微云》一词用隋炀帝诗句事。《避暑录话》云："秦观少游亦善为乐府，语工而入律，知乐者谓之作家歌，元丰间盛行于淮楚。'寒鸦万点，流水绕孤村'本隋炀帝诗也，少游取以为《满庭芳》辞，而首言'山抹微云，天粘衰草'，尤为当时所传。"《补苕溪渔隐词话》引《艺苑雌黄》云："中间有'寒鸦万点，流水绕孤村'之句，人皆以为少游自造此语，殊不知亦有所本。予在临安，见平江梅知录云：'隋炀帝诗云："寒鸦千万点，流水绕孤村"，少游用此语也。'"上述文献是否为杨慎所本，已不得而知。不过，"寒鸦"句为隋炀帝所作，其结论是成立的。稍后于杨慎的明代藏书家莫是龙在其《笔麈》中也载录了此诗，但比杨慎所录多出了两句："寒鸦飞数点，流水绕孤村。斜阳欲落处，一望黯销魂。"此是否就是"全篇"，已无从考证。逯钦立先生《隋诗》卷三据《笔麈》本，将此诗归之于隋炀帝名下。

本则还提到传奇中有炀帝《望江南》数首事，可惜没有标注具体出处，是否确当，还有待进一步考证。

六 王褒《高句丽》曲

王褒《高句丽》曲云[①]：“萧萧易水生波。燕赵佳人自多。倾杯覆碗漼漼，垂手奋袖娑娑。不惜黄金散尽，惟畏白日蹉跎[②]。”与陈陆琼《饮酒乐》同调[③]。盖疆场限隔，而声调元通也。王褒，宇文周时人，字子深，非汉王褒也。是时亦有苏子卿[④]，有《梅花落》一首[⑤]。方回遂以为汉之苏武[⑥]，何不考之过乎？

【注释】

①王褒（约513—576）：字子渊（案：杨慎误记为“子深”），琅邪临沂（今属山东）人。出生于江东世族，博览经史，工于属文。仕梁，官侍中、尚书左仆射等；承圣三年（554），江陵陷，入西魏，授车骑大将军、仪同三司。北周明帝时，加开府仪同三司。武帝时除内史中大夫，累迁小司空，出为宣州刺史。明人辑有《王司空集》，存诗四十八首。《梁书》《周书》《北史》有传。

②“萧萧易水生波”几句：出自王褒《高句丽》诗，见《乐府诗集·杂曲歌辞十八》，“惟畏”作“只畏”。碗，一种敞口而深的食器。漼漼（cuī），涕泣垂貌。唐孟郊《秋怀》诗之十四：“夫子失古泪，当时落漼漼。”

③陆琼《饮酒乐》：参见卷一《陆琼〈饮酒乐〉》。

④苏子卿：生卒年不详。南朝诗人，生平事迹不详。

⑤《梅花落》：见《乐府诗集·横吹曲辞四》，诗曰："中庭一树梅，寒多叶未开。只言花是雪（一作'似雪'），不悟有香来。上郡春恒晚，高楼年易催。织书偏有意，教逐锦文回。"

⑥方回（1227—1307）：字万里，一字困甫，号虚谷，别号紫阳山人，徽州歙县（今属安徽）人。宋理宗景定三年（1262）登进士第，历官提领池阳郡茶盐。入元，被任命为建德路总管。有《桐江集》八卷，《桐江续集》三十七卷。

【评析】

本则首论王褒《高句丽》曲，认为该曲与陆琼《饮酒乐》同调。《乐府诗集·杂曲歌辞十八》引《通典》曰："高句丽，东夷之国也。其先曰朱蒙，本出于夫余。朱蒙善射，国人欲杀之，遂弃夫余，东南走，渡普述水，至纥升骨城居焉。号曰句丽，以高为氏。"同曲郭茂倩解题云："按：唐亦有《高丽曲》，李绩破高丽所进，后改《夷宾引》者是也。”显然，唐曲与王褒曲之间存在渊源关系。从形式上看，王褒《高句丽》是六言六句，这与陆琼《饮酒乐》完全相同。乐府句式结构的形成和音乐有密切联系，曲调和韵律的需要，很大程度上决定了词的字数、句数和组成结构。因此，杨慎言王褒《高句丽》和陆琼《饮酒乐》“同调”，“盖疆场限隔，而声调元通也”是有依据的。

接下来，杨慎还对四位同名同姓的文人进行了考论。北周有王褒，西汉也有一个王褒，此王褒非彼王褒也。汉代苏武，字子卿，其北海牧羊、终得回归汉庭的事迹详载于《汉书·苏武传》，国人妇孺皆知。南朝诗人苏子卿传世作品不多，生平事迹不详，名气也远没有汉代的苏子卿大。元方回《瀛奎律髓》卷二十曰：“予考杨诚斋所言，则谓‘只言花似雪，不悟有香来’为苏子卿作，虽未必然，而‘花是雪’与‘花似雪’，一字之间，大有径庭。”方回原是针对杨万里《诚斋诗话》中的说法而言的，《诚斋诗话》明确讲到南朝苏子卿有《梅》诗：“南朝苏子卿《梅》诗云：‘只言花是雪，不悟有香来。’介甫云：‘遥知不是雪，为有暗香来。’述者不及作者。”方回对此有异议（“未必然”），但也未明言此诗乃汉代苏武所作。到了杨慎这里，就认定“方回遂以为汉之苏武”，进而对方回提出批评。显然，杨慎所论依据不足。

七《穆护砂》

《乐府》有《穆护砂》[①]，隋朝曲也。与《水调》《河传》同时，皆隋开汴河时，词人所制劳歌也。其声犯角[②]。其后至今讹“砂”为“煞”云。予尝有诗云：“桃根桃叶最夭斜，水调河传穆护砂。无限江南新乐府，陈朝独赏后庭花[③]。”

【注释】

①《穆护砂》：《乐府诗集·近代曲辞二》载无名氏《穆护砂》诗一首：“玉管朝朝弄，清歌日日新。折花当驿路，寄与陇头人。”《唐诗品汇》《全唐诗》均署张祜作。

②犯角（jué）：《乐府诗集·近代曲辞二》引《历代歌辞》曰：“《穆护砂》曲，犯角。”角，五声之一。《周礼·春官·大师》：“皆文之以五声，宫、商、角、徵、羽。”

③“桃根桃叶最夭斜”几句：此乃杨慎《三阁词》二首其一，载于《升庵集》卷三十六。《四库全书》本《升庵集》“最夭斜”作“斗春葩”，“河传”作“歌传”，“穆护砂”作“穆护沙”，“陈朝”作“君王”。

【评析】

杨慎认为，《穆护砂》乃隋朝曲，与《水调》《河传》同时，系隋开汴河时所制劳歌。从现存资料来看，《水调》《河传》基本上可以确定为隋曲。唐杜牧《扬州》诗三首自注曰：“炀凿汴河，自造《水调》。”（《樊川文集》卷三）宋王灼《碧鸡漫志》引《隋唐嘉话》云：“炀帝凿汴河，自制《水调》歌。”又引《脞说》云：“《水调》《河传》，炀帝将幸江都时所制，声韵悲切，帝喜之。”可见，《水调》《河传》为隋曲的文献依据比较充足。

然而，《穆护砂》是否为隋曲，别无他证，杨慎的这一说法不知何据。

穆护，指唐代袄教传教士。《旧唐书·武宗纪》记载：“其大秦穆护等祠，释教既已厘革，邪法不可独存。”“勒大秦穆护、袄三千余人还俗，不杂中华之风”。据任半塘《唐声诗》，“‘穆护’乃古波斯语，或译为‘摩古’，意为传教师。袄教之一派为摩尼教，唐武宗时，曾与佛教并遭禁改。其音乐之流行，可能亦因此而衰。宋词《穆护砂》已演变为慢词。”《穆护》乃唐教坊大曲，取其煞尾，故名《穆护煞》。“砂”或“沙”，都是“煞”的同音字。关于此曲的创始年代，任半塘认为乃“玄宗开元以前人作”。

八《回纥》

《回纥》[①]，商调曲也。其辞云：“阴山瀚海信难通。幽闺少妇罢裁缝。缅想边庭征战苦，谁能对镜冶愁容。久戍人将老，须臾变作白头翁[②]。”其辞缠绵含蓄，有长歌之哀过于痛哭之意。惜不见作者名氏，必陈、隋、初唐之作也。又有《石州辞》云：“自从君去远巡边。终日罗帷独自眠。看花情转切，揽涕泪如泉。一自离君后，啼多双眼穿。何时狂虏灭，免得更留连[③]。”并附于此。

【注释】

①《回纥》：载于《乐府诗集·近代曲辞二》，无名氏作。解题引《乐苑》曰：“《回纥》，商调曲也。”

②“阴山瀚海信难通”几句:《乐府诗集·近代曲辞二》“阴山瀚海信难通”作“曾闻瀚海使难通”,“冶”作“治”。

③“自从君去远巡边”几句：载于《乐府诗集·近代曲辞一》，题为《石州》，无名氏作。“揽涕”作“揽镜”,“双眼”作“双脸”。解题引《乐苑》曰：“《石州》，商调曲也，又有《舞石州》。”

【评析】

本则载录了《回纥》和《石州》两曲，并对《回纥》的风调做了简单评述。

据《乐苑》，两曲均属商调。商，谐“伤”，作为乐曲七调之一，商调凄怆哀怨，适合于表达愤慨、痛楚之情。宋欧阳修《秋声赋》曰:“商，伤也。物既老而悲伤；夷，戮也，物过盛而当杀。”对于这两种曲,《乐府诗集》每种都只载录了一首，且没有作者姓名。可见，两曲的地位比较特殊。

关于《回纥》的创作时间,《词品》非常肯定地讲:“必陈、隋、初唐之作也。”《乐府诗集》将两曲均列入“近代曲辞”中,《乐府》所谓之“近代”是指隋唐，这也间接地证明了杨慎的推论是正确的。从内容上看,《回纥》一诗属思妇征夫类作品，通过对闺中人行为和心理的细致描述，抒发了时光易逝、青春难再的感慨，同时也揭露了战争和征戍给普通人生活所带来的深重灾难。《词品》以“其辞缠绵含蓄，有长歌之哀过于痛哭之意”来评价之，无疑是客观而准确的。《石州》曲所蕴含的思想与《回纥》一篇基本相同，可能正缘于此,《词品》将之附列于后，以便互相对照。不过,《石州》反对战争的情绪要更强烈一些，因此其思想性明显要高于《回纥》篇。另外,《石州》以五言为主，其句式结构与《回纥》也有着较大的差异。

九 梁简文《春情曲》

梁简文帝《春情曲》云[①]："蝶黄花紫燕相追。杨低柳合路尘飞。已见垂钩挂绿树，诚知淇水沾罗衣。两童夹车问不已，五马城头犹未归。莺啼春欲驶，无为空掩扉[②]。"此诗似七言律，而末句又用五言。王无功亦有此体[③]，又唐律之祖。而唐词《瑞鹧鸪》格韵似之[④]。

【注释】

①梁简文帝（503—551）：即萧纲，字世缵，小字六通，南兰陵（今江苏常州）人。梁武帝萧衍第三子，昭明太子萧统的同母弟。侯景之乱，梁武帝困饿而死，其遂即帝位，在位二年，为侯景所弑。《梁书·简文帝本纪》称其"博综儒书，善言玄理"，"篇章辞赋，操笔立成"。诗风轻艳绮靡，号为"宫体"。

②"蝶黄花紫燕相追"几句：诗见南朝陈徐陵《玉台新咏》卷九，题为《杂句春情一首》，"城头"作"城南"。清吴兆宜笺注本有案语曰："杂曲歌词，乐府作《春情曲》。"

③王无功：即王绩（约585—644），字无功，号东皋子，绛州龙门（今山西河津）人，初唐诗人。有《王无功文集》。

④《瑞鹧鸪》：词调名，又名《舞春风》《桃花落》《鹧鸪词》《拾菜娘》《天下乐》《太平乐》等。此调最早载于五代冯延巳《阳春集》，题为《舞春风》。

【评析】

《乐府诗集》载录梁简文帝诗较多，有六十六首，但《春情曲》却不载。此诗共八句，前六句为七言，后两句为五言。仅就前六句而言，在平仄上与七言律比较接近，且中间两联对仗也比较工整。因此，杨慎评述说，该诗“似七言律”。

《词品》又讲，王绩也有此体诗作，这一描述是符合文学史实际的。王绩有《北山》诗，诗曰：“旧知山里绝氛埃，登高日暮心悠哉。子平一去何时返，仲叔长游遂不来。幽兰独夜清琴曲，桂树凌云浊酒杯。槁项同枯木，丹心等死灰。”（《全唐诗》卷三十七）从形式上讲，该诗前六句七言，后两句五言，确与简文帝《春情曲》同。可知，杨慎所言不虚。杨慎所作《升庵诗话》对此体也有载录和说明，其《卷一·六朝七言律》列简文帝该诗（题为《情曲》），以及后魏温子昇《捣衣》、陈后主《听筝》、隋王无功《北山》诸诗。这些诗中，简文帝诗、陈后主诗、王无功诗都是前六句为七言，而后两句为五言；温子昇《捣衣》则五六句为五言，余为七言。诗话和词话同时论及该体，这一方面可证杨慎对此体的兴趣，另一方面，也反映了其“诗词同源”的文论思想。诗话中，杨慎以“六朝七言律”来概括这一体式，同时在题下自注曰“其体不纯”；《词品》又说，此乃“唐律之祖”，这些都反映了他对律体起源的认识。关于近体诗的起源，公认的说法是南朝沈约、谢朓的“永明体”始肇其端。客观地看，杨慎的认识未必十分准确，但其所作的考溯和推源对于后人了解和把握诗歌律化的历史进程，是有一定的借鉴意义的。

最后，谈谈“唐词《瑞鹧鸪》格韵似之”的问题。词调《瑞鹧鸪》始见于五代冯延巳《阳春集》，作《舞春风》。为直观起见，现录冯延巳原词如下："严妆才罢怨春风，粉墙画壁宋家东，蕙兰有恨枝犹绿，桃李无言花自红。　燕燕巢时帘幕卷，莺莺啼处凤楼空。少年薄幸知何处，每夜归来春梦中。"此调为双调，五十六字，七言八句，上片四句三平韵，下片四句两平韵。从体式上看，《瑞鹧鸪》与简文帝《春情曲》、王绩《北山》诗比较接近。因此，杨慎才有"格韵似之"之说。

唐代用于歌唱的诗，多为齐言；而当词体逐步成熟后，才出现了长短句的形式。《瑞鹧鸪》的七言八句体式，正反映了从齐言到长短句的递嬗痕迹。对此，宋胡仔《苕溪渔隐丛话》后集卷三十九做过精当分析："苕溪渔隐曰：唐初歌辞，多是五言诗或七言诗，初无长短句。自中叶以后至五代，渐变成长短句，及本朝则尽为此体。今所存，止《瑞鹧鸪》《小秦王》二阕，是七言八句诗并七言绝句诗而已。《瑞鹧鸪》犹依字易歌，若《小秦王》必须杂以虚声，乃可歌耳。"杨慎对诗、词的承续关系多有考察，他是赞同《丛话》观点的。《词品》卷三《瑞鹧鸪》一则全录上引《丛话》原文，也证明了这一点。

一〇 王筠《楚妃吟》

王筠《楚妃吟》[①]，句法极异。其词云："窗中曙，花早飞。林中明，鸟早归。庭中日，暖春闺。香气亦霏霏。香气飘。当轩清唱调。独顾慕，含怨复含娇。蝶飞兰复熏。袅袅轻风入翠裙。春可游。歌声梁上浮。春游方有乐。沉沉下罗

幕[②]。”大率六朝人诗，风华情致，若作长短句，即是词也。宋人长短句虽盛，而其下者，有曲诗、曲论之弊[③]，终非词之本色[④]。予论填词必溯六朝，亦昔人穷探黄河源之意也。

【注释】

①王筠（481—549）：字元礼，一字德柔，琅邪临沂（今属山东）人，南朝梁文学家。《南史·王筠传》载其“七岁能属文。年十六，为《芍药赋》，其辞甚美。及长，清静好学”。为沈约所赏识，引为知音。累迁太子洗马、中舍人，并掌东宫管记，为昭明太子萧统所重。其存世著作明张溥辑为《王詹事集》，收入《汉魏六朝百三名

家集》。主要事迹载于《梁书》《南史》本传中。

②“窗中曙”几句：此为王筠杂言体诗《楚妃吟》。《乐府诗集·相和歌辞四》作：“花早飞，林中明，鸟早归。庭前日，暖春闺，香气亦霏霏。香气漂，当轩清唱调。独顾慕，含怨复含娇。蝶飞兰复曩曩。轻风入裙春可游，歌声梁上浮。春游方有乐，沉沉下罗幕。”

③曲诗：即以诗为词。曲，此处指词。曲论：即以文为词。宋陈模《怀古录》：“近时作词者，只说周美成、姜尧章等，而以稼轩词为豪迈，非词家本色。紫岩潘牥：‘东坡为词诗，稼轩为词论。’此说固当。”清黄宗羲《胡子藏院本序》：“诗降而为词，词降而为曲，非曲易于词，词易于诗也，其间各有本色，假借不得。”

④本色：即原色，本来面目。宋陈师道《后山诗话》：“退之以文为诗，子瞻以诗为词，如教坊雷大使之舞，虽极天下之工，要非本色。今代词手，唯秦七、黄九尔。”

【评析】

王筠乃南朝梁著名文人，影响所及就连“当世辞宗”的沈约“每见筠文，咨嗟吟咏，以为不逮也”（《梁书·王筠传》）。及掌东宫管记，深得昭明太子萧统爱重：“（太子）常与筠及刘孝绰、陆倕、到洽、殷芸等游宴玄圃，太子独执筠袖、抚孝绰肩而言曰：‘所谓左把浮丘袖，右拍洪崖肩。’”（同上）其《楚妃吟》一诗，属杂言体诗，句式上多三言、五言，灵动活泼，别具一格，与后世词的长短句形式相类似。因此，杨慎赞赏曰：“句法极异。”不仅如此，该诗在内容上以描写闺阁意绪为主，注重环境的描摹和暗示手法的运用，绮丽温情，风神摇曳，与后世词特别是唐末五代词在题材和意趣方面颇多接近。因此，《词品》感慨道："大率六朝人诗，风华情致，若作长短句，即是词也。"

关于词的起源，杨慎主张应该追溯到六朝。本则中所谓"予论填词必溯六朝"正反映了他的这一词学主张。类似王筠《楚妃吟》这类长短句交错使用的诗歌形式，在六朝并不少见，单从形式上看，的确与词颇多相似。关于这一点，梁启超在《词的起源》一文中有过详细分析："凡属于《江南弄》之调，皆以七字三句、三字四句组织成篇。七字三句，句句押韵；三字四句，隔句押韵。第四句——'舞春心'，即覆叠第三句之末三字，如《忆秦娥》调第二句末三字——'秦楼月'也。似此严格的一字一句，按谱制调，实与唐末之'倚声'新词无异。"（见《中国之美文及其历史》，东方出版社 1996 年）不独体式和句法，实际上，词的格调、韵律、题材及内容情趣等，都可以在六朝人那里寻找到源头，这在《词品》中都有举例和论析。

杨慎之"填词必溯六朝"论，实际上也体现了他对"前七子"复古主张的反驳。以明李梦阳、何景明为首的"前七子"提倡"文必秦汉，诗必盛唐"，以此来反对"台阁体"诗风。杨慎支持复古运动，但对他们一味推崇、模拟盛唐诗的主张并不赞同。他认为，六朝诗风华情致、绮丽高绝，无论是诗还是词，都应该溯源至此，并加以认真体察和学习。他说："六朝之诗，多是乐府，绝句之体未纯，然高妙奇丽，良不可及。溯流而不穷其源，可乎？故特取数首于卷首，庶乎免于'卖花担上看桃李'之诮矣。"（《升庵诗话·江总怨诗》）杨慎认为，诗与词"同工而异曲""共源而分派"，主张学习六朝诗文，这与当时的复古思潮相呼应。也正缘于此，杨慎在其《升庵诗话》卷十一中也录入了上述王[illegible]的《楚妃吟》一诗，同样以“句法极异”四字予以评价。杨慎的诗词同源理论实际上也正体现了其“尊体”意识，这对于提高词的地位、促进词的发展具有积极意义。

一一 宋武帝《丁都护歌》

宋武帝《丁都护歌》云[①]：“都护北征时，侬亦恶闻许。愿作石尤风，四面断行旅[②]。”又云：“都护北征去，相送落星墟。帆樯如芒柽，都护今何渠[③]。”唐人用丁都护及石尤风事，皆本此。二辞绝妙。宋武帝征伐武略，一代英雄，而复风致如此[④]。其殆全才乎？

【注释】

①宋武帝（430—464）：指南朝宋孝武帝刘骏，字休龙，小名道民，文帝第三子。始立为武陵王，后为征南将军，诛刘劭，即帝位，在位十一年。《丁都护歌》：载于《乐府诗集·清商曲辞二》，武帝《丁都护歌》共五首。宋郭茂倩解题云：“一曰《阿督护》。《宋书·乐志》曰：‘《督护歌》者，彭城内史徐逵之为鲁轨所杀，宋高祖使府内直督护丁旿收敛殡埋之。逵之妻，高祖长女也。呼旿至阁下，自问殓送之事。每问辄叹息曰：“丁督护！”其声哀切，后人因其声广其曲焉。’《唐书·乐志》曰：‘《丁督护》，晋宋间曲也。今歌是宋

武帝所制’云。”

②“都护北征时”几句：此宋武帝《丁都护歌》五首其四，石尤风，逆风，顶头风。元代志怪小说集《江湖纪闻》云：古代有商人尤某娶石氏女，情好甚笃。尤远行不归，石思念成疾，临死叹曰：“吾恨不能阻其行，以至于此。今凡有商旅远行，吾当作大风为天下妇人阻之。”

③“都护北征去”几句：此宋武帝《丁都护歌》五首其三。芒柽（chēng），泛指草木树丛。芒，多年生草本植物，状如茅。柽，树名，即柽柳。《诗经·大雅·皇矣》：“启之辟之，其柽其椐。”朱熹《诗集传》：“柽，河柳也，似杨，赤色，生河边。”

④风致：指作品的风格和韵味。

【评析】

从《乐府诗集》的载录情况来看，以《丁都护歌》为题的诗歌，其内容多写军旅之艰辛及思妇之哀怨。

《词品》云，“唐人用丁都护及石尤风事”，皆本武帝《丁都护歌》。考现传唐人诗词，以《丁都护》（或《丁督护》）为题者，只有李白《丁都护歌》一首，诗曰：“云阳上征去，两岸饶商贾。吴牛喘月时，拖船一何苦。水浊不可饮，壶浆半成土。一唱《都护歌》，心摧泪如雨。万人凿盘石，无由达江浒。君看石芒砀，掩泪悲千古。”（《全唐诗》卷二十一）此诗咏玄宗时润州民隶牵挽之苦，与征戍及闺怨无关。显然，李白诗是借用乐府旧题而另创新意，与原来的题意无关，乃“本其题”，而非“本其事”。另外，唐诗中尚有李贺《浩歌》“不须浪饮丁都护，世上英雄本无主”之句，此“丁都护”指丁姓友人，显然也与宋武帝诗及其内容无关。据此，杨慎言唐人用丁都护事“皆本此”，并不足信。

“石尤风”之典，唐人多用之，例如，“宁知巴峡路，辛苦石尤风”（陈子昂《初入峡苦风寄故乡亲友》，载《全唐诗》卷八十四），“去梦随川后，来风贮石邮”（李商隐《拟意》，载《全唐诗》卷五百四十一）等，其意与宋武帝《丁都护歌》相同。因此，“石尤风”为唐人所本的说法是成立的。

本则中，杨慎盛赞宋孝武帝刘骏既征伐武略，又文藻群流，乃“全才”。刘骏是南朝杰出的政治家和军事家，其诛刘劭、铲平强臣叛乱等事迹，《宋书》《南史》载之备详。《词品》评之为“一代英雄”，并不为过。不仅如此，刘骏博通经史，著述颇丰。《隋书·经籍志》著录《宋孝武帝集》二十五卷，传世作品亦不在少数，清严可均《全宋文》录其文两卷，逯钦立《先秦汉魏晋南北朝诗》录其诗二十七首。对于孝武帝的文学成就，时人也给予了很高的评价，南朝梁刘勰《文心雕龙》称“孝武多才，英采云构”，南朝梁钟嵘《诗品》评其诗“雕文织彩，过为精密”。可知，《词品》以“全才”评之，是恰当的。

一二《五更转》

陈伏知道《从军五更转》云[①]：“一更刁斗鸣。校尉逴连城。悬闻射雕骑，遥惮将军名。二更愁未央。高城寒夜长。试将弓学月，聊持剑比霜。三更夜警新。横吹独吟春。强听《梅花落》，误忆柳园人。四更星汉低。落月与山齐。依稀北风里，胡笳杂马嘶。五更催送筹。晓色映山头。城乌初起堞，更人悄下楼[②]。”其后隋炀帝效之，作《龙舟五更转》，见《文中子》[③]。

【注释】

①伏知道：生卒年不详。平昌安丘（今属山东）人，南朝陈时曾官镇北长史。逯钦立《陈诗》卷九录其诗七首。

②“一更刁斗鸣”几句：见《乐府诗集·相和歌辞八》，“遥惮”作“悬惮”，“山齐”作“云齐”。逴（chuō），远行。堞（dié），城上呈齿形的矮墙，也称女墙。

③《文中子》：署隋王通撰，实为王通死后，众弟子所编，又称《中说》，包含《王道篇》《天地篇》《事君篇》《周公篇》《问易篇》《礼乐篇》《述史篇》《魏相篇》《立命篇》《关朗篇》等内容。

【评析】

此则录南朝陈伏知道《从军五更转》诗，并推考了隋炀帝效仿此调创制《龙舟五更转》的相关情况。

《乐府诗集·相和歌辞八》解题曰：“《乐苑》曰：‘五更转，商调曲。’按伏知道已有《从军辞》，则《五更转》盖陈以前曲也。”此诗共五首，每首韵脚不同，各自独立成章；又以“一更”“二更”至“五更”为序，以时间绾接各章，前后相承，浑然一体。

杨慎认为，隋炀帝曾效仿伏知道《从军五更转》，作《龙舟五更转》。卷一《隋炀帝词》也曾有过类似的观点："其《金钗两股垂》《龙舟五更转》，名存而辞亡。"此处，杨慎举出王通《中说》中的记载以证其说。其所言"见《文中子》"事，载于《中说》卷四："子游太乐，闻《龙舟五更》之曲，瞿然而归。曰：'靡靡乐也，作之邦国焉，不可以游矣。'"宋阮逸在"《龙舟五更》之曲"下注曰："炀帝将游江都宫，作此曲。"看来，《龙舟五更转》为隋炀帝所作的依据是存在的。《词品》的相关考索和论述，为后人了解此调的渊源和发展提供了可贵的文献参照。

一三 词名多取诗句

词名多取诗句，如《蝶恋花》则取梁元帝"翻阶蛱蝶恋花情"①。《满庭芳》则取吴融"满庭芳草易黄昏"②。《点绛唇》则取江淹"白雪凝琼貌，明珠点绛唇"③。《鹧鸪天》则取郑嵎"春游鸡鹿塞，家在鹧鸪天"④。《惜余春》则取太白赋语⑤。《浣溪沙》则取少陵诗意⑥。《青玉案》则取《四愁诗》语⑦。《菩萨蛮》，西域妇髻也⑧。《苏幕遮》，西域妇帽也。《尉迟杯》，尉迟敬德饮酒必用大杯⑨，故以名曲。兰陵王每入阵必先⑩，故歌其勇。《生查子》，查，古"槎"字，张骞乘槎事也⑪。《西江月》，卫万诗"只今惟有西江月，曾照吴王宫里人"之句也⑫。"潇湘逢故人"⑬，柳浑诗句也⑭。《粉蝶儿》，毛泽民词"粉蝶儿共花同活"句也⑮。余可类推，不能悉载。

【注释】

①梁元帝：为梁文帝之误。翻阶蛱蝶恋花情：出自梁文帝《东飞伯劳歌》两首其一，载《乐府诗集·杂曲歌辞八》："翻阶蛱蝶恋花情，容华飞燕相逢迎。谁家总角歧路阴，裁红点翠愁人心。天窗绮井暖徘徊，珠帘玉箧明镜台。可怜年几十三四，工歌巧舞入人意。白日西落杨柳垂，含情弄态两相知。"

②吴融（850—903）：字子华，越州山阴（今浙江绍兴）人。《全唐诗》存诗四卷。满庭芳草易黄昏：出自吴融诗《废宅》："风飘碧瓦雨摧垣，却有邻人与锁门。几树好花闲白昼，满庭荒草易黄昏。放鱼池涸蛙争聚，栖燕梁空雀自喧。不独凄凉眼前事，咸阳一火便成原。"

③江淹（444—505）：字文通。有《江文通集》。《梁书》《南史》有传。"白雪凝琼貌"两句：出自江淹诗《咏美人春游》，见《江文通集注》卷四："江南二月春，东风转绿蘋。不知谁家子，看花桃李津。白雪凝琼貌，明珠点绛唇。行人咸息驾，争拟洛川神。"

④郑嵎：生卒年不详。字宾光，一作宾先，唐宣宗大中五年（851）进士。《全唐诗》存其诗一首。此所引郑嵎诗今不传。

⑤《惜余春》则取太白赋语：唐李白有《惜余春赋》，中有"爱芳草兮如剪，惜余春之将阑"句，见《李太白集》卷二十五。

⑥《浣溪沙》则取少陵诗意：《杜工部集》卷十三《将赴成都草堂途中有作先寄严郑公五首》有"竹寒沙碧浣花溪，橘刺藤梢咫尺迷"句，同卷《院中晚

晴怀西郭茅舍》亦有“浣花溪里花饶笑，肯信吾兼吏隐名”句。杨慎所言“取少陵诗意”或即指此。

⑦《四愁诗》：东汉文人张衡作，见《文选》卷二十九。其“四思”曰：“我所思兮在雁门，欲往从之雪纷纷，侧身北望涕沾巾。美人赠我锦绣段，何以报之青玉案。路远莫致倚增叹，何为怀忧心烦惋。”

⑧髻：在头顶或脑后盘成各种形状的发髻。

⑨尉迟敬德：即尉迟恭（585—658），字敬德，朔州善阳（今属山西）人。隋末从刘武周起事，归唐，太宗在潜邸，引为右府参军。屡立战功，累封鄂国公，卒谥忠武。

⑩兰陵王：即高肃（541—573），名孝瓘，字长恭，南北朝时期北齐大将，北齐高祖高欢之孙，北齐文襄帝高澄第四子，世称兰陵王。史称兰陵王骁

勇善战，勇冠三军，齐人制《兰陵王入阵曲》以歌其事。《北齐书·兰陵武王孝瓘传》："突厥入晋阳，…… 被围，甚急。城上人弗识，长恭免胄示之面，乃下弩手救之。于是大捷，武士共歌谣之，为《兰陵王入阵曲》是也。"《旧唐书·音乐志》："北齐兰陵王长恭，才武而面美，常著假面以对敌。尝击周师金墉城下，勇冠三军，齐人壮之，为此舞以效其指麾击刺之容，谓之《兰陵王入阵曲》。"

⑪张骞（约前 164—前 114）：字子文，汉中郡城固（今属陕西）人，曾奉汉武帝之命出使大月氏、乌孙等地，官至大行，封博望侯。乘槎事：晋张华《博物志》卷一："汉使张骞渡西海，至大秦。西海之滨，有小昆仑，高万仞，方八百里，东海广漫未闻有渡者。"又，《博物志》卷三："旧说天河与海通。近世有人居海渚者，年年八月有浮槎去来不失期。人有奇志，立飞阁于槎上，多赍粮，乘槎而去。十余日中，犹观星月日辰，自后芒芒忽忽，亦不觉昼夜。"

⑫卫万：事迹不详。"只今惟有西江月"两句：载于《乐府诗集·新乐府辞二》，题为《吴宫怨》："君不见吴王宫阁临江起，不卷珠帘见江水。晓气晴来双阙间，潮声夜落千门里。勾践城中非旧春，姑苏台下起黄尘。只今唯有西江月，曾照吴王宫里人。"

⑬潇湘逢故人：出自柳恽《江南曲》，载于《乐府诗集·相和歌辞一》："汀洲采白蘋，日落江南春。洞庭有归客，潇湘逢故人。故人何不返，春华复应晚。不道新知乐，只言行路远。"

⑭柳浑：应为柳恽（465—517），字文畅，河东解（今山西运城）人，有文集十二卷。杨慎误记。

⑮毛泽民：即毛滂（1061—约1124），字泽民，号东堂，北宋词人。粉蝶儿共花同活：出自毛滂词《粉蝶儿》："雪遍梅花，素光都共奇绝。到窗前、认君时节。下重帏，香篆冷，兰膏明灭。梦悠扬，空绕断云残月。　沈郎带宽，同心放开重结。褪罗衣、楚腰一捻。正春风，新著摸，花花叶叶。粉蝶儿，这回共花同活。"

【评析】

此则推考词调名称之来源，《四库全书总目》卷二〇〇《填词名解》"提要"将之概括为"掇拾古语以牵合词调名义"。类似的论述在《词品》中比较多见，例如，卷一《踏莎行》一则曰："韩翃诗：'踏莎行草过春溪。'词名《踏莎行》本此。"《〈上江虹〉〈红窗影〉》一则曰："唐人小说《冥音录》，载曲名有《上江虹》，即《满江红》。《红窗影》，即《红窗迥》也。"《〈菩萨鬘〉〈苏幕遮〉》一则曰："西域诸国妇人，编发垂髻，饰以杂华，如中国塑佛像璎珞之饰，曰菩萨鬘，曲名取此。《唐书》吕元济上书，'比见方邑，相率为浑脱队，骏马胡服，名曰苏幕遮'，曲名亦取此。李太白诗'公孙大娘浑脱舞'，即此际之事也。"杨慎往往取魏晋、唐人诗句或相关事典，以推考词调名称之由来。

对词调来源的考释是词学研究的重要内容。宋王灼《碧鸡漫志》从音乐角度对三十余首唐宋燕乐曲子作了较为细密的考溯，较早对词调进行了比较集中的讨论和研究。略早于杨慎的都穆在其《南濠诗话》中也对《蝶恋花》等词调作过和杨慎相类似的探讨："昔人词调，其命名多取古诗中语。如《蝶恋花》取梁简文帝'翻阶蛱蝶恋花情'；《满庭芳》取柳柳州诗'满庭芳草积'；《玉楼春》取白乐天诗'玉楼宴罢醉和春'；《丁香结》取古诗'丁香结恨新'，《霜叶飞》取老杜诗‘清霜洞庭叶，故欲别时飞’；《清都宴》取沈隐侯诗‘朝上阊阖宫，夜宴清都关’。其间亦有不尽然者。如《风流子》出《文选》。刘良《文选注》曰：‘风流，言其风美之声流于天下。子者，男子之通称也。’《荔枝香》《解语花》，一出《唐书》，一出《开元天宝遗事》。《唐书·礼乐志》载：‘明皇幸蜀，贵妃生日，命小部张乐奏新曲而未有名。会南方进荔枝，遂命其名曰《荔枝香》。’《遗事》云：‘帝与妃子共赏太液池千叶莲，指妃子谓左右曰：“何如此解语花也？”’《解连环》出《庄子》。《庄子》曰：‘南方无穷而有穷，今日适越而昔来，连环可解也。’《华胥引》出《列子》，《列子》曰‘黄帝昼寝，梦游华胥氏之国。’他如《塞垣春》，‘塞垣’二字出《后汉书·鲜卑传》；《玉烛新》，‘玉烛’二字出《尔雅》。即此观之，其余可类推矣。”

杨慎是否受到了都穆的影响和启发，现已无从查考。不过，这两段文字在研究思路和表述方式上确实存在着很大的相似性（详见张仲谋《杨慎〈词品〉因袭前人著述考》，《古籍整理研究学刊》，2008 年第 4 期）。杨慎从文学史料着手，侧重于探讨词调与魏晋、唐人诗文创作的渊源关系。由于缺少翔实的文献依据，也没有作出进一步深入的说明和辨析，杨慎所作出的判断和所提供的结论，往往显得感性有余而理据不足。以《生查子》为例，《历代诗余》云“查本楂梨之楂”，和杨慎的判断就截然不同。今人任半塘《教坊记笺订》引宋曾慥《类说》云：“唐明皇呼人为‘查’，言士大夫如‘仙查’，随流变化，升天入地，能处清浊也。调名之‘查’，亦可能用此意。”显然，任先生的论述更有说服力。再如《菩萨蛮》，杨慎所论似本于宋王灼《碧鸡漫志》卷五：“《南部新书》及《杜阳杂编》云：‘大中（唐宣宗年号）初，女蛮国入贡，危髻金冠，缨络被体，号菩萨蛮队，遂制此曲。当时倡优李可及作《菩萨蛮队舞》，女士亦往往声其词。’”但也有一些资料认为，此调之出与南诏、缅甸有关。尽管如此，杨慎的论断对后世特别是清代人产生了深刻影响。例如，《惜余春》一调，清徐钪《词苑丛谈》卷一的认识就与杨慎完全一致：“《惜余春》，取太白赋语。”而且，据其他一些相关史料来看，杨、徐的判断是正确的。《惜余春》后来由宋孔夷正式命名为《惜余春慢》，后人沿用此名，或作《选冠子》。再如，《生查子》一调，明末清初毛先舒《填词名解》云：“查，古‘楂’字通，取海客事。”可知，毛氏的看法和杨慎也是相同的。

一四 仄韵绝句

仄韵绝句，唐人以入乐府。唐人谓之《阿那曲》，宋人谓之《鸡叫子》。唐诗“春草萋萋春水绿，野棠开尽飘香玉。绣岭宫前鹤发翁，犹唱开元太平曲”①。乃无名氏闻鬼仙之谣，非李洞作也②。李洞诗集具在，诗体大与此不同，可验。女郎姚月华二首③：“春草萋萋春水绿。对此思君泪相续。羞将离恨附东风，理尽秦筝不成曲。”又云：“与君形影分胡越。玉枕经年对离别。登台北望烟雨深，回身泣向寥天月。”宋张仲宗词云④：“西楼月落鸡声急。夜浸疏香寒淅沥。玉人醉渴嚼春冰，晓色入帘横宝瑟⑤。”张文潜荷花一首云⑥：“平池碧玉秋波莹。绿云拥扇青摇柄。水宫仙子斗红妆，轻步凌波踏明镜[7]。”杜祁公咏雨中荷花一首云[8]：“翠盖佳人临水立。檀粉不匀香汗湿。一阵风来碧浪翻，真珠零落难收拾[9]。”三首皆佳。宋人作诗与唐远，而作词不愧唐人，亦不可晓。《太平广记》载妖女一词云：“五原分袂真胡越。燕折莺离芳草歇。年少烟花处处春，北邙空恨清秋月[10]。”其词亦佳。坡词“春事阑珊芳草歇”亦用其语[11]。或疑“歇”字似“趁”韵，非也。唐刘瑶诗“瑶草歇芳心耿耿”[12]，皆有出处，一字不苟如此。

【注释】

①“春草萋萋春水绿”几句：关于此诗的作者各本说法不一。宋洪迈《万首唐人绝句》卷六十六载录此诗，不注撰者，题为《甘裳叟一首》，“鹤发翁”作“鹤发人”；宋周弼《三体唐诗》卷二署李洞作，题为《绣岭宫》；《全唐诗》卷五百六十二署李玖作，题为《白衣叟途中吟》；《全唐诗》卷七百二十三题李洞作，题为《绣岭宫词》，“春水绿”作“春草绿”。

②李洞：生卒年不详。字才江，唐诸王孙，晚唐诗人。作诗慕贾岛，属苦吟一系。有《李洞集》，《全唐诗》存其诗三卷。

③姚月华：《全唐诗》卷八百录其诗六首，题注曰：“姚月华尝梦月坠妆台，觉而大悟，聪慧过人。少失母，随父寓扬子江。见邻舟书生杨达诗，命侍儿乞其稿，达立缀艳诗致情，自后屡相酬和。会其父有江右之行，踪迹遂绝。”下文所引两诗，较早见于《乐府诗集·相和歌辞十七》，题为《怨诗》。“春草萋

萋春水绿”作“春水悠悠春草绿”,“附东风”作“向东风”,“经年”作“终年”。

④张仲宗：即张元幹（1091—约1161），字仲宗，号卢川居士、真隐山人，芦川永福（今福建永泰）人。有《卢川归来集》十卷,《卢川词》二卷,《全宋词》录其词一百八十六首。

⑤“西楼月落鸡声急”几句：乃朱敦儒《春晓曲》，见《樵歌》卷下,“月落”作“落月”，杨慎误为张元幹词。朱敦儒（1081—1159），字希真，号岩壑，洛阳（今属河南）人。有《樵歌》三卷。

⑥张文潜：即张耒（1054—1114），字文潜，号柯山,“苏门四学士”之一。有《张右史文集》六十卷传世，存词六首，断句三则。

⑦“平池碧玉秋波莹”几句：出自《张右史文集》卷十二，题为《对莲花戏寄晁应之》。“摇”，作“瑶”;“红妆”作“新妆”。

⑧杜祁公，即杜衍（978—1057），字世昌，山阴（今浙江绍兴）人。登进士甲科，历官至集贤殿大学士、兼枢密使，进太子太师，封祁国公，赠司徒，谥正献。有《杜祁公摭稿》。

⑨“翠盖佳人临水立”几句：载宋陈思《两宋名贤小集》卷六十九，题为《雨中荷花》。

⑩“五原分袂真胡越”几句：见宋李昉等《太平广记》卷三百四十七“曾季衡”条,“胡越”

作“吴越”。《全唐诗》卷八百六十六题为王丽贞作，题为《与曾季衡冥会诗》。

⑪坡：指苏轼。苏轼（1037—1101），字子瞻，又字和仲，号东坡居士，眉州眉山（今属四川）人。嘉祐二年（1057）进士，官至翰林学士知制诰、知礼部贡举等。苏轼艺文通才，诗、词、文、书、画均卓然大家。有《东坡全集》一百五十卷，《东坡乐府》三卷等。春事阑珊芒草歇：出自苏轼《蝶恋花》：“春事阑珊芳草歇，客里风光，又过清明节。小院黄昏人忆别，落红处处闻啼鴂。 咫尺江山分楚越，目断魂销，应是音尘绝。梦破五更心欲折，角声吹落梅花月。”

⑫刘瑶：生卒年不详。唐代女诗人，《全唐诗》存其诗三首。瑶草歇芳心耿耿：出自刘瑶《暗别离》：“槐花结子桐叶焦，单飞越鸟啼青霄。翠轩辗云轻遥遥，燕脂泪迸红线条。瑶草歇芳心耿耿，玉佩无声画屏冷。朱弦暗断不见人，风动花枝月中影。青鸾脉脉西飞去，海阔天高不知处。”载《乐府诗集·杂曲歌辞十二》和《全唐诗》卷八百零一。

【评析】

本则讨论仄韵绝句的问题，并对所列举之诗、词的作者和整体特点等作了一定的论述和评析。

仄韵绝句的体式特点是，七言、四句，三仄韵。本则中，杨慎列举唐宋人的一些诗词作品作为范例来显现这一诗体的特点。其中，所列举的较为完整的唐人诗歌有“春草萋萋春水绿”一首，姚月华诗两首，《太平广记》所载“妖女”诗一首，共四首；宋人较完整的作品有朱敦儒词一首，张耒诗一首（古诗，截取首四句），杜衍诗一首，共三首。这些作品，有的属近体绝句，如

“春草萋萋春水绿”一首；有的属乐府诗，如姚月华《怨诗》两首；有的属古诗，如张耒《对莲花戏寄晁应之》,《词品》截取了其首四句以为范例。有的则是词，如朱敦儒《春晓曲》(杨慎误记为张元幹词)。此词单调，四句，三仄韵，共二十七字,《词谱》卷一以为正体。杨慎所录也是四句，但每句均为七字（第二句“淅沥”前多一“寒”字)，共二十八字，不符合《春晓曲》的体式特征，不知杨慎所据为何。不过，这些诗、词作品大多符合仄韵绝句的特征。

杨慎又言:“仄韵绝句，唐人以入乐府。唐人谓之《阿那曲》。”此说成立。《阿那曲》为唐声诗名,《全唐诗・附词》有收录,《词律》卷一以为词调。《太平广记》卷六十九引《传记》载，开元中，杨贵妃侍儿张云容尝独舞《霓裳》于绣岭宫，贵妃赠“罗袖动香香不已”一诗。此诗七言、四句，三仄韵，为本调传辞。任半塘《唐声诗》下编第十三对词调有详细考辨:“‘阿那’二字皆读平声，谓舞容之柔靡。此辞乃声诗格调中仄韵七绝之较典型者。首句仄起，次句、三句均平起，末句为仄起，非其他仄韵七绝所能混。”“‘阿那’之义定为舞容，以古乐府为据。他或解为用力之声，或犹云‘何处’，均非此调取名之意。宋人词集中仍有‘阿那曲’名。”

杨慎还讲，唐人《阿那曲》,“宋人谓之《鸡叫子》”，此说不确。《宋史・乐志》载:“太平兴国中，伶官蔚茂多侍大宴，闻鸡唱，殿前都虞候崔翰闻之曰:‘此可被管弦乎？’茂多即法其声，制曲曰《鸡叫子》。”据此可知《鸡叫子》始创于宋代。今传《鸡叫子》平仄也与此调不同。

本则中，杨慎对宋人词作给予了较高评价，认为“宋人作诗与唐远，而作词不愧唐人”。这一认识多为后人所认可，从整体上看来，宋词无论题材、内容，还是数量，都有胜于唐人词。段末后三例，因所列诗句皆有“芳草歇”句意，故言用其语或“皆有出处”。

一五《捣练子》

李后主《捣练子》云[①]：“深院静，小庭空。断续寒砧断续风[②]。无奈夜长人不寐，数声和月到帘栊。”词名《捣练子》，即咏捣练[③]，乃唐词本体也。

【注释】

①李后主：即李煜（937—978），字重光，徐州（今属江苏）人，南唐最后一位君主，史称“李后主”。主要事迹载于《新五代史》《南唐书》等史籍中。工书画，精音律，词作成就尤高。王仲闻《南唐二主词校订》收录其词三十三首。

②砧（zhēn）：捣衣石，汉班婕妤《捣素赋》：“于是投香杵，扣玟砧，择鸾声，争凤音。”这里指捣衣声。

③捣练：捣洗煮过的熟绢。

【评析】

本则讨论《捣练子》词调和内容之间的关系。

早期词人作词，先要“选调”。某一类词调只适合于表现某类内容，因此，词人选调时，要尽量考虑词调和所咏内容之间保持一致。宋黄昇《唐宋诸贤绝妙词选》卷一李珣《巫山一段云》题解讲得很清楚："唐词多缘题所赋，《临江仙》则言仙事，《女冠子》则述道情，《河渎神》则咏祠庙，大概不失本题之意。尔后渐变，去题远矣。"黄昇所谓"唐词多缘题所赋"符合唐词实际，对后世影响较大。杨慎袭用了这一观点，甚至，上述黄昇所举诸端，《词品 》卷一《醉公子》也悉数照搬，文字上亦基本一致。

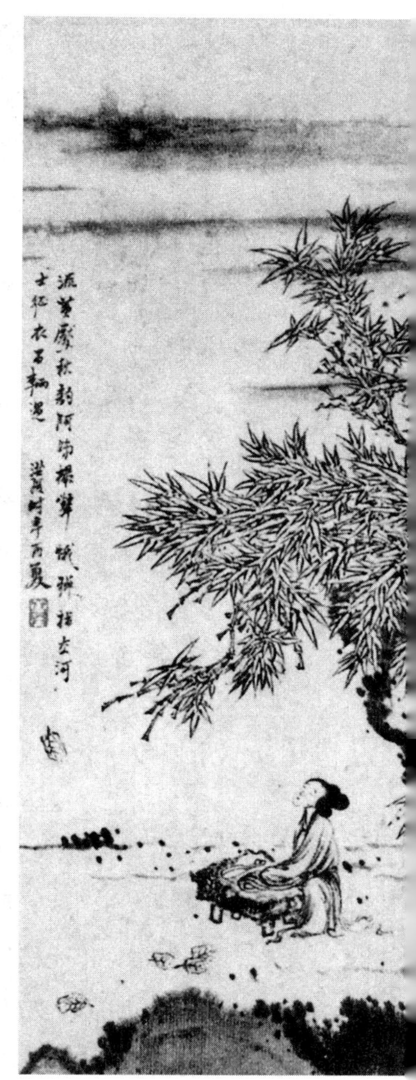

文中所列《捣练子》一词，属小令词。描写秋日深院思妇捣练，细致地刻画了闺中人对远方征人的思念。所咏内容与词调一致，故杨慎说"词名《捣练子》，即咏捣练，乃唐词本体也"。《词律》卷一、《词谱》卷一都将李煜该词列为《捣练子》正体，单调，二十七字，五句三平韵。类似对"唐词多缘题所赋"的实际考察，在《词品》中并不少见。如卷一《人月圆》："宋驸马王晋卿元宵词云：'小桃枝上春来早，初试薄罗衣。年年此夜，华灯盛照，人月圆时。禁街箫鼓，寒轻夜永，纤手同携。更阑人静，千门笑语，声在帘帏。'此曲晋卿自制，名《人月圆》，即咏元宵，犹是唐人之意。"《醉公子》一则在复述黄昇《临江仙》等三调的基础上，又言“《巫山一段云》则状巫峡”、《醉公子》“即咏公子醉也”等，均属此类。

一六《干荷叶》

元太保刘秉忠《干荷叶》曲云[①]：“干荷叶，色苍苍。老柄风摇荡。减了清香越添黄。都因昨夜一场霜。寂寞秋江上。”此秉忠自度曲，曲名《干荷叶》，即咏干荷叶，犹是唐词之意也。又一首吊宋云：“南高峰。北高峰。惨淡烟霞洞。宋高宗，一场空。吴山依旧酒旗风。两度江南梦。”此借腔别咏，后世词例也。然其曲凄恻感慨，千古之寡和也。或云非秉忠作。秉忠助元凶宋[②]，惟恐不早，而复为吊惜之辞[③]，其俗所谓斧子斫了手摩挲之类也。

【注释】

①刘秉忠（1216—1274）：本名侃，字仲晦，号藏春散人，邢州（今河北邢台）人。博学多才，能诗文。忽必烈即位后，拜光禄大夫，位太保，参领中书省事。著有《藏春集》，《元史》有传。此所列《干荷叶》词两首《藏春集》无载，较早见于元杨朝英《乐府新编阳春白雪》后集卷一，“秋江上”作“在秋江上”。明蒋一葵《尧山堂外纪》卷六十九、清冯金伯《词苑萃编》卷六、清朱彝尊《词综》卷二十七等均有录。

②助元凶宋：或作“助元亡宋”，刘秉忠曾以布衣身份随忽必烈征大理、云南、南宋，故云。

③吊惜：悼念惋惜。

【评析】

本则讨论“缘题所赋”和“借腔别咏”的问题，并对元代词人刘秉忠的两首词作了一定的分析和探讨。

词调始创之时，有的和所咏内容之间存在关联性。宋黄昇所谓“《临江仙》则言仙事，《女冠子》则述道情，《河渎神》则咏祠庙”就属于这种情况，这也就是黄昇和杨慎所提到的“缘题所赋”的情形。同时，词调的来源和产生又是比较复杂的，有来自民间、来自边地和外域、创自教坊大晟府等乐府机构、创自乐工歌妓、摘自大曲法曲、词人自度曲等情况（详见吴熊和《唐宋词通论》，浙江古籍出版社 1989 年）。词调来源的多样性和复杂性决定了并不是每一个词调和所咏内容之间都存在着必然的关联。实际情况是多数词调即使在创始时也和所歌内容没有关联。因此，杨慎所言之“借腔别咏”在词创作中是一种惯例。

本则所列《干荷叶》曲，系元人刘秉忠自度曲，取前三字为调名。所列第一首，从色彩、形态、情味等方面咏干荷叶，体物细腻，摹写工巧。词调和所咏内容一致，属“缘题所赋”之情形，故杨慎言“犹是唐词之意也”。所列第二首，虽词调仍为《干荷叶》，但内容已与荷及荷叶毫无干系，系“吊宋”之作，杨慎将此种情形概括为“借腔别咏”。如上所述，由于词调来源的复杂性，多数词调和所咏内容之间没有必然联系。而且，随着词和音乐的分离，后世词人按谱添词，依曲定体，虽遵从原调形式上的格韵要求，但很少考虑内容上相称或对应，多数属“借腔别咏”。再者，社会生活的日臻丰富和词作题材的不断扩大，也使得依旧声添新词、用旧题写时事成为词体创作的必然。从“缘题所赋”到“借腔别咏”，既是词体演变的必然结果，从一定意义上讲，也是词体解放的重要表现。杨慎讲“借腔别咏，后世词例也”，这一描述是正确的。从援用黄昇“唐词多缘题所赋”之观点以考察唐词本体，到总结“借腔别咏”在元人及后世词作中的运用，我们可以看到，杨慎对词体演变的具体情形是做了细致考察的。他的论述虽然不够系统全面，但片言据要、切中肯綮，准确地揭示了词体演变的内在规律，是非常有价值的。

本则中，杨慎评刘秉忠《干荷叶》（南高峰）凄恻感慨、千古寡和。此曲咏宋高宗及南宋事，格调凄婉、含蓄蕴藉、虚实相生，在情感铺陈和表述方式上确有过人之处。在“吊惜”类作品中，堪称上乘。因此，杨慎的评价是合适的。

一七　乐曲名解

《古今乐录》云①：“伧歌以一句为一解②，中国以一章为一解③。”王僧虔启曰④：“古曰章，今曰解。解有多少，当是先诗而后声。诗叙事，声成文，必使志尽于诗，音尽于曲。是以作诗有丰约，制解有多少。”又“诸曲调皆有词，有声。而大曲又有艳、有趋、有乱。词者，其歌诗也。声者，若羊吾、夷伊、那何之类也。艳在曲之前，趋与乱在曲之后，亦犹《吴声》《西曲》，前有和，后有送也。”慎按：艳在曲之前，与《吴声》之和，若今之引子。趋与乱在曲之后，与《吴声》之送，若今之尾声。羊吾夷、伊那何，皆声之余音袅袅，有声无字。虽借字作谱而无义。若今之哩啰、哇唵、唵吽也。知此，可以读古乐府矣。

【注释】

①《古今乐录》：据《隋书·经籍志》：“《古今乐录》十二卷，陈沙门智匠撰。”又据《玉海》卷一〇五，《古今乐录》编成于陈废帝光大二年（568），所叙自汉迄陈乐事。其书已佚，宋郭茂倩《乐府诗集》引用二百余次。

②伧（cāng）歌：指南北朝时期北地乐府民歌。

③中国：指中原。

④王僧虔（426—485）：琅邪临沂（今属山东）人，王羲之四世族孙。善隶书，同时喜文史，通音律。初仕宋，累迁尚书令；入齐，迁侍中。《南齐书》有传。

【评析】

本则“慎按”之前皆摘录自《乐府诗集·相和歌辞》题解。主要内容是，引《古今乐录》和王僧虔的有关论述，解释乐府中“解”“艳”“趋”“乱”等概念的含义。根据相关论述可知，“解”是指乐曲或诗歌的章节。晋崔豹《古今注·音乐》记载：“李延年因胡曲更造新声二十八解。”宋姜夔《凄凉犯》词序：“予客居阖户，时闻马嘶，出城四顾，则荒烟野草，不胜凄黯，乃著此解。”这里的“解”都是指章节。“艳”是大曲的引子。“趋”“乱”都指乐曲的最后一章,《论语·泰伯》:“《关雎》之乱，洋洋乎盈耳哉！”朱熹《集注》:“乱，乐之卒章也。”

“慎按”至文末是杨慎对上述内容所作的补充说明。杨慎采用古今对照的方法，对“艳”“趋”“乱”诸名在明代的指称一一作了对应和说明。这些对于后人了解和把握明代词、曲中基本名称概念的来源和含义是有帮助的。文末列举了“哩啰”“哇唵”“唵吽”等几个作为“余音”使用的词语，这为了解明代词曲中助词、语气词以及衬字的运用情况提供了重要的语料参照。

本则亦见于杨慎《升庵诗话·乐曲名解》。与《词品》相较,《诗话》结尾处多出了“齐歌曰欧，吴歌曰歈，楚歌曰些，巴歌曰嬥”一句。看来，“欧”“歈”“些”“嬥”等是不同地域对乐歌的种种称谓。各曲都有自己悠久的历史传统，同时也都具有各自鲜明的地域特色。例如,《楚辞·招魂》有“吴歈蔡讴，奏大吕些”的记载，西晋左思《魏都赋》有“或明发而嬥歌，或浮泳而卒岁”句，唐李善注曰:“嬥，讴歌，巴土人歌也。何晏曰:‘巴子讴歌，相引牵连手而跳歌也。’”

既然是“乐曲名解”,《升庵诗话》对乐曲的不同称谓予以列举也未见不妥。但问题是，对于诗话和词话中的这种“重出”现象该如何考虑和评判呢？大概说来，这可能与杨慎“诗词同工而异曲，共源而分派”的文论思想有关。杨慎认为，词源于六朝，并致力于追溯和讨论魏晋至唐五代乐府、声诗与后世词体格韵、调曲、内容情趣、风格、名称等方面的渊源关系。有些文学史料用于论诗可以，用于论词也恰当。源于此，杨慎的诗话和词话中往往使用了相同的文献，或论述了相同的观点。本则《乐曲名解》就是一个比较典型的例子。类似的情况还有很多，仅就《词品》卷一而言，其《阿鹎回》《泥人骄》《关山一点》《夜夜昔昔》（《诗话》作《昔昔盐》）等则就与《升庵诗话》在题名、文字上基本相同；《恻寒》《王筠〈楚妃吟〉》（《诗话》作《楚妃吟》）、《南云》等则虽文字上有多寡之异，但也只是增加了词例而已。如此等等，不一而足。

一八 填词句参差不同

填词平仄及断句皆定数，而词人语意所到，时有参差。如秦少游《水龙吟》前段歇拍句云[①]："红成阵，飞鸳甃[②]。"换头落句云："念多情但有，当时皓月，照人依旧。"以词意言，"当时皓月"作一句，"照人依旧"作一句。以词调拍眼[③]，"但有当时"作一拍，"皓月照"作一拍，"人依旧"作一拍，为是也。维扬张世文云[④]：陆放翁《水龙吟》[⑤]，首句本是六字，第二句本是七字。若"摩诃池上追游客"则七字。下云"红绿参差春晚"，却是六字。又如后篇《瑞鹤仙》，"冰轮桂花满溢"为句[⑥]，以"满"字叶，而以"溢"字带在下句。别如二句分作三句，三句合作二句者尤多。然句法虽不同，而字数不少。妙在歌者上下纵横取协尔。古诗亦有此法，如王介甫"一读亦使我，慨然想遗风"是也[⑦]。

【注释】

①秦少游（1049—1100）：即秦观，字太虚，后改字少游，号淮海居士，扬州高邮（今属江苏）人，“苏门四学士”之一。曾为国史院编修，后因坐党籍出为杭州通判，贬徙横州、雷州等地。有《淮海集》。词集有《淮海居士长短句》，存词九十首。歇拍：填词每阕之末，谓之“歇拍”，犹曲之煞尾。清况周颐《蕙风词话》卷一：“曲有煞尾，有度尾。煞尾如战马收缰，度尾如水穷云起。煞尾犹词之歇拍也，度尾犹词之过拍也。”

②“红成阵”两句：出自秦观《水龙吟》：“小楼连远横空，下窥绣毂雕鞍骤。朱帘半卷，单衣初试，清明时候。破暖轻风，弄晴微雨，欲无还有。卖花声过尽，斜阳院落，红成阵、飞鸳甃。　玉佩丁东别后。怅佳期、参差难又。名缰利锁，天还知道，和天也瘦。花下重门，柳边深巷，不堪回首。念多情但有，当时皓月，向人依旧。”鸳甃（zhòu），用对称的砖瓦砌成的井壁，这里借指井。

③拍眼：即乐曲节拍。

④维扬：扬州的别称。张世文：即张綖，生卒年不详。字世文（一作世昌），号南湖居士，扬州高邮（今属江苏）人，明代词人、词论家。正德八年（1513）举人，“八上春官，不第，谒选为武昌通判，迁知光州，罢归。少从王西楼游，刻意填词，每填一篇，必求合某宫某调，某调第几声，其声出入第几犯。抗坠圆美，必求合作。”（清钱谦益《列朝诗集小传》丙集）有《南湖诗集》四卷、词集《南湖诗余》及词学著作《诗余图谱》等。

⑤陆放翁：即陆游（1125—1210），字务观，号放翁，越州山阴（今浙江绍兴）人，居“中兴四大诗人”之冠。有《剑南诗稿》八十七卷，《渭南文

集》五十卷。词二卷，载于《渭南文集》中，后又别出单行。《全宋词》据双照楼影宋本《渭南文集》等辑录其词一百四十五首。文中所引句出自陆游词《水龙吟》："摩诃池上追游路，红绿参差春晚。韶光妍媚，海棠如醉，桃花欲暖。挑菜初闲，禁烟将近，一城丝管。看金鞍争道，香车飞盖，争先占、新亭馆。　惆怅年华暗换。黯销魂、雨收云散。镜奁掩月，钗梁拆凤，秦筝斜雁。身在天涯，乱山孤垒，危楼飞观。叹春来只有，杨花和恨，向东风满。"游路，别本或作"游客"。

⑥冰轮桂花满溢：出自宋康与之《瑞鹤仙·上元应制》："瑞烟浮禁苑。正绛阙春回，新正方半。冰轮桂华满。溢花衢歌市，芙蓉开遍。龙楼两观。见银烛、星球有烂。卷珠帘、尽日笙歌，盛集宝钗金钏。　堪羡。绮罗丛里，兰麝香中，正宜游玩。风柔夜暖。花影乱，笑声喧。闹蛾儿满路，成团打块，簇著冠儿斗转。喜皇都、旧日风光，太平再见。"康与之，生卒年不详。字伯可，号顺庵，洛阳（今属河南）人，居滑州（今河南滑县），南宋词人。高宗建炎初，上《中兴十策》，名震一时。秦桧当国，附桧求进，为桧门下十客之一。桧死，除名编管钦州，移雷州，再移新州牢城。有《顺庵乐府》，今不传。

⑦王介甫：即王安石（1021—1086），字介甫，号半山，抚州临川（今属江西）人。庆历二年（1042）进士，熙宁二年（1069）拜参知政事，推行新法，史称"王安石变法"。晚年退居江宁（今江苏南京），卒，赠太傅，谥文。《宋史》有传。有《临川先生文集》一百卷，亦工词，《全宋词》存其词二十九首。"一读亦使我"两句：出自王安石《圣俞为狄梁公孙作诗要予同作》："虎豹不食子，鸱枭不乘雄。人恶甚鸟兽，吾能与成功。爱有以计留，去有势不容。吾

谋适合意，几亦齿奸锋。时恩沦九泉，褒取异代忠。堂堂社稷臣，近世孰如公？空使苗裔孙，称扬得诗翁。一读亦使我，慨然想余风。”

【评析】

本则探讨了词的句法结构问题。

词最初是合乐歌唱的，一定的词调有其固定的分段、押韵、句数、字数、平仄等方面的要求，即所谓“依曲定体”。词调一旦形成，后世词人填词时就需要“依声”“按谱”，进而确定词的分片、用韵、断句及用字等，用杨慎的话来讲，就是“平仄及断句皆定数”。句之“定数”是“依曲拍定句”的结果，需要依照“拍眼”的要求来安排上下句的分断。因此，宋张炎《词源》卷下讲：“法曲、大曲、慢曲之次，引近辅之，皆定拍眼。盖一曲有一曲之谱，一均有一均之拍，若停声待拍，方合乐曲之节。”又云：“唱曲苟不按拍，取气决是不匀，必无节奏，是非习于音者，不知也。”

但在具体填词过程中，词人往往根据语意表达的需要而不是音乐上的要求来重新安排上下句之间的分断。本则

中，杨慎所举秦观《水龙吟》落句便是典型一例。按照“拍眼”的形式，此句似应断为：“念多情但有当时，皓月照，人依旧。”这样一来，词意不够连贯，也不符合作者的原意。因此，秦观词实际断为：“念多情但有，当时皓月，照人依旧。”这样的情况在填词中比较常见，而且也是允许的。“以词配曲，有时声多字少，有时字多声少，歌词与乐段之间存在着某种弹性，允许有一定的自由。”（吴熊和《唐诗词通论》，浙江古籍出版社 1985 年）因此，同样是《水龙吟》，辛弃疾“楚天千里清秋”结句作“倩何人唤取，红巾翠袖，揾英雄泪”，苏轼“次韵章质夫杨花词”则断为“细看来不是杨华，点点是，离人泪”。其他词调中，类似的情况也普遍存在。清王奕清等《词谱·凡例》就曾总结说：“词中句读，不可不辨。有四字句而上一下一，中两字相连者；有五字句而上一下四者；有六字句而上三下三者；有七字句而上三下四者；有八字句而上一下七、或上五下三、上三下五者；有九字句而上四下五、或上六下三、上三下六者。此等句法，不可枚举。”依语意切分字句，而不是墨守“拍眼”的既定规矩，从一定意义上讲，业已突破了音律的限制，实际上正显示了词逐渐脱离音乐而成为一种独立文体的某些特征。杨慎注意到了这种变化，并且举秦观的具体词例并援引《诗余图谱》的相关论述作了较为恰当的说明，可以见出，杨慎对词体变化的规律是十分熟悉的。

本则“陆放翁《水龙吟》”以下各句，摘引自明张綖《诗余图谱·水龙吟》例词之后的案语。略有不同的是，《诗余图谱》所举诗例，除王安石诗一联外，尚有韩愈“李杜文章在，光焰万丈长”一联。张綖所举陆游及康与之词句，也是依照语意表达的需要对上下句的字数和句读略作调整。既然歌词与乐段之间可以存在弹性，因此句式上的这些适度变化并无不妥。这既不影响词的整体结构，又利于词人情感的表达。

一九 欧苏词用选语

欧阳公词“草熏风暖摇征辔”[①]，乃用江淹《别赋》“闺中风暖，陌上草熏”之语也[②]。苏公词“照野弥弥浅浪，横空暧暧微霄”[③]，乃用陶渊明“山涤余霭，宇暧微霄”之语也[④]。填词虽于文为末，而非自《选》诗、《乐府》来，亦不能入妙。李易安词“清露晨流，新桐初引”[⑤]，乃全用《世说》语[⑥]。女流有此，在男子亦秦、周之流也[⑦]。

【注释】

①欧阳公：即欧阳修（1007—1027），字永叔，号醉翁，晚号六一居士，吉州庐陵（今江西吉安）人。天圣八年（1030）进士，景祐元年（1034）授宣德朗，试大理评事兼监察御史，充馆阁校勘。庆历三年（1043）充太常丞知谏院，以右正言知制诰，参与范仲淹“新政”。嘉祐二年（1057）以翰林学士知礼部贡举。累迁礼部侍郎、枢密副使、参知政事，以太子少师致仕。《宋史》有传。欧阳修乃“一代儒宗”，文坛领袖。主持修撰《新唐书》，撰有《新五代史》，诗文杂著有《欧阳文忠公集》一百五十三卷。草熏风暖摇征辔：出自欧阳修《踏莎行》：“候馆梅残，溪桥柳细，草熏风暖摇征辔。离愁渐远渐无穷，

迢迢不断如春水。　寸寸柔肠，盈盈粉泪，楼高莫近危阑倚。平芜尽处是春山，行人更在春山外。”

②江淹：见前《词名多取诗句》一则注。

③“照野弥弥浅浪”两句：出自苏轼《西江月》：“照野弥弥浅浪，横空暖暖微霄。障泥未解玉骢骄。我欲醉眠芳草。　可惜一溪明月，莫教踏破琼瑶。解鞍攲枕绿杨桥，杜宇一声春晓。”弥弥，水满貌。

④陶渊明（365—427）：一名潜，字符亮，私谥靖节，庐江浔阳（今江西九江）人。曾为江州祭酒、镇江参军，后任彭泽令。不肯为五斗米折腰，弃官归隐。有《陶渊明集》。“山涤余霭”两句：出自陶渊明《时运》（四首其一）：“迈迈时运，穆穆良朝。袭我春服，薄言东郊。山涤余霭，宇暖微霄。有风自南，翼彼新苗。”

⑤李易安：即李清照（1084—约1151），号易安居士，济南章丘（今属山东）人，宋代杰出女词人。其词继承婉约派风格，南渡前以造语新丽见称，南渡后以情调悲凉为主。有《易安居士文集》，已佚；后人辑有《漱玉词》。“清露晨流”句：见李清照《念奴娇·春情》：“萧条庭院，又斜风细雨，重门须闭。宠柳娇花寒食近，种种恼人天气。险韵诗成，扶头酒醒，别是闲滋味。征鸿过尽，万千心事难寄。　楼上几日春寒，帘垂四面，玉阑干慵倚。被冷香消新梦觉，不许愁人不起。清露晨流，新桐初引，多少游春意。日高烟敛，更看今日晴未。”

⑥《世说》：即《世说新语》，魏晋六朝“志人”小说，由南朝宋刘义庆召集门下食客共同编撰。全书分上、中、下三卷，依内容分为“德行”“言

语”“政事”“文学”“方正”“雅量”“识鉴”等三十六类。

⑦秦、周：即秦观、周邦彦。秦观，见前《填词句参差不同》一则注。周邦彦（1056—1121），字美成，号清真居士，杭州钱塘（今属浙江）人。嘉祐八年（1063）进士，元丰中擢太学正，出为庐州教授、调溧水令。政和六年（1116），提举大晟府，《宋史》有传。精通音律，语言曲丽精雅，为后来格律派词人所宗。有《清真居士集》，已佚，今存《片玉集》。

【评析】

本则考察了欧阳修《踏莎行》（候馆梅残）、苏轼《西江月》（照野弥弥浅浪）、李清照《念奴娇》（萧条庭院）三首词中化用六朝人语辞的情况，进而提出了填词要多借鉴、吸纳《文选》和《乐府诗集》的主张。

江淹《别赋》乃六朝抒情小赋的代表作品。该赋列举了各种离别之情状，并用春草、秋露、绿波、南浦等渲染离别场景，以突出其“黯然销魂者，唯别而已矣”的主题。其中有“辽水无极，雁山参云；闺中风暖，陌上草熏；日出天而曜景，露下地而腾文”等句，以边郡之寥落苍凉与家园之盛春美景对举，从正反两个方面进行衬托，极写其“不忍别”的情绪。欧阳修词巧妙地运用了此中的语辞和意绪，用“草熏风暖”作反衬，以乐景写哀情，恰当地抒写了离别之苦。陶渊明“宇暧微霄”写暮春郊游所见之天宇暗昧、云气轻拂，不独体物工巧，亦且寓意深远。苏轼《西江月》化用其语以描摹山间雾霭沉沉、暗昧幽昏之状，同样纤曲婉深，雍穆平远。苏轼平生服膺陶潜，对陶诗之情趣、境界、事典、语辞多所借鉴和融摄，此又一明证也。南朝宋刘义庆《世说新语·赏誉》第八载：“王恭始与王建武甚有情，后遇袁悦之间，遂致疑隙。然每至兴会，故有相思时。恭尝行散至京口谢堂，于时清露晨流，新桐初引。恭目之曰：‘王大故自濯濯。’”其“清露晨流，新桐初引”一句自然流畅，清丽可掬，遂为李清照所喜爱，原句引入词中。

欧阳修、苏轼和李清照都是宋词大家，博通经史，渔猎今古。其填词写诗，自能旁搜远绍，用精取弘。从上述解析可以看到，三人对六朝之清词丽句也确实多有借鉴和吸纳。杨慎亦是饱学之士，嗜学不倦，经纶满腹，举凡经史庄骚、诗词曲赋、音韵考古无不涉猎。因此，明王世贞《艺苑卮言》评为：“明兴，称博学饶著述者，盖无如用修。”《词品》卷一《草熏》讨论道：“佛经云：‘奇草芳花能逆风闻熏。’江淹《别赋》‘闺中风暖，陌上草熏’，正用佛经语。六一词云‘草熏风暖摇征辔’，又用江淹语。今《草堂》词改‘熏’作‘芳’，盖未见《文选》者也。”杨慎认为，“草熏”一词的来源在佛经，江淹《别赋》中语也正源于佛经；《草堂诗余》改“熏”作“芳”，是因为没有看到《文选》的缘故，杨慎对这一改窜表示了不满。本则对三家词之用语的推考和辨析，亦足资证明其博学多识。清吴衡照在《莲子居词话·词品引据博洽》对此就大加赞赏：“杨用修《词品》四卷，论列诗余，颇具知人论世之概，不独引据博洽而已。其引据处，亦足证俗本之误。如云：《文选》江淹《别赋》‘闺中风暖，陌上草熏’，六一词‘草熏风暖摇征辔’用此。俗本改‘熏’作‘芳’。……其他辨订，渊该综核，终非陈耀文、胡应麟辈所可仰而攻也。”的确，杨慎的类似考论，对于后人了解宋词对前代文学的承衍、明晰词体的发展和演变具有重要的参考价值。当然，推源诸词与江淹、陶渊明及《世说新语》的关系，也是杨慎之“词体源于六朝”思想的一个具体体现。

本则中，杨慎还特别强调：“填词虽于文为末，而非自《选》诗、《乐府》来，亦不能入妙。”主张词人应多研读《文选》和《乐府诗集》中的诗歌，以此来增长才识，使词作臻于妙境。其所列三首作品中，《别赋》就见载于《文选》卷十六。显然，杨慎的要求是合理的。词虽小道，但亦需缵修前续，斟酌古语，取其精华。杨慎要求通过读诗来提高词体写作水平，这也显示了他“诗词同源”的思想倾向；而强调从《文选》和《乐府诗集》中撷取精粹，从一定意义上讲，又是对“前七子”“文必秦汉、诗必盛唐”观念的反驳。

二〇 南云

晏元献公《清商怨》云[①]：“关河愁思望处满。渐素秋向晚。雁过南云，行人回泪眼。　双鸾衾裯悔展。夜又永，枕孤人远。梦未成归，梅花闻塞管[②]。”此词误入欧公集中。按《诗话》[③]：或问晏同叔词“雁过南云”何所本，庚溪以江淹诗“心逐南云去，身随北雁来”答之[④]。不知陆机《思亲赋》有“指南云以寄钦”之句⑤。陆云《九愍》云⑥:“眷南云以兴悲⑦。”“南云”字，当是用陆公语也。

【注释】

①晏元献：即晏殊（991—1055），字同叔，抚州临川（今属江西）人。七岁能文，景德初，以神童荐，赐同进士出身，擢秘书省正字。明道元年（1032）迁参知政事、尚书左丞，庆历三年（1043）加同中书门下平章事、集贤殿学士，兼枢密使，卒谥元献。《宋史》有传。有《珠玉词》三卷。

②“关河愁思望处满”几句：后人多认为该词乃欧阳修所作。衾裯（qīn chóu），指被褥、床帐等卧具。塞管，塞外胡乐器，以竹为管，声悲切。

③《诗话》：指宋陈岩肖《庚溪诗话》。《庚溪诗话》卷下：“诗词中多用‘南云’。晏元献公《寄远》诗曰：‘一纸短书无寄处，数行征雁入南云。’绍兴庚午岁，余为临安秋赋考试官，同舍有举欧阳公长短句词曰：‘雁过南云，行人回泪眼。’因问曰：‘南云，其义安在？’余答曰：‘尝见江总诗云：“心逐南云去，身随北雁来。故园篱下菊，今日几花开。”恐出于此耳。’”

④江淹：当为“江总”之误。江总（519—594），字总持。仕梁、陈、隋三代，陈时官至尚书令，世称“江令”。有文集三十卷，佚。明人张溥辑有《江令君集》，收入《汉魏六朝百三名家集》中。逯钦立《先秦汉魏晋南北朝诗》辑其诗二卷。所引之诗，明冯惟讷《古诗纪》题为《于长安归还扬州九月九日行薇山亭赋韵》，诗曰：“心逐南云逝，形随北雁来。故乡篱下菊，今日几花开。”

⑤陆机（261—303）：字士衡，吴郡吴县（今江苏苏州）人。太康末，以文采称名当时，元康二年（292），改著作郎，历太子洗马、中书郎等，后成都王颖荐为平原内史。太安二年（303），遇害。有《陆士衡集》。《晋书》有传。指南云以寄钦：出自陆机《思亲赋》："悲桑梓之悠旷，愧蒸尝之弗营。指南云以寄款，望归风而效诚。年岁俄其聿暮，明星烂而将清。回飙肃以长赴，零雪纷其下颓。羡纤枝之在干，悼落叶之去枝。存顾复之遗志，感明发之所怀。居辞安而厌苦，养引约而擢丰。忘天命之晚慕，愿鞠子之速融。兄琼芳而蕙茂，弟兰发而玉晖。感瑰姿之晚就，痛慈景之先违。天步悠长，人道短矣，异途同归，无早晚矣。"钦，《陆士衡文集》作"款"。

⑥陆云（262—303）：陆机之弟，字士龙。太康末年，与兄同至洛阳，以公府掾为太子舍人，出补浚义令，累迁中书侍郎。与陆机同时遇害。今存《陆士龙集》辑本。《晋书》有传。

⑦眷南云以兴悲：出自陆云《感逝》，载《陆士龙集·骚》。《感逝》诗为陆云《九愍》之一。

【评析】

此则部分内容亦见于《升庵诗话》，其《南云》一则云："诗人多用'南云'字，不知所出。或以为江总'心逐南云去，身随北雁来'为始，非也。陆机《思亲赋》云：'指南云以寄钦，望归风而效诚。'陆云《九愍》云：'眷南云以兴悲，蒙东雨而涕零。'盖又先于江总矣。"与《诗话》相比，《词品》增加了欧阳修词例以及对此词作者的辨析，并引宋陈岩肖《庚溪诗话》中的一段文字以证之。只是杨慎对《庚溪诗话》的内容考辨不精，误将欧词作晏诗，并以江淹代江总。实际上，《庚溪诗话》亦明确将该词断为欧阳修所作，杨慎的说法缺乏依据。

本则对“南云”一词之渊源的考述，甚为允当。陈岩肖以为出于江总诗，杨慎却认为出自更早的陆机、陆云诗。从《诗话》及《词品》所举文句来看，二陆诗中之“南云”一词的含义与欧词同。因此，杨慎所论是正确的。

类似对词中用语之渊源的考辨，在《词品》中并不少见，前述“草熏”源于佛经、李清照“清露”句采自《世说》等观点均属此类。再如，卷一《屯云》曰：“中山王《文木赋》：‘奔雷屯云，薄雾浓雰。’皆形容木之文理也。杜诗‘屯云对古城’，实用其字。李易安九日词‘薄雾浓雰愁永昼’，今俗本改‘雰’作‘云’。”杨慎对“屯云”及“雰”的出处作了考证，认为李清照《醉花阴》中的“薄雾浓雰”本于中山靖王刘胜《文木赋》，“雰”作“云”，乃俗本所改。清王士禛《花草蒙拾》认为，杨慎虽然“博奥”但“每失穿凿”，不过，“雰字辨证独妙”，所言极是。杨慎本人的词作，使用的也是“雰”字而不是“云”字：“西风庭院咽玄蝉，薄雾浓雰采菊天。老去悲秋强自怜，假婵娟，且向樽前醉管弦。”（杨慎《忆王孙·九月八日邀客赏菊》）“屯云”之论亦见于《升庵集》卷七四，该卷甚至对“书云”“黄云”“紫晛斋云”“绮云”等与“云”相关的一系列词语进行了考辨。从中可以明显见出杨慎学识之渊博、考论之精细。

二一　侧寒

吕圣求《望海潮》词云[1]：“侧寒斜雨，微灯薄雾，匆匆过了元宵。帘影护风，盆池见日[②]，青青柳叶柔条。碧草皱裙腰。正昼长烟暖，蜂困莺娇。望处凄迷，半篙绿水浸斜桥。　孙郎病酒无聊。记乌丝醉语，碧玉风标。新燕又双，兰心渐吐，佳期趁取花朝。心事转迢迢。但梦随人远，心与山遥。误了芳音，小窗斜日到芭蕉。”其用“侧寒”字甚新。唐诗“春寒侧侧掩重门”[③]，韩偓诗“侧侧轻寒剪剪风”[④]，又无名氏词“玉楼十二春寒侧”[⑤]，与此“侧寒斜雨”相袭用之，不知所出。大意，侧，不正也，犹云峭寒尔。圣求在宋人不甚著名，而词甚工。如《醉蓬莱》《扑胡蝶近》《惜分钗》《薄幸》《选冠子》《百宜娇》《豆叶黄》《鼓笛慢》，佳处不减秦少游。见予所集《词林万选》及《填词选格》[⑥]。

【注释】

①吕圣求：即吕渭老，生卒年不详。一名吕滨老，字圣求，嘉兴（今属浙江）人，南宋词人。有《圣求词》一卷，《全宋词》录其词一百三十四首。

②盆池：埋盆于地、引水灌注而成的小池。用以种植供观赏的水生花草。韩愈《盆池》诗之二：“莫道盆池作不成，藕梢初种已齐生。”

③春寒侧侧掩重门：出自元赵孟頫《绝句》：“春寒恻恻掩重门，金鸭香残火尚温。燕子不来花又落，一庭风雨自黄昏。”杨慎误记为唐诗。

④韩偓（约842—约915）：字致尧，一字致光，号玉山樵人，京兆万年（今陕西西安）人。龙纪元年（889）进士，累迁左谏议大夫、翰林学士、中书

舍人。黄巢入长安，随昭宗奔凤翔，为兵部侍郎、翰林承旨。以不附朱温，贬濮州司马、荣懿尉，徙邓州司马。《新唐书》有传。有《韩翰林集》一卷，《香奁集》一卷。王国维据《香奁集》《尊前集》等辑为《香奁词》，凡十三首。恻恻轻寒剪剪风：出自韩偓《寒食夜》："恻恻轻寒剪剪风，杏花飘雪小桃红。夜深斜搭秋千索，楼阁朦胧细雨中。"

⑤玉楼十二春寒恻：该句作者，杨慎诸著说法不一。《升庵集》卷五十八、

《丹铅总录》卷二十四都标为“许奕小词”；但《词林万选》卷二中，乃为杜安世《玉楼春·闻笛》词首句，此处又言无名氏词。《全宋词》断为王武子作。

⑥《词林万选》：杨慎编，四卷，选唐温庭筠至明高启词。有明嘉靖二十二年（1543）刻本，今传为毛晋汲古阁刻本。《填词选格》：杨慎编，今不传。

【评析】

本则辨析“侧寒”一词的含义。

杨慎首先选录了宋吕圣求《望海潮》一词，认为该词首句“侧寒斜雨”中的“侧寒”一词“甚新”。接下来，又分别举出唐无名氏（实为元赵孟頫）、唐韩偓诗例以及宋无名氏词例各一，并最终得出结论：“侧，不正也，犹云峭寒尔。”结合所举诗例来分析，杨慎的释解是准确的。后世论词者，多从杨慎之说。如清沈雄《古今词话》卷下：“唐诗‘春寒侧侧掩重门’，宋词‘玉楼十二春寒侧’，大意峭寒也。”可见，杨慎此说的影响是很大的。在杨慎的基础上，清杭世骏《订讹类编·侧寒用于春日》作了进一步的释解：“侧寒，侧，不正也。春日不宜寒，故曰侧寒。若冬日而寒，何不正之有？前人皆用于春日。唐诗云：‘春寒侧侧掩重门。’王介甫诗云：‘侧侧轻寒翦翦风。’又许奕词云：‘玉楼十二春寒侧。’此只用一侧字，又在句末，尤健而警。吕圣求词云‘侧寒斜雨’，对用亦工致。”其说允当，值得参照。

本则主要内容及观点亦见《升庵诗话·侧寒》：“唐诗‘春寒侧侧掩重门’，王介甫《塞食夜》‘侧侧轻寒剪剪风’，许奕小词‘玉楼十二春寒侧’，吕圣求词‘侧寒斜雨’，‘侧寒’字词人相承用之，不知所出。大意‘侧不正也’。‘侧寒’

字甚新，特拈出之。”所举诗例与《词品》同。但韩偓诗，《诗话》作王安石诗；无名氏词，此处标为许奕词。现传《临川先生文集》无此句，倒是《夜直》一诗有相近描述：“金炉香尽漏声残，翦翦轻风阵阵寒。春色恼人眠不得，月移花影上栏干。”（《临川先生文集》卷三十一）诗中“翦翦轻风阵阵寒”诗意与“侧侧轻寒剪剪风”略同，但毕竟文字上差别很大，不知此处杨慎所据为何。

类似的词意考辨，在《词品》中并不鲜见。一些论述颇能见出杨慎的博洽多识，对后世习词者也多有参鉴价值。如《关山一点》一则曰：“杜诗‘关山同一点’，‘点’字绝妙。东坡亦极爱之，作《洞仙歌》云：‘一点明月窥人。’用其语也。《赤壁赋》云‘山高月小’，用其意也。今书坊本改‘点’作‘照’，语意索然。”对杜甫和苏轼诗文中“点”字的用法作了推考和辨析，也纠正了坊间刻本中的谬误，其论甚为精辟、允当。其他如，《杨柳索春饶》一则中的“饶”“愁”之辨，《秋尽江南草为凋》一则中的“叶未凋”与“草木凋”之辨，以及《泥人娇》《凝音佞》《词人用黥字》等则中对“泥”“凝”“黥”等一些不常用字的读音、声调、含义等的列举和分析等，皆能旁搜远绍，匡谬正讹，且能有所发明。

二二　等身金

宋贾黄中[①]，幼日聪悟过人。父取书与其身相等，令诵之，谓之等身书。张子野《归朝欢》词云[②]：“声转辘轳闻露井。晓汲银瓶牵素绠。西园人语夜来风，丛英飘坠红成径，

宝猊烟未冷。莲台香烛残痕凝音佞。等身金，谁能得意，买此好光景。　粉落轻妆红玉莹。月枕横钗云坠领。有情无物不双栖，文禽只合长交颈。昼长欢岂定。争如翻做春宵永。日曈昽，娇柔懒起，帘押卷花影③。”此词极工，全录之。不观贾黄中传，知等身金为何语乎？

【注释】

①贾黄中（941—996）：字娲民，沧州南皮（今属河北）人。举后周进士。建隆三年（962），迁左拾遗。太宗即位，迁礼部员外郎。淳化二年（991），拜给事中、参知政事。至道初，为礼部侍郎兼秘书监。《宋史》有传。《宋史·艺文志》著录有文集三十卷，今不存。《全宋诗》录其诗五首，《全宋文》收其文五篇。

②张子野：即张先（992—1039），字子野。天圣八年（1030）进士。明道元年（1032），为宿州掾。嘉祐三年（1058），知安

州。以都官郎中致仕。有《张子野词》,《全宋词》录存一百六十五首。

③“声转辘轳闻露井”几句：词载于《张子野词》卷一,“晓汲”作“晓引”,“香烛”作“香蜡”,“长交颈”作“常交颈”,“卷花”作“残花”。

【评析】

《宋史·贾黄中传》载:“黄中幼聪悟，方五岁，玭（贾黄中父）每旦令正立，展书卷比之，谓之‘等身书’，课其诵读。”后人遂以“等身书”形容读书之多。不过,《宋史》所言之“等身书”是指与身高相等的书卷，而非叠加起来的书籍。至于“著述等身”之语，又用以喻著作之丰，与典源中所指有所不同。

张先《归朝欢》有“等身金，谁能得意，买此好光景”句，是说眼前行乐光景无比珍贵，是任何贵重物品都不能交换来的。此“等身金”，应指与人体重量相等的金，以喻贵重无比之物。杨慎言“不观贾黄中传，知等身金为何语乎？”但是,“等身书”与“等身金”语近却意不同，其典并非源于《宋史》,而是更早的《唐书》。《旧唐书·郝玼传》载:“玼出自行间，前无坚敌。在边三十年，每战得蕃俘，必刳剔而归其尸，蕃人畏之如神。赞普下令国人曰：‘有生得郝玼者，赏之以等身金。’”可知，此则中杨慎对张先词用典情况的考辨不是很精细。

卷二

二三 真丹

王半山和俞秀老禅思词曰[①]："茫然不肯住林间。有处即追攀。将他死语图度[②]，怎得离真丹。 浆水价，匹如闲。也须还。何如直截，踢倒军持，赢取沩山。"此词意劝秀老纯归于禅，住山不出游也。真丹，即震旦也。军持，取水瓶也，行脚之具。踢倒军持，劝其勿事行脚也。沩山和尚欲谋住山，曰："此山名骨山，和尚是肉人，骨肉不相离。"言人不当离山也。皆用佛书语。"浆水价"，"也须还"，则用列子五浆先馈事[③]。

【注释】

①王半山：即王安石，见本书卷一《填词句参差不同》注。俞秀老：即俞紫芝，生卒年不详。字秀老，宋哲宗元祐初卒，婺州金华（今属浙江）人，寓居扬州（今属江苏）。少有高行，笃信佛教，与王安石有交游。《全宋词》收其词三首，《全宋诗》录其诗十六首。所引词为王安石《诉衷情·和俞秀老鹤词》五首其三。

②死语：佛禅用语，犹“死句”，与“活句”相对。禅宗将含意深刻、非从言外之意深参而不能了悟的语句称为“活句”；反之，则为“死句”。宋觉范慧洪《林间录》上曰：“洞山初禅师云：语中有语名为死句，语中无语名为活句。”图度：揣测，揣度。

③五浆先馈：事见《列子·皇帝》：“子列子之齐，中道而反，遇伯昏瞀人。伯昏瞀人曰：‘奚方而反？’曰：‘吾惊焉。’‘恶乎惊？’‘吾食于十浆，五浆先馈。’”

【评析】

本则解析王安石《诉衷情·和俞秀老鹤词》一词，并对其中“真丹”等词语作了考释。

俞紫芝尝游王安石门下，两人多唱和之作，王氏《诉衷情》五首即是和俞紫芝之作，杨慎所引乃第三首。杨慎认为，此词意在“劝秀老纯归于禅，住山不出游也。”细绎之，此说值得推敲。明胡应麟引《五灯会元》为证，对杨慎之说提出异议，认为“杨语皆臆度也”（《少室山房笔丛·艺林学山三》）。为直观起见，兹引《五灯会元》原文如下：

> 司马头陀自湖南来，谓丈（百丈海禅师）曰：“顷在湖南寻得一山，名大沩，是一千五百人善知识所居之处。”丈曰：“老僧住得否？”陀曰：“非和尚所居。”丈曰：“何也？”陀曰：“和尚是骨人，彼是肉山，设居徒不盈千。”丈曰：“吾众中莫有人住得否？”陀曰：“待历观之。”时华林觉为第一座，丈令侍者请至。问曰：“此人如何？”陀请謦欬一声，行数步。陀曰：“不可。”丈又令唤师（沩山灵祐禅师），师时为典座。陀一见

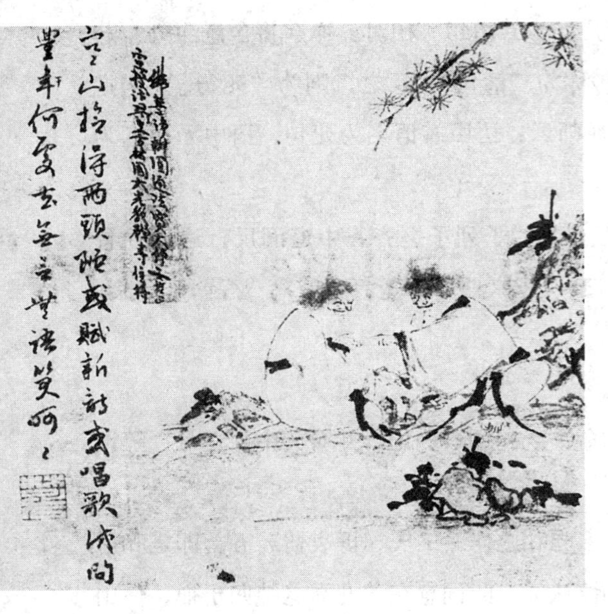

> 乃曰："此正是沩山主人也。"丈是夜召师入室，嘱曰："吾化缘在此。沩山胜境，汝当居之，嗣续吾宗，广度后学。"而华林闻之曰："某甲忝居上首，典座何得住持？"丈曰："若能对众下得一语出格，当与住持。"即指净瓶问曰："不得唤作净瓶，汝唤作甚么？"林曰："不可唤作木楔也。"丈乃问师，师踢倒净瓶便出去。丈笑曰："第一座输却山子也。"师遂往焉（宋普济著，苏渊雷点校《五灯会元》卷九，中华书局1984年）。

显然，王安石词中"踢倒军持，赢取沩山"事，正本此。王安石之意，受人浆水供奉，尚需来生还报；与其如此，莫不如学灵佑禅师踢倒净瓶，赢取沩山。这里，显然有勉励禅家妙悟真谛、创宗立派之意，也含有对俞紫芝的期许。依《五灯会元》原意，"踢倒军持，赢取沩山"是要走出，到沩山胜境光大门宗，广度后学。杨慎以为，是"劝秀老纯归于禅，住山不出游也"，"踢倒军持，劝其勿事行脚也"，这显然和《五灯会元》的原旨相抵牾，也不符合王安石词意。因此，胡应麟才有"杨语皆臆度也"之讥。

不过，杨慎对"真丹""军持"两个词语的释解是确切的。"真丹"，是古印度对我国的称谓，与“振旦”“震旦”“神旦”同为Cīnisthāna的译音。《宋书·夷蛮传·天竺迦毗黎国》有言：“元嘉五年，国王月爱遣使奉表曰：‘……圣贤承业，如日月天，于彼真丹，最为殊胜。’”唐玄应《一切经音义》卷四也讲：“振旦或言真丹，并非正音，应言支那。此言汉国也。”“军持”也是佛禅用语，源于梵语，指澡罐或净瓶。僧人游方时携带之，贮水以备饮用及净手。唐贾岛《访鉴玄师侄》诗曰：“我有军持凭弟子，岳阳溪里汲寒流。”这里的“军持”正用其本意。

至于杨慎所引之“此山名骨山，和尚是肉人，骨肉不相离”句，不知何本。上引《五灯会元》一段文字中，有“和尚是骨人，彼是肉山”句，是司马头陀劝阻百丈海禅师之言，意谓沩山并不适合百丈海禅师住持。在杨慎这里，百丈海禅师变成了“沩山和尚”；“非和尚（百丈海禅师）所居”变成了“骨肉不相离”“人不当离山”。故此，胡应麟指出：“杨云骨肉不相离，亦误会也。又以骨人为骨山，肉山为肉人，总之皆出处未真影撰之语。”（《少室山房笔丛·艺林学山三》）据《佛学大辞典》，“骨人”即“枯骨帧子”；“肉山”指土地肥沃，草木五谷繁茂之山。佛典中也确有“骨山”之称，为“肉山”之对称，乃骸骨堆积成山之谓，或指草木不生、地质贫瘠之山。但“肉人”之说，未见所据。

文末言：“‘浆水价’，‘也须还’，则用列子五浆先馈事。”《列子》确载有五浆先馈事，已见注文。不过，佛典中亦有“浆水价”“浆水钱”之谓。如《景德传灯录》卷八：“师云：‘浆水钱且置，草鞋钱教阿谁还？’”其意盖指僧徒饮食及平居生活所需。佛家以为，居常浆水乃信徒所供，因此，必须潜心修道以报，不然，来世必做牛马以偿之，是谓“也须还”。从王安石词意来考绎，“浆水价”亦取自佛典，而非《列子》。

二四　鞋袜称两

高文惠妻与夫书曰[①]：“今奉织成袜一量，愿着之，动与福并[②]。”“量”当作“两”，《诗》“葛屦五两”是也[③]。无名氏《踏莎行》词末云：“夜深着辆小鞋儿，靠着屏风立地[④]。”“辆”“两”盖古今字也。小词用毛诗字亦奇。

【注释】

①高文惠：即高柔（174—263），字文惠，陈留圉（今河南开封杞县）人，封安国侯，谥元侯。《魏书》有传。

②“今奉织成袜一量”几句：《太平御览·服章部·袜》载有高文惠妇与文惠书“今奉织成袜一量”语；又载曹植《贺冬表》“献袜七量”语及颂词：“玉趾既御，履和蹈贞，行与禄迈，动以福并。”杨慎语，当为糅合此两则文字而成。

③葛屦五两：出自《诗经·齐风·南山》：“葛屦五两，冠緌双止。”

④“夜深着辆小鞋儿”两句：此词杨慎《词林万选》卷四作苏轼词，但诸本《东坡词》均不载。宋赵闻礼《阳春白雪》卷三作陆永仲词，调作《夜游宫》。陆永仲，名维之，字永仲；又名凝之，字子才；临安余杭（今浙江杭州）

人。赵闻礼与陆永仲均为南宋人，故《阳春白雪》题为陆永仲作，较为可信。《全宋词》即断为陆凝之词。

【评析】

此则辨析“两”字在古诗文中的运用。

《太平御览》所载高文惠妻与夫的书信中，有“今奉织成袜一量”语，此“量”，杨慎认为即“两”是不错的。“一量”犹今所言之“一双”。宋词“夜深着辆小鞋儿，靠着屏风立地”中有“辆”字（别本有作“两个”“緉”等），杨慎认为“辆”“两”是古今字。这两则材料，一说袜子，一说鞋，都是居常什物，没有什么特别之处，杨慎的释解也符合诗文之原意。

不过，杨慎又讲：“小词用毛诗字亦奇。”这多少有点费解。《毛诗》“葛屦五两”有其特殊含义，与这首小词中“着辆小鞋儿”在意义上并无关联，因此，似乎很难说小词“用”了《毛诗》，也未见其“奇”。

《毛诗序》言，《诗经·齐风·南山》诗的主旨为“刺襄公也。鸟兽之行，淫乎其妹，大夫遇是恶，作诗而去之。”齐襄公兄妹私通，因此招致了大夫的讽刺和抨击。是说为后世所认可，基本上已无异议。且齐襄公旁通其妹鲁桓公夫人文姜一事，亦载于《左传》《公羊传》十八年及《史记·鲁周公世家》中。对于这首诗中“葛屦五两”一句及“两”字的解释，从毛传、郑笺、孔疏到近现代学者，众说纷纭，无有定论。清姚际恒《诗经通论》释曰：“‘五’伍通，‘参伍’之伍。葛屦相伍必两，冠緌必双。”显然，“两”即是“双”。但也有学者释“两”为“鞋带”，如袁梅《诗经译注》：“五两，葛鞋的系带交午纠结。五，午的借字。午，交午之意。实则午、五本是一字异体。《广韵》：‘午，交也。’《韵会》：‘一纵一横曰旁午，犹言交横也。’两，緉字之省借。緉，鞋带。”无论哪种说法，《诗经·齐风·南山》中的“两”都不能视为简单的量词，是指男女有匹、夫妇有道的意思，因此包含了深刻的象征意义和浓烈的讽谏之旨。杨慎以无名氏词“夜深着辆小鞋儿，靠着屏风立地”与《诗经·齐风·南山》相比附，这显然是不合适的。又言“小词用毛诗”，这明显又属牵强附会之论，不符合作品实际。

二五　麝月

蔡松年小词[①]：“银屏小语，私分麝月，春心一点[②]。”麝月，茶名，麝言香，月言圆也。或说麝月是画眉香煤[③]，亦通。但下不得“分”字。又党怀英茶词[④]：“红莎绿蒻春风饼。趁梅驿，来云岭[⑤]。”金国明昌、大定时[⑥]，文物已埒中国[⑦]，而制茶之精如此。胡维亦风味也[⑧]。非见元宵灯以为妖星下地之日比也[⑨]。

【注释】

①蔡松年（1107—1159）：字伯坚，号萧闲老人，真定（今河北正定）人。宣和末，从父蔡靖守燕山府，败绩降金。金太宗天会年间授真定府判官，尝随完颜宗弼攻宋，累官至右丞相，封卫国公。《金史》有传。有《萧闲老人明秀集》六卷，今存三卷。《全金元词》录其词八十四首。

②“银屏小语”几句：出自蔡松年《尉迟杯》：“紫云暖。恨翠雏、珠树双栖晚。小花静院相逢，的的风流心眼。红潮照玉碗。午香重、草绿宫罗淡。喜银屏、小语私分，麝月春心一点。　华年共有好愿。何时定、妆鬟暮雨零乱。梦似花飞，人归月冷，一夜小山新怨。刘郎兴、寻常不浅。况不似、桃花春溪远。觉情随、晓马东风，病酒余香相半。”

③香煤：古代妇女用以画眉的化妆品。

④党怀英（1134—1211）：字世杰，号竹溪，其先同州冯翊（今陕西渭南大荔）人，徙泰安（今属山东）。大定十年（1170）进士，后为翰林学士，谥文献。《金史》有传。有《竹溪集》，已佚。存词五首。

⑤“红莎绿蒻（ruò）春风饼”几句：出自党怀英《青玉案》：“红纱绿蒻春风饼，趁梅驿、来云岭。紫桂岩空琼窦冷。佳人却恨，等闲分破，缥缈双鸾影。　一瓯月露心魂醒，更送清歌助清兴。痛饮休辞今夕永，与君洗尽，满襟烦暑，别作高寒境。”蒻，嫩的香蒲。《诗经·大雅·韩奕》“维笋及蒲”，三国吴陆玑疏：“蒲始生，取其中心入地，蒻大如匕柄，正白，生噉之甘脆。”这里指茶。春风，亦指茶。

⑥明昌：金章宗年号（1190—1196）。大定：金世宗年号（1161—1189）。

⑦埒（liè）：等同，比并。中国：中原。此指南宋。

⑧胡雏：对胡人的蔑称。

⑨非见元宵灯以为妖星下地之日比也：宋洪皓《松漠纪闻》卷上载：“女真旧不知岁月，如灯夕皆不晓。己酉岁，有中华僧被掠至其阙。遇上元，以长竿引灯毬，表而出之以为戏。女真主吴乞买见之，大骇，问左右曰：‘得非星

邪？’左右以实对。时有南人谋变，事泄而诛，故乞买疑之曰：‘是人欲啸聚为乱，克日时立此以为信耳。’命杀之。后数年至燕，颇识之，至今遂盛。”妖星，古代指预兆灾祸的星，如彗星等。明刘基《煌煌京洛行》诗：“妖星入太极，胡维登御床。”

【评析】

此则讨论金代蔡松年和党怀英的两首咏茶词，并对“麝月”一词进行了释解。

联系全词内容来看，蔡松年《尉迟杯》中的“麝月”一词确指茶。“麝”乃兽名，能分泌麝香，以麝言茶，自然是拟其香气；以“月”名茶，是拟其形。此词上阕中已有“玉碗”“午香”等作铺垫，境界清幽，情趣雅致，因此释“麝月”为茶名当无疑议。若释“麝月”为妇女画眉用的饰品，“分”的意义就不存在了，这显然不符合词意。党怀英《青玉案》一词是咏茶名篇，文中所引首三句描绘了茶的颜色、形状和来源等，工巧细密，颇有逸趣。

这两首词约略反映出了金代的饮茶、咏茶习俗。据《金史·食货志》，金地本不产茶，初期所用茶来自宋人的岁贡，或自宋界榷场通过贸易得来，是一种极其珍贵的奢侈品，章宗承安年间，“于淄、密、宁海、蔡州各置一坊，造新茶。”杨慎所谓“金国明昌、大定时，文物已埒中国，而制茶之精如此”盖即指此。设坊制茶，茶的数量多了，于是饮茶、咏茶之风盛行，蔡松年、党怀英的词也正部分地反映了这种情形。杨慎称金人为“胡雏”，有明显的轻蔑之意。不过，他同时也叹服金人“文物已埒中国”，其制茶工艺已如此精致，已远非昔日将元宵灯球误认作妖星下地可比。

二六 靥饰

《说文》：“靥，颊辅也。”《洛神赋》：“明眸善睐，靥辅承权。”自吴宫有獭髓补痕之事[①]，唐韦固妻少时为盗刃所刺，以翠掩之[②]，女妆遂有靥饰。其字二音，一音琰，一音叶。温飞卿词[③]：“绣衫遮笑靥。烟草粘飞蝶[④]。”此音叶。又云：“粉心黄蕊花靥。黛眉山两点[⑤]。”此音琰。《花间》词：“浅笑含双靥[⑥]。”又云：“翠靥眉心小[⑦]。”又“腻粉半粘金靥子，残香犹暖绣熏笼”[⑧]，又“一双笑靥嚬香蕊”[⑨]，又“浓蛾淡靥不胜情”[⑩]，又“笑靥嫩疑花折，愁眉翠敛山横”[⑪]。宋词：“杏靥夭斜，梅钿轻薄[⑫]。”又“小唇秀靥”[⑬]，“团凤眉心倩郎贴”[⑭]，则知此饰，五代宋初为盛。

【注释】

①自吴宫有獭髓补痕之事：事见唐段成式《酉阳杂俎》前集卷八：“靥钿之名，盖自吴孙和邓夫人也。和宠夫人，尝醉舞如意，误伤邓颊，血流，娇婉弥苦。命大医合药，医言得白獭髓，杂玉与虎魄屑，当灭痕。和以百金购得白獭，乃合膏。虎魄太多，及差，痕不灭，左颊有赤点如痣。视之，更益甚妍也。诸嬖欲要宠者，皆以丹点颊，而后进幸焉。”

②“唐韦固妻少时为盗刃所刺”两句：宋李覆言《续玄怪录·定婚店》：“（韦固妻）年十六七，容色华丽，固称惬之极。然其眉间常帖一花子，虽沐浴间处，未尝暂去。岁余，固讶之。忽忆昔日奴刀中眉间之说，因逼问之。妻潸然曰：‘……三岁时抱行市中，为狂贼所刺，刀痕尚在，故以花子覆之。’”

③温飞卿：即温庭筠（约812—约866），本名岐，后名庭筠，或作廷筠、庭云，字飞卿，并州祁县（今属山西）人。屡试不第，曾为随县尉、方城尉，官至国子监助教。诗赋清丽，与李商隐齐名，时号“温李”。精通音律，能逐弦吹之音，为“花间派”先导。《全唐五代词》辑录其词六十九首。

④“绣衫遮笑靥”两句：出自温庭筠《菩萨蛮》：“翠翘金缕双鸂鶒。水纹细起春池碧。池上海棠梨。雨晴红满枝。　绣衫遮笑靥。烟草粘飞蝶。青琐对芳菲。玉关音信稀。”见《花间集》卷一。

⑤“粉心黄蕊花靥”两句：出自温庭筠《归国遥》：“双脸。小凤战篦金飐艳。舞衣无力风敛。藕丝秋色染。　锦帐绣帏斜掩。露珠清晓簟。粉心黄蕊花靥。黛眉山两点。”见《花间集》卷一。

⑥浅笑含双靥：出自唐牛峤《女冠子》：“绿云高髻。点翠匀红时世。月如

眉。浅笑含双靨，低声唱小词。　眼看唯恐化，魂荡欲相随。玉趾回娇步，约佳期。”见《花间集》卷四。

⑦翠靨眉心小：出自五代顾敻《虞美人》：“少年艳质胜琼英。早晚别三清。莲冠稳篸钿篦横。飘飘罗袖碧云轻。画难成。　迟迟少转腰身袅。翠靨眉心小。醮坛风急杏枝香。此时恨不驾鸾凰。访刘郎。”见《花间集》卷六。

⑧“腻粉半粘金靨子”两句：出自宋孙光宪《浣溪沙》：“花渐凋疏不耐风。画帘垂地晚堂空。堕阶萦藓舞愁红。　腻粉半粘金靨子，残香犹暖绣熏笼。蕙心无处与人同。”见《花间集》卷七。

⑨一双笑靨嚬香蕊：出自五代魏承班《木兰花》：“小芙蓉，香旖旎。碧玉堂深清似水。闭宝匣，掩金铺，倚屏拖袖愁如醉。　迟迟好景烟花媚。曲渚鸳鸯眠锦翅。凝然愁望静相思，一双笑靨嚬香蕊。”见《花间集》卷九。

⑩浓蛾淡靨不胜情：出自五代毛熙震《临江仙》：“幽闺欲曙闻莺啭，红窗月影微明。好风频谢落花声。隔帏残烛，犹照绮屏筝。　绣被锦茵眠玉暖，炷香斜袅烟轻。澹蛾羞敛不胜情。暗思闲梦，何处逐云行。”见《花间集》卷九，“浓蛾淡靨”作“澹蛾羞敛”。

⑪“笑靨嫩疑花拆”两句：出自毛熙震《何满子》：“无语残妆澹薄，含羞亸袂轻盈。几度香闺眠过晓，绮窗疏日微明。云母帐中偷惜，水精枕上初惊。　笑靨嫩疑花拆，愁眉翠敛山横。相望只教添怅恨，整鬟时见纤琼。独倚朱扉闲立，谁知别有深情。”见《花间集》卷十。

⑫“杏靨夭斜”两句：出自宋周邦彦《丹凤吟》：“迤逦春光无赖，翠藻翻池，黄蜂游阁。朝来风暴，飞絮乱投帘幕。生憎暮景，倚墙临岸，杏靨夭斜，

榆钱轻薄。昼永惟思傍枕，睡起无憀，残照犹在庭角。　况是别离气味，坐来但觉心绪恶。痛饮浇愁酒，奈愁浓如酒，无计销铄。那堪昏暝，簌簌半檐花落。弄粉调朱柔素手，问何时重握。此时此意，长怕人道著。”见《片玉集》，“梅钿”作“榆钱”。

⑬小唇秀靥：出自周邦彦《锁寒窗》：“暗柳啼鸦，单衣伫立，小帘朱户。桐花半亩，静锁一庭愁雨。洒空阶、夜阑未休，故人剪烛西窗语。似楚江暝宿，风灯零乱，少年羁旅。　迟暮。嬉游处。正店舍无烟，禁城百五。旗亭唤酒，付与高阳俦侣。想东园、桃李自春，小唇秀靥今在否。到归时、定有残英，待客携尊俎。”见《片玉集》。

⑭团凤眉心倩郎贴：出自宋冯伟寿《春云怨·上巳》：“春风恶劣。把数枝香锦，和莺吹折。雨重柳腰娇困，燕子欲扶扶不得。软日烘烟，干风吹雾，芍药荼蘼弄颜色。帘幕轻阴，图书清润，日永篆香绝。　盈盈笑靥宫黄额。试红鸾小扇，丁香双结。团凤眉心倩郎贴。教洗金罍，共看西堂，醉花新月。曲水成空，丽人何处，往事暮云万叶。”见《中兴以来绝妙词选》卷十。

【评析】

中国古代妇女有头饰、发饰、眉饰、面饰等化妆之法。靥饰，即面颊上的妆饰，有以丹点颊、贴花钿等不同形式。本则中，杨慎对靥饰的起源进行了追溯，并大量列举词例，以考究靥饰在唐五代词及宋词中的运用情况。

所引唐段成式《酉阳杂俎》一段文字，记吴宫獭髓补痕之事，这是已知较早记录靥饰的资料。其后，诗文中对靥饰的记载时或有之。如梁简文帝《艳歌篇》中就有“分妆开浅靥，绕脸傅斜红”的描述。至唐，其风大盛。例如，唐杜甫《琴台》诗有“野花留宝靨”之句，清仇兆鳌注引朱鹤龄曰：“唐时妇女多贴花钿于面，谓之靨饰。”杨慎所引《续玄怪录》中韦固妻事，也为唐时旧事。虽为小说家言，但也可约略窥见世风民俗。

杨慎又举温庭筠以下花间词八例、宋代周邦彦词两例，以证靨饰“五代宋初为盛”的观点。所举温庭筠两例，杨慎从声韵的角度对“靨”的读音进行了细致的区别。所举周邦彦乃北宋后期词人，杨慎用证“宋初”装饰情形，不免略显牵强。不过，宋初词中关于靨饰的描述确不在少数，如晏几道《鹧鸪天》“风凋碧柳愁眉淡，露染黄花笑靨深”；张先《踏莎行》“波湛横眸，霞分腻脸。盈盈笑动笼香靨”；柳永《击梧桐》“香靨深深，姿姿媚媚”等。这些词例，均直观地映现了五代及宋代妇女的生活状况和精神世界，显露出了浓郁的民俗文化意蕴，是后人了解当时社会文化的重要窗口。

《词品》卷二尚有《檀色》《黄额》《花翘》《眼重眉褪》《角妓垂螺》等则，考察了唐宋妇女的妆饰情况及其在词作中的表现。从一定意义上讲，妆饰是一种具体的文化体现，能够直观地反映民风世俗与文学创作之间的密切联系。杨慎所作的推源考辨，对于后人从社会学角度探讨词的内涵和价值具有重要的借鉴意义。

二七 椒图

元人乐府："户列八椒图[①]。"又贝琼《未央瓦砚歌》[②]："长杨昨夜西风早。锦缦椒图迹如扫。"竟不知椒图为何物。近阅陆文量《菽园杂记》云[③]："《博物志·逸篇》曰：龙生九子不成龙，各有所好，鸱吻、虮蜡之类也。椒图，其形似螺，性好闭，故立于门上。"即诗人所谓金铺也[④]。司马温公《明妃曲》云[⑤]："宫门金环双兽面。回首何时复来见。"梁简文《乌栖曲》云："织成屏风金屈戌[⑥]。"李贺诗[⑦]："屈戌铜铺锁阿甄。"皆指此也。又按《尸子》云[⑧]："法螺蚌而闭户。"《后汉书·礼仪志》："殷人以水德王，故以螺著门户[⑨]。"则椒图之似螺形，其说信矣。

【注释】

①"元人乐府"两句：元杂剧中多用"户列八椒图"一类的文句以描述朱门大第，如王实甫《西厢记》之"门迎着驷马车，户列着八椒图"，白朴《墙头马上》之"你封为三品官，列着八椒图"。乐府，此指杂剧。

②贝琼（？—1379）：字廷琚，一名阙，字廷臣，崇德（今浙江桐乡）人，

元末明初史学家、文学家。洪武初，征修《元史》，除国子监助教。有《清江文集》三十一卷，《诗集》十卷。此所引诗句《清江文集》不载，钱谦益《列朝诗集》甲集卷十七、沈季友《槜李诗系》卷七皆题贝琼之子贝翱作，题作《未央宫瓦头歌》。

③陆文量：即陆荣（1436—1497），字文量，号式斋，太仓（今属江苏）人。成化二年（1466）进士，历任兵部职方郎中，累迁浙江右参政。有《菽园杂记》十五卷等。下引内容载《菽园杂记》卷二，但与今传本《菽园杂记》文字上有出入。

④金铺：门上的金饰铺首。《汉书·哀帝纪》"孝元庙殿门铜龟蛇铺首鸣"，唐颜师古注："门之铺首，所以衔环者也。"

⑤司马温公：即司马光（1019—1086），字君实，号迂叟，世称涑水先生，陕州夏县（今属山西）人，北宋著名政治家、史学家、文学家。仁宗朝进士，累迁大理寺丞、起居舍人，同知谏院。神宗时，官翰林学士，御史中丞。与王安石政见不合，求去，后闲居洛阳，专修《资治通鉴》。哲宗立，拜尚书左仆射兼门下侍郎。卒赠太师、温国公，谥文正。《宋史》有传。有《温国文正公文集》，存词三首。此所引《明妃曲》，《温国文正公文集》题作《和王介甫明妃曲》，"金环"作"铜环"。

⑥"梁简文《乌栖曲》云"两句：《乌栖曲》，见梁简文帝萧刚《乌栖曲》："织成屏风金屈膝，朱唇玉面灯前出。相看气息望君怜，谁能含羞不自前。""金屈戌"《乐府诗集》卷四十八作"金屈膝"。屈戌，也即"屈膝"，即门窗、橱柜和屏风上的环纽、搭扣。明周祈《名义考·物部》："门环双曰金

铺，单曰屈膝。”

⑦李贺（790—816）：字长吉，福昌（今河南宜阳）人，中唐著名诗人。唐宗室之后，少敏慧，诗名早著。因避父讳，不得举进士。后以恩荫得官，仕太常寺奉礼官等。《唐书》有传。《全唐诗》编其诗五卷。此所引诗句出自李贺《宫娃歌》：“蜡光高悬照纱空，花房夜捣红守宫。象口吹香毾㲪暖，七星挂城闻漏板。寒入罘罳殿影昏，彩鸾簾额著霜痕。啼蛄吊有钩阑下，屈膝铜铺锁阿甄。梦中家门上沙渚，天河落处长洲路。愿君光明如太阳，放妾骑鱼撇波去。”

⑧《尸子》：先秦杂家著作。《汉书·艺文志》“杂家”著录有“《尸子》二十篇”，班固自注：尸子“名佼，鲁人，秦相商君师之。鞅死，佼逃入蜀。”其书已佚，今有清人辑本。

⑨“殷人以水德王”两句：见《后汉书·礼仪志》：“殷人水德，以螺首，慎其闭塞，使如螺也。周人木德，以桃为更，言气相更也。”与杨慎所记文字不同。

【评析】

本则释“椒图”一词。元杂剧及元代诗歌中有“椒图”一词，但不知为何物。杨慎引明陆荣《菽园杂记》卷二中的有关记载，认为，“椒图”就是“金铺”，此说不差。“金铺”是古代门上安装的金饰铺首，多为金属铸成。其作用主要是用来衔环的，以便于门之开合，同时也有装饰和驱邪的意义。

明陆荣《菽园杂记·古诸器物异名》，依据《山海经》《博物志》罗列了“屃赑”“螭吻”“徒牢”“椒图”等十四种器物名，关于“椒图”，《菽园杂记》卷二讲：“椒图，其形似螺蛳，性好闭口，故立于门上。今呼鼓丁，非也。……如词曲有‘门迎四马车，户列八椒图’之句。‘八椒图’，人皆不能晓。今观椒图之名，义亦有出也。”可见，较早对元代词曲中“椒图”一词进行考索者是陆荣，并非杨慎，杨慎明显是受到陆荣的启发和影响，陆氏说亦为杨慎所本。在陆荣的记述中，椒图是螺形，螺好闭，故立于门上以示慎开合、密闭藏之意。在陆荣的基础上，杨慎又列举了宋司马光、梁简文帝萧纲、唐李贺诸人的诗句，搜集诗例，多方钩考，为后人正确理解“椒图”及相关词语的含义提供了重要参照。杨慎又引《尸子》及《后汉书·礼仪志》的有关记载，推考螺形说的合理性，虽引据不够准确，但其疏通伦类的思路和方法则是可取的。

现传《菽园杂记》中并无“龙生九子”“不成龙，各有所好”等语，也许，杨慎另有所本。《菽园杂记》对诸等器物的列举依据的是《山海经》和《博物志》，但这两部书中并没有关于“椒图”的记载，对此，陆荣也有说明：“然考《山海经》《博物志》皆无之。《山海经》原缺第十四、十五卷，闻《博物志》自有全本，与今书坊本不同，岂记此者尝得见其全书与？”“龙生九子”之说，宋曾慥《类说》卷四中就曾提到，但“九子”为何，所记不详。明代文献的记载也不尽相同，比较通行的说法是指蒲牢、囚牛、螭吻、嘲风、睚眦、负屃、狴犴、狻猊、霸下，并无“椒图”。明代谈到“龙生九子”的几部文献如陈洪谟《治世余闻录》、陈继儒《养生肤语》、李东阳《怀麓堂集》、李诩《戒庵老人漫笔》、卢翰《掌中宇宙》、董斯张《广博物志》等，九子中都没有“椒图”。将“椒图”列入九子行列的明代著述有焦竑《玉堂丛语》、沈德符《万历野获编》、张自烈《正字通》等，但这几部书的诞生都在杨慎《词品》之后。

由此基本可以断定，将“椒图”与龙族相联系，进而将之视为龙之九子之一，这是杨慎的发明。大抵螺为水族，容易与龙相联系，故有此说。杨慎《秋林伐山·椒图》有相似记载："龙生九子，不成龙，各有所好，屃赑鸱吻之类也。椒图其形似螺蛳，性好闭，故立于门上。词曲'门迎驷马车，户列八椒图'，人皆不能晓，今观椒图之名，亦有出也，见《菽园杂记》。又按《尸子》云：'法螺蚌而闭户。'《后汉书·礼仪志》：'殷以水德王，故以螺著门户。'则椒图之似螺形，信矣。"与《词品》所记相较，原引自《菽园杂记》和《博物志》的"龙生九子"等几句话在这里不再注明出处；另外，《词品》又增加了贝琼（实为贝翱）、司马光、萧纲、李贺诸人诗例。自兹以降，视"椒图"为九子之一的现象在明清文献中就比较常见了。例如，清褚人获《坚瓠十集·龙九子》："九曰椒图，形似螺蚌，性好闭，故立于门铺首。"

二八 五代僭主能词

五代僭伪十国之主①，蜀之王衍、孟昶②，南唐之李璟、李煜③，吴越之钱俶④，皆能文，而小词尤工。如王衍之"月明如水浸宫殿"⑤，元人用之为传奇曲子⑥。孟昶之《洞仙歌》⑦，东坡极称之⑧。钱俶"金凤欲飞遭掣搦，情脉脉，行即玉楼云雨隔"⑨。为宋艺祖所赏⑩，惜不见其全篇。

【注释】

①僭伪：指越分擅立、不合正统的政权。

②王衍（899—926）：字化源，前蜀后主，许州舞阳（今属河南）人。前

蜀高祖王建之子，公元918年继位。知学问，能为浮艳词。在位八年，为后唐所灭。新、旧《五代史》有传。《全唐诗》存其诗五首，《全唐五代词》存其词两首。孟昶（919—965）：字保元，后蜀后主，后蜀高祖知祥第三子，邢州龙岗（今河北邢台）人。后蜀明德元年（934）立为太子，在位二十八年。国亡降宋，封秦国公，卒赠楚王，谥恭惠。新、旧《五代史》有传。《全唐五代词》存其词两首。

③李璟（916—961）：字伯玉，徐州（今属江苏）人，南唐中主。多才艺，好读书，事迹见新、旧《五代史》。存词四首，见王国维《南唐二主词》。李煜：见卷一《捣练子》注。

④钱俶（929—988）：字文德，初名弘俶，杭州临安（今属浙江）人，五代十国时吴越国君。嗣位后，接受后汉、后周封职，宋太祖开宝九年（976）入朝，仍封为吴越国王。宋太宗太平兴国三年（978）献两浙十三州之地于宋，后改封为淮南国王、汉南国王、南阳国王、许王、邓王等。新、旧《五代史》及《宋史》有传。《全唐五代词》录其残篇二篇。

⑤月明如水浸宫殿：出自王衍《宫词》：“辉辉赫赫浮玉云。宣华池上月华新。月华如水浸宫殿。有酒不醉真痴人。”载于《全唐诗》卷八，“月明”作“月华”。

⑥元人用之为传奇曲子：王实甫《西厢记》第四本第一折：“彩云何在，月明如水浸楼台。”

⑦《洞仙歌》：载宋胡仔《补苕溪渔隐词话》前集卷六十：“冰肌玉骨清无汗，水殿风来暗香暖。帘开明月独窥人，欹枕钗横云鬓乱。起来琼户启无声，

时见疎星渡河汉。屈指西风几时来，只恐流年暗中换。”《全唐诗》卷八题作《避暑摩诃池上作》。

⑧东坡极称之：苏轼《洞仙歌》词序：“仆七岁时，见眉州老尼，姓朱，忘其名，年九十余。自言尝随其师入蜀主孟昶宫中。一日大热，蜀主与花蕊夫人夜起避暑摩诃池上，作一词，朱具能记之。今四十年，朱已死矣，人无知此词者。但记其首两句（即：冰肌玉骨，自清凉无汗）。暇日寻味，岂《洞仙歌令》乎？乃为足之。”

⑨“金凤欲飞遭掣搦（nuò）”几句：宋陈师道《后山诗话》：“吴越后王来朝，太祖为置宴，出内妓弹琵琶。王献词曰：‘金凤欲飞遭掣搦，情脉脉，看取玉楼云雨隔。’太祖起，拊其背曰：‘誓不杀钱王。’”掣搦，拘牵，牵制。

⑩艺祖：有才艺文德之祖，后用以为开国帝王的通称。此指宋太祖赵匡胤。

【评析】

唐末、五代及宋初，中原之外存在过许多割据政权，其中前蜀、后蜀、吴、南唐、吴越、闽、楚、南汉、南平（荆南）、北汉等十余个割据政权被《新五代史》及后世史学家统称为“十国”。杨慎认为，这些政权越分擅立、不合正统，故斥之为“僭伪”。由于连年战乱，这个时期的文学创作并不发达。故李清照《论词》曰：“五代干戈，四海瓜分豆剖，斯文道熄。”不过，南唐李氏君臣、西蜀韦庄诸人的词创作成就突出，在中国文学史上具有重要地位。

杨慎特拈出蜀之王衍、孟昶，南唐之李璟、李煜，吴越之钱俶等人，以证十国之主“皆能文，而小词尤工”的观点。所举诸人，南唐二主特别是李煜存词较多，成就也较高，在中国词史上有一定的地位，言其“小词尤工”是符合实际的。但其余诸人传世词作寥寥，思想性和艺术性皆乏善可陈，杨慎言“五代僭主能词”并不准确。所举王衍《宫词》、孟昶《洞仙歌》是诗歌，并非词作，也不足以证“能词”之论。所谓“东坡极称之”“为宋艺祖所赏”云云，也与相关记载不符，以此为证，不免有牵强附会之嫌。

不过，杨慎注重稽考五代文坛的创作实际，并试图归纳其中的规律，这是值得肯定的。其相关记述也为后世了解和研究五代的诗词创作提供了素材，这也是有意义的。

二九 花蕊夫人

花蕊夫人①，宫词之外②，尤工乐府。蜀亡入汴，书葭萌驿壁云③：“初离蜀道心将碎，离恨绵绵。春日如年。马上时时闻杜鹃。”书未毕，为军骑催行。后人续之云：“三千宫女皆花貌，妾最婵娟。此去朝天。只恐君王宠爱偏。”花蕊见宋祖，犹作“更无一个是男儿”之诗④，焉有随昶行而书此败节之语乎⑤？续之者不惟虚空架桥，而词之鄙，亦狗尾续貂矣。

【注释】

①花蕊夫人：生卒年不详。徐氏，青城（今四川都江堰）人，后蜀主孟昶

妃，封号慧妃。幼能文，尤长于宫词。蜀亡入宋，为太祖所宠。

②宫词：旧说花蕊夫人曾效王建作宫词百首，《全唐诗》有《宫词》一卷，共九十七首，署花蕊夫人作。据浦江清《花蕊夫人宫词考证》文，传世之宫词系前蜀太祖王建妃所作。

③葭（xiá）萌驿：蜀道著名古驿，位于四川剑阁附近。宋陆游《有怀梁益旧游》："乱山落日葭萌驿，古渡悲风桔柏江。"

④更无一个是男儿：此指花蕊夫人《述国亡诗》："君王城上竖降旗，妾在深宫那得知。十四万人齐解甲，宁无一个是男儿。"

⑤昶：指后蜀主孟昶。

【评析】

本则论花蕊夫人《采桑子》一词，认为该词下阕为后人续补。

花蕊夫人入宋途中作词一事，较早见载于宋吴曾《能改斋词话·花蕊夫人词》："伪蜀主孟昶，徐匡璋纳女于昶，拜贵妃，别号花蕊夫人。意花不足拟其色，似花蕊轻也。又升号慧妃，以号如其性也。王师下蜀，太祖闻其名，命别护送。途中作辞自解云：'初离蜀道心将碎，离恨绵绵。春日如年。马上时时闻杜鹃。　三千宫女皆花貌，妾最婵娟。此去朝天。只恐君王宠爱偏。'"杨慎所录词，与《能改斋词话》同，可知，《能改斋词话》即是其所本。

不过，与《能改斋词话》相比，杨慎所记又多出了"书壁"及"军骑催行"的细节，这是推定此词下阕为后人所续的必要因素。杨慎又举花蕊夫人《述国亡诗》为证，断定花蕊夫人刚烈如此、又有蜀主孟昶随行，绝不会写出"此去朝天。只恐君王宠爱偏"的词句来。结合当时情境，又联系花蕊夫人的性情，知人论世，应该说，杨慎的推断是合理的。杨慎之后，明清人多从是说，如清冯金伯《词苑萃编》卷十："蜀亡，花蕊夫人随孟昶行。至葭萌驿，题壁云：'初离蜀道心将碎，离恨绵绵。春日如年。马上时时闻杜鹃。'书未竟，为军骑促行，只二十二字。及见宋祖，有'十四万人齐解甲，更无一个是男儿'之句，足愧须眉矣。"《全唐诗》卷八九九仅录上阕，至"马上时时闻杜鹃"止，题"花蕊夫人《采桑子》"。可见，杨慎此说对后世的影响是较大的。

三〇 朱淑真元夕词

朱淑真元夕《生查子》云①："去年元夜时，花市灯如昼。月上柳梢头，人约黄昏后。　今年元夜时，月与灯依旧。不见去年人，泪湿春衫袖。"词则佳矣，岂良人家妇所宜邪。又其《元夕》诗云："火树银花触目红，极天歌吹暖春风。新欢入手愁忙里，旧事经心忆梦中。但愿暂成人缱绻，不妨长任月朦胧。赏灯那得工夫醉，未必明年此会同②。"与其词意相合，则其行可知矣。

【注释】

①朱淑真：生卒年不详，约生于南宋初。号幽栖居士，杭州钱塘（今属浙江）人。有《断肠词》一卷，《全宋词》录其词二十五首。此所引词非朱淑真所作，乃欧阳修词。

②“火树银花触目红”几句：诗见宋郑元佐《新注朱淑真断肠诗集》，《元夕》作《元夜》；“极天歌吹”作“揭天鼓吹”；“长任”作“常任”。

【评析】

此则记朱淑真的诗词创作，并据以对朱淑真的品行予以批评。

所录《生查子·元夕》一词，实际上并非朱淑真所作，乃欧阳修之词。杨慎将此词认定为淑真所作，不知何据。既非朱氏所作，而以“岂良人家妇所宜邪”评之，当然就属厚诬古人之举。对于杨慎之失，《四库全书总目》卷一九九《断肠词》“提要”已有辨析：“杨慎《升庵词品》载其（朱淑真）《生查子》一阕，有‘月上柳梢头，人约黄昏后’语，晋跋遂称为白璧微瑕。然此词今载欧阳修《庐陵集》第一百三十一卷中，不知何以窜入《淑真集》内，诬以桑濮之行。慎收入《词品》，既为不考，而晋刻《宋名家词》六十一种，《六一词》即在其内。乃于《六一词》漏注互见《断肠词》，已自乱其例。于此集更不一置辨，且证实为白璧微瑕，益卤莽之甚。”在宋代词坛上，朱淑真的影响虽不及李清照，但同样是杰出的女词人。清陈廷焯《白雨斋词话》卷二评价说：“朱淑真词，才力不逮易安，然规模唐五代，不失分寸。”

从现传文献来看，朱淑真生于仕宦之家，但“嫁为市井民妻，不得志以没”（《四库全书总目》卷一七四《断肠集》“提要”）。其夫游宦于淮南、潇湘，夫妻不谐，诗中多抑郁之气，故宋魏仲恭《断肠诗集序》曰：“每临风对月，触目伤怀，皆寓于诗，以写其胸中不平之气。”本则所引朱淑真《元夕》一诗，借景抒情，低回婉转，确有较为明显的惆怅抑郁之情。杨慎谓此诗与《生查子》“词意相合”，乃附会之论，不足为信。《生查子》有“人约黄昏”“泪湿春衫”等语，若为女性词，在正统文人看来，不免流于淫靡轻佻，不够持重，有伤风化，杨慎所谓“岂良人家妇所宜邪”也正是此意。由彼及此，杨慎言“其行可知”，进而对朱淑真的品行提出批评，此说当然是站不住脚的。杨慎考之不精，世遂有以淑真为泆女者，此又揣合浮鄙，误莫甚矣。

三一 钟离权

仙家称钟离先生者，唐人钟离权也[①]，与吕岩同时[②]。韩涧泉选唐诗绝句[③]，卷末有钟离一首，可证也。近世俗人称汉钟离，盖因杜子美《元日》诗，有“近闻韦氏妹，远在汉钟离”[④]。流传之误，遂传会以钟离权为汉将钟离昧矣[⑤]。可发一笑也。说神仙者，大率多欺世诳愚，如世传《沁园春》及《解红》二词为吕洞宾作。按《沁园春》词，宋驸马王晋卿初制此腔[⑥]。解红儿，则五代和凝歌童[⑦]，凝为制《解红》一曲[⑧]。初止五句，见陈氏《乐书》[⑨]，后乃衍为《解红儿慢》。岂有吕洞宾在唐，预知其腔，而填为此曲乎？元俞琰又注《沁园春》[10]，琰虽博学，亦惑于长生之说，而随俗尔。琰子仲温序其父《阴符经》云[11]，先君七十而逝。由此言之，琰之笃意养生，寿止于此。世有村夫，目不识参同契一字[12]，而年逾百岁，又何必劳心于不可知之术哉！达人君子，可以意悟。

【注释】

①钟离权：《全唐诗》卷八六〇："钟离权，咸阳人。遇老人授仙诀，又遇华阳真人、上仙王玄甫传道，入崆峒山，自号云房先生，后仙去。"《全唐诗》录其诗四首。

②吕岩：《全唐诗》卷八五六："吕岩，字洞宾，一名岩客，礼部侍郎渭之孙。河中府永乐县（一云蒲坂）人。咸通中，举进士不第，游长安酒肆，遇钟离权得道，不知所往。"《全唐诗》录其诗四卷。

③韩涧泉：即韩淲（1159—1224），字仲止，号涧泉，韩元吉之子，居信州上饶（今属江西）。曾官判院，与辛弃疾等著名文人有交游。有《涧泉集》二十卷、《涧泉日记》三卷、《涧泉诗余》一卷。韩淲曾与赵蕃（号章泉）选唐人绝句，今存宋谢枋得《注解章泉涧泉二先生唐诗选》五卷。卷末有署"钟离先生"《题道院》诗一首："莫怪追欢笑语频，寻思离乱可伤神。闲来屈指从头数，得到清平有几人。"

④"近闻韦氏妹"两句：出自唐杜甫《元日寄韦氏妹》："近闻韦氏妹，迎

在汉钟离。郎伯殊方镇，京华旧国移。秦城回北斗，郢树发南枝。不见朝正使，啼痕满面垂。”

⑤钟离昧（？—前201）：朐县伊庐（今江苏连云港）人。初事项羽，为楚重将。项羽死，亡归韩信。事见《史记·淮阴侯传》《汉书·韩信传》。

⑥王晋卿：生卒年不详。即王诜，字晋卿，太原（今属山西）人，后徙开封（今属河南）。熙宁二年（1069）尚英宗女魏国大长公主，拜左卫将军、驸马都尉。赵万里辑有《王晋卿词》一卷。

⑦和凝（898—955）：字成绩，郓州须昌（今山东东平）人。贞明二年（916）进士。后唐天成中，拜殿中侍御史，累迁至中书舍人，工部侍郎；后晋时官中书侍郎，同中书门下平章事。入后汉，封鲁国公。《五代史》有传。《花间集》录其词二十首，王国维、刘毓盘均辑为《红叶稿》词一卷。

⑧《解红》：和凝有《解红歌》一阕，其词如下：“百戏罢，五音清。解红一曲新教成。两个瑶池小仙子，此时夺却《柘枝》名。”

⑨《乐书》：宋陈旸音乐论著。全书共二百卷，其中，前九十五卷载录《周礼》《仪礼》《礼记》《诗经》等儒家经典中有关音乐的论述并为之训义；后一百〇五卷论律吕五声、历代乐章、乐舞、杂乐、百戏等。《乐书》卷一百八十四“乐图论”录有和凝《解红歌》。

⑩俞琰：《四库全书总目》载其生于宝祐初，卒于延祐初。字玉吾，号石涧道人、全阳子、林屋洞天真逸，吴郡（今江苏苏州）人，宋末元初著名学者。以词、赋名世，《易》学尤精。著有《周易集说》《读易举要》《易图纂要》《易外别传》等。注《沁园春》：俞琰有《吕纯阳真人沁园春词注解》一卷，

故云。

⑪《阴符经》：旧署黄帝撰，成书年代及作者不详。俞琰有《黄帝阴符经注》。

⑫参同契：指《周易参同契》，道教早期经典，东晋葛洪《神仙传》称东汉魏伯阳作。

【评析】

本则考论钟离权、吕洞宾其人其作。

传说中道教八仙之一钟离权的生活年代，文献记载中有多种说法，有汉代、盛唐、晚唐、五代和不知何时人等说法。杨慎以为，其人物原型是唐代的钟离权，与吕岩同时代。唐代诗人中确有钟离权其人，《全唐诗》录其诗四首。而且，吕岩和钟离权互有诗歌赠答，如吕岩有《呈钟离云房》（《全唐诗》卷八五六）等诗，钟离权亦有《赠吕洞宾》一首（《全唐诗》卷八六〇），可知，杨慎以为

“与吕岩同时”并不差。至于钟离权讹为“汉钟离”，杨慎的解释是因杜甫《元日寄韦氏妹》中“近闻韦氏妹，远（迎）在汉钟离”之故；又说，汉代有钟离昧其人，“遂传会以钟离权为汉将钟离昧”，此可备一说。不过，杜诗中的“钟离”是地名，不是人名。《汉书·地理志》：“钟离县，属九江郡。”邵注：“今为凤阳府临淮县。”

吕洞宾也是道教八仙之一。关于其姓名、生世、创作等，文献记载同样正伪杂错、莫衷一是。最常见的说法是，名岩，字洞宾，号纯阳子，唐代人，为吕渭之孙、吕让之子。世传吕洞宾有《沁园春》“七返还丹”一词，较早提到该词的是宋吴曾《能改斋漫录·乐府上》：“世所传吕洞宾《沁园春》辞所谓‘七返还丹’，乃知唐之中世已有此音矣。”《全唐诗》和《全唐五代词》都录有此词。杨慎以为，《沁园春》词最早乃北宋驸马王诜所制，吕洞宾是唐代人，因此不可能有此调。考现传唐五代词，吕岩外确再无《沁园春》调，因此杨慎的推断是合理的。通行的说法是，该调始于宋代。不过，该调是否为驸马王诜所制，也缺乏史料依据。比驸马王诜稍早的张先，就曾使用过该调；与王诜同时或稍晚的文人如苏轼、贺铸等也有《沁园春》词。《曲谱》列苏轼“孤馆青灯”、贺铸“宫烛分烟”为正体，未提到王诜之作。综合地看，杨慎所谓驸马王诜“初制此腔”的说法依据不足。

值得注意的是，《沁园春》词调与公主、仙都有关系。上引吴曾《能改斋漫录·沁水公主园》云：“今世乐府，传《沁园春》辞。按，《后汉书》：‘窦宪女弟立为皇后，宪恃官掖声势，遂以县直请夺沁水公主园。’然则沁水园者，公主之园也。故唐人类用之。”唐李乂《奉和初春幸太平公主南庄应制》诗曰：

“平阳馆外有仙家，沁水园中好物华。”杨慎是否据此推断《沁园春》乃驸马所制，也未可知也。

关于《解红》，五代和凝有《解红歌》一首，全词只有五句。从“解红一曲新教成”看，知为和凝自制曲。该词调仅见此首，宋元别无其他作者。元彭致中编《鸣鹤余音》一书，其卷首录《解红》“洞天深处”一首。依惯例，慢词调名可省“慢”字，因此，该调实际上就是《解红儿慢》，与和凝所作令词《解红》无涉。这也就是杨慎所言“后乃衍为《解红儿慢》”的情形。此词作者署为吕纯阳，“纯阳子”乃道教八仙之一吕洞宾的道号。《解红歌》在前，《解红儿慢》在后，照理说，《解红慢》作者的生活年代应在和凝之后。《鸣鹤余音》署为吕纯阳作，而吕乃唐代人，“岂有吕洞宾在唐，预知其腔，而填为此曲乎？”可知，杨慎的推断是正确的，此词作者一定另有其人。后人多认同杨慎此说，如清毛先舒《填词名解》就全袭其说。《词品》接下来的一则“解红”，又对《解红》其调进行了专门考论，兹录于下：“曲名有《解红》者，今俗传为吕洞宾作，见《物外清音》，其名未晓。近阅《和凝集》，有《解红歌》云：‘百戏罢，五音清。解红一曲新教成。两个瑶池小仙子，此时夺却《柘枝》名。’《乐书》云：‘优童解红舞，衣紫绯绣襦，银带花凤冠。’盖五代时人也。焉有吕洞宾在唐世填此腔邪？”

宋末元初著名学者俞琰曾为吕纯阳《沁园春》词作注解，在杨慎看来，这甚为不妥。此词既非吕洞宾所作，自不该以讹传讹。俞琰虽为饱学之士，仍惑于长生之术，杨慎对此持批评态度。“说神仙者，大率多欺世诳愚”，可知，在神仙这一问题上，杨慎的认识是清醒的。

三二 白玉蟾武昌怀古

白玉蟾武昌怀古词云[1]："汉江北泻，下长淮，洗尽胸中今古。楼橹横波征雁远，谁见鱼龙夜舞。鹦鹉洲云，凤皇池月，付与沙头鹭。功名何处。年年惟见春絮。　非不豪似周瑜，壮如黄祖，亦随秋风度。野草闲花无限数。渺在西山南浦。黄鹤楼人，赤乌年事[2]，江汉庭前路。浮萍无据。水天几度朝暮。"此调雄壮，有意效坡仙乎[3]？词名《念奴娇》，因坡公词尾三字，遂名《酹江月》。又恰百字，又名《百字令》。玉蟾词，他如"一叶飞何处，天地起西风""鳞鳞波上烟寒，水冷剪丹枫"[4]，皆佳句。咏燕子有"秋千节后初相见，祓禊人归有所思"[5]，亦有思致，不愧词人云。

【注释】

①白玉蟾：即葛长庚（1194—约1229），字白叟，自名白玉蟾，闽清（今属福建）人。入道武夷山，嘉定中，诏征赴阙，馆太乙宫，封紫清道人。有《琼海集》，附词一卷，《全宋词》录其词一百三十五首。此所引词为《酹江月·武昌怀古》。

②赤乌：三国时期吴国孙权年号（238—251）。

③坡仙：指苏轼。

④"一叶飞何处"几句：出自宋葛长庚《水调歌头·丙子中元后风雨有

感》："一叶飞何处，天地起西风。夜来酒醒，月华千顷浸帘栊。塞外宾鸿来也，十里碧莲香满，泽国蓼花红。万象正萧爽，秋雨滴梧桐。　钓台边，人把钓，兴何浓。吴江波上，烟寒水冷翦丹枫。光景暗中催去，览镜朱颜犹在，回首鹭巢空。铁笛一声晓，唤起玉渊龙。"《全宋词》"鳞鳞"作"吴江"。

⑤"秋千节后初相见"两句：此宋贺铸《和田录事新燕》诗，载于《庆湖遗老诗集》卷六，杨慎误记为葛长庚词。祓禊（fú xì），古祭名，意在祓除不祥，常于水滨举行。三国魏以前多在三月上巳，魏以后在三月三日。

【评析】

本则评南宋葛长庚词。

杨慎首先引录了葛长庚《酹江月·武昌怀古》全词，并评述说："此调雄壮，有意效坡仙乎？"苏轼有《念奴娇·赤壁怀古》一词，激昂磅礴，恢弘刚健，一向被视为豪放词的代表作品。宋胡仔《苕溪渔隐丛话》评为："语意高妙，真古今绝唱。"葛长庚词亦纵横古今，节亮气劲，杨慎谓之"雄壮"，并不为过。不过，两词的情调旨趣却各有不同。葛词藐视功名，洗净尘凡，凸显了道家的出世情怀；苏词则"题是赤壁，心实为己而发"（《蓼园词评》），借周瑜抒写自己光阴虚掷、功业未就的悲慨。

本则还谈到了《念奴娇》词调的别名问题。唐元稹《连昌宫词》注云："念奴，天宝中名倡，善歌。"唐王仁裕《开元天宝遗事》载："念奴者，有姿色，善歌唱，未尝一日离帝左右。"《念奴娇》调名或即本此。至宋，该调已广泛传唱。名之《酹江月》，显然是取苏轼《念奴娇·赤壁怀古》末句"人生如梦，一樽还酹江月"之意，杨慎所论不差。该调又正好百字，所以宋人又名《百字令》。除杨慎所列外，《念奴娇》尚有《大江东》《大江东去》《大江词》《大江乘》《赤壁词》《酹月》《大江西上曲》《千秋岁》《百岁令》《百字谣》《太平欢》《古梅曲》《杏花天》《壶中天》《壶中天慢》《无俗念》等名称。其中，《大江东》等数个名称的来历显然也与苏轼"大江东去"一词有关，这也正从一个侧面反映了该词的流布之广、影响之大。

《念奴娇》外，杨慎还特别提到了葛长庚《水调歌头》中"一叶飞何处"数句。这几句体物细腻，景情相生，确为不可多得之"佳句"。清陈廷焯《白雨斋词话》卷二评葛长庚词曰："葛长庚词，一片热肠，不作闲散语，转见其高。其《贺新郎》诸阕，意极缠绵，语极俊爽，可以步武稼轩，远出竹山之右。"又卷八："葛长庚词，脱尽方外气。李易安词，却未能脱尽闺阁气。然以两家较之，仍是易安为胜。"此论后人多以为较为允当，兹引于此，以供参照。

三三 邱长春梨花词

邱长春咏梨花《无俗念》云[①]："春游浩荡，是年年寒食，梨花时节。白锦无纹香烂熳，玉树琼苞堆雪。静夜沉沉，浮光霭霭，冷浸溶溶月。人间天上，烂银霞照通彻。　浑似姑射真人[②]，天姿灵秀，意气殊高洁。万蕊参差，谁信道，不与群芳同列。浩气清英，仙材卓荦，下土难分别。瑶台归去[③]，洞天方看清绝[④]。"长春，世之所谓仙人也，而词之清拔如此。予尝问好事者曰："神仙惜气养真，何故读书史作诗词？”答曰：“天上无不识字神仙。”予因语吾党曰：“天上无不识字神仙，世间宁有不读书道学耶？今之讲道者，束书不看，号曰忘言观妙，岂不反为异端所笑耶！”

【注释】

①邱长春：即丘处机（1148—1227），字通密，号长春子，金登州栖霞（今属山东）人。年十九，学道昆仑山，为全真教“七真”之一。大定九年（1169），随王喆入关，二十八年（1188）应召至中都（今北京）。兴定三年（1219），率弟子西行，成吉思汗赐号“神仙”。元光二年（1223）东归，居燕京太极宫，受命掌管天下道门。《元史》有传。有《磻溪集》六卷，存词一百五十余首。此所引词，《全金元词》据《磻溪词》题作“无俗念·灵虚宫梨花词”，“琼苞”作“琼葩”；“殊高洁”作“舒高洁”；“万蕊”，作“万化”。

②姑射真人：指神仙。《庄子·逍遥游》：“藐姑射之山，有神人居焉。肌肤若冰雪，淖约若处子。”

③瑶台：传说中神仙聚居之地。

④洞天：神仙居处，道教有三十六洞天之谓。

【评析】

丘处机为元代道教领袖，曾为成吉思汗座上宾。同时，也喜好诗词创作，有《磻溪集》传世。

杨慎引录丘处机《无俗念·灵虚宫梨花词》一首，赞其有“清拔”之气。这是一首咏物词，既描绘了梨花洁白如雪、香气烂漫的“形”的特点，又注重突出其天姿灵秀、意气高洁的内在神韵和品质，典雅可味，形神皆备。最后，以梨花喻仙，亦花亦人，亦人亦仙，空灵澄澈，浑灏劲健。杨慎以“清拔”评之，颇中肯綮。清况周颐《蕙风词话》评曰：“邱（丘）长春《磻溪词》，十九作道家语，亦有精警清切之句。”所谓“精警清切”，正与杨慎所论“清拔”相类。

有一种观点认为，仙家讲求“惜气养真”，故不宜读书史、做文章，以免为外道所惑，丧其真性。杨慎通过与“好事者”相互问答的方式，否定了这种看法。他认为，学仙讲道者同样需要读书求理，博学明道。此论意在褒扬丘处机学识渊博、勤于著述；同时，也对“束书不看”、妄言玄理者提出批评。丘处机其人渔猎甚广，著述颇丰，元陈时可《长春真人本行碑》记载：“师于道经无所不读，儒书梵典亦历历上口；又喜属文赋诗，然未始起藁，大率以提唱玄要为意，虽不事雕镌，而自然成文。有《磻溪》《鸣道》二集行于世云。”

其诗词作品，在金、元之际独具特色，后人所编《元诗别裁》《词林纪事》《元诗选》等都选录了他的作品。除上述两书外，丘处机尚有《大丹直指》一书，该书系统介绍了全真教内丹修炼之法，博大精深，一向被视为道教经典著作之一。因此，以丘处机而论，杨慎所谓天上无不识字神仙、世间无不读书道学的认识是可以得到充分验证的。

三四 潘祐

潘祐[①]，南唐人。事后主，与徐铉、汤悦、张泌俱有文名[②]。而祐好直谏。尝应后主令作小词，有"楼上春寒山四面。桃李不须夸烂熳。已失了东风一半"[③]。盖讽其地渐侵削也，可谓得讽谕之旨。

【注释】

①潘祐（938—973）：一作潘佑，五代时幽州（今北京）人。仕南唐为秘书省正字，俄直崇文馆。后主（李煜）即位，迁虞部员外郎，累迁中书舍人。有《荥阳集》十卷，已佚。《全唐诗》录其诗四首，《全唐文》收其文四篇。

②徐铉（916—991）：字鼎臣，广陵（今江苏扬州）人。仕南唐，后主时历兵部侍郎、礼部尚书等。南唐亡，入宋为官。著述颇多，《全唐诗》编其诗为六卷。汤悦：生卒年不详。本名殷崇义，字得川，仕南唐，后主时为礼部侍郎，后以司空知左后内史事。南唐亡，事宋。《全唐诗》录其诗五首。张泌：

生卒年不详。一作张佖，仕南唐，后主时为句容县尉，历考功员外郎，开宝五年（972）以内史舍人知礼部贡举。擅诗词，《全唐诗》编其诗为一卷。

③“桃李不须夸烂熳”两句：宋江休复《江邻几杂志》：“李后主作《红萝亭子》，四面栽红梅花，作艳曲歌之。韩熙载和云：‘桃李不夸烂熳，已输了、风吹一半。’时淮南已归周。”“东风”，他本多作“春风”。

【评析】

潘佑是南唐重要文士，杨慎所谓“与徐铉、汤悦、张泌俱有文名”的说法是符合文学史实际的。杨慎又言，潘佑“好直谏”，这一点亦可以从有关史料中得到印证。潘佑生活的年代，南唐已江河日下。愤切之下，潘佑连上七表，极论时政，历诋大臣将相，词甚激讦。《全唐文》卷八七六录其《上后主疏》《为李后主与南汉后主书》《为李后主与南汉后主第二书》及《赠别》文共四篇，其中，《上后主疏》一篇颇能体现其直谏精神。文不长，兹录如下：“三军可夺帅也，匹夫不可夺志也。臣乃者继上表章，凡数万言。词穷理尽，忠邪洞分。陛下力蔽奸邪，曲容谄伪，遂使家国愔愔，如日将暮。古有桀、纣、孙皓者，破国亡家，自己而作，尚为千古所笑。今陛下取则奸回，败乱国家，不及桀、纣、孙皓远矣。臣终不能与奸臣杂处，事亡国之主。陛下必以臣为罪，则请赐诛戮，以谢中外。”该文直斥后主之“取则奸回，败乱国家”，甚至说后主李煜都比不上夏桀、商纣王、吴国孙皓等亡国之君，言辞激烈，毫无掩饰，表现出了极大的政治勇气。据史料记载，潘佑上疏极谏不止，为张洎所馋，并最终激怒了后主。后主收佑，佑自刭身亡，年三十六。

至于潘佑“应后主令作小词”一事，史籍无载，虚实难判。其“桃李不须夸烂熳。已失了东风一半”两句，后人多以为出自同时代的韩熙载之手。当时淮南之地也尽归后周，所以有“失（输）了一半”之讥。撇开作者的问题不谈，就诗本身而言，此句以梅花起兴，言此意彼，寄慨遥深，确为不可多得之佳作，杨慎评为“得讽谕之旨”也甚为确当。

三五　坊曲

唐制，妓女所居曰坊曲，《北里志》有南曲、北曲①，如今之南院、北院也。宋陈敬叟词②：“窈窕青门紫曲。”周美成词：“小曲幽坊月暗③。”又“愔愔坊曲人家”④。近刻《草堂诗余》⑤，改作“坊陌”，非也。谢皋羽《天地间集》载孟鲠《南京》诗云⑥：“愔愔坊曲傍深春，活活河流过雨浑。花鸟几时充贡赋，牛羊今日上邱原。犹传柳七工词翰，不见朱三有子孙。我亦前生梁楚士，独持心事过夷门⑦。”

【注释】

①《北里志》：笔记小说，唐孙棨撰。主要描写唐代乾符年间长安城平康坊歌妓及士子的狭邪生活。

②陈敬叟：即陈以庄，生卒年不详。字敬叟，号月溪，建安（今福建建瓯）人。有《陈敬叟集》，刘克庄为序，称其才气清拔，力量宏放，为人旷达。《全宋词》辑其词三首。此所引词句出自《水龙吟·记钱塘之恨》，详见本书卷

五《陈敬叟》。

③小曲幽坊月暗：见周邦彦《拜星月》："夜色催更，清尘收露，小曲幽坊月暗。竹槛灯窗，识秋娘庭院。笑相遇，似觉琼枝玉树，暖日明霞光烂。水眄兰情，总平生稀见。　画图中、旧识春风面。谁知道、自到瑶台畔。眷恋雨润云温，苦惊风吹散。念荒寒、寄宿无人馆。重门闭、败壁秋虫叹。怎奈向、一缕相思，隔溪山不断。"

④愔愔（yīn）坊曲人家：见周邦彦《瑞龙吟》："章台路。还见褪粉梅梢，试花桃树。愔愔坊曲人家，定巢燕子，归来旧处。　黯凝伫。因念个人痴小，乍窥门户。侵晨浅约宫黄，障风映袖，盈盈笑语。　前度刘郎重到，访邻寻里，同时歌舞。唯有旧家秋娘，声价如故。吟笺赋笔，犹记燕台句。知谁伴、名园露饮，东城闲步。事与孤鸿去。探春尽是，伤离意绪。官柳低金缕。归骑晚、纤纤池塘飞雨。断肠院落，一帘风絮。"愔愔，幽深、悄寂貌。

⑤《草堂诗余》：宋何士信编。有前后集各两卷，共四卷。选辑唐五代词及宋词三百六十七首，按内容分为四季、节序、天文、地理、人物等十一类。后世一向与《花间集》并称，是研究宋词的重要典籍。

⑥谢皋羽：即谢翱（1249—1295），字皋羽，晚号晞发子、晞发道人，福州长溪（今福建霞浦）人。曾从文天祥起兵，任谘议参军，宋亡不仕。有《晞发集》，存诗二百八十余首。《天地间集》：谢翱编，收录宋末故臣遗老之作，已佚。孟鲠：字介甫，宋末元初人，曾起兵抗元。

⑦"愔愔坊曲傍深春"几句：该诗较早见于元杜本编《谷音》一书，"坊曲"作"坊陌"，"过雨浑"作"雨过浑"。柳七，即柳永（约984—约1053），

初名三变，字景庄，后改名永，字耆卿，建州崇安（今福建武夷山市）人。景祐元年（1034）进士，释褐睦州推官。历余杭令、定海晓峰盐场监官、泗州判官、太常博士。官至屯田员外郎，世称“柳屯田”。有《乐章集》,《全宋词》录存其词二百一十三首。夷门，战国魏都城的东门，因在夷山之上，故名。这里泛指城门。

【评析】

此则推考“坊曲”之名，并对《草堂诗余》刻本擅改原作予以批评。

杨慎依据唐代孙棨《北里志》的有关记载，认为“坊曲”乃唐代妓女所居之地，这是不错的。据《北里志》，唐代长安倡家所居之地谓之“曲”，其选入教坊者，居处则曰“坊”，故云“坊曲人家”。《北里志·泛论三曲中事》对“曲”的记载很具体：“平康里入北门东回三曲，即诸妓所居之聚也。妓中有铮铮者，多在南曲、中曲，其循墙一曲，卑屑妓所居也，颇为二曲轻斥之。其南曲、中曲前通十字街。初登馆阁者，多于此窃游焉。”可知，诚如杨慎所言，唐代确有南曲、北曲之别。

“坊曲”一词在古诗词中多有运用，本则中，杨慎即举出了宋人陈敬叟、周邦彦词及宋末元初人孟鲠诗共四例。同时，杨慎批评“近刻”《草堂诗余》，将周邦彦词“愔愔坊曲人家”中“坊曲”改作“坊陌”。《草堂诗余》在明代十分流行，书贾出于射利之需，假托名人评点，大量刊印此书。于是，明代出现了多种《草堂诗余》刻本，如沈际飞评点本、李廷机评点本、董其昌评点本、李攀龙评点本、杨慎评点本等。其是非真伪，殊难分辨。杨慎所言“近刻《草堂诗余》”，已很难考证到底是哪一种刻本。将“坊曲”改作“坊陌”，显然与《北里志》等文献记载不符，对相关历史知识了解不够，因此，杨慎的批评是正确的。

三六 檐花

杜诗“灯前细雨檐花落”①，注谓檐下之花，恐非。盖谓檐前雨映灯花如花尔。后人不知，或改作“檐前细雨灯花落”，则直致无味矣。宋人小词多用“檐花”字，周美成云：“浮萍破处，檐花檐影颠倒②。”又云：“檐花红雨照方塘③。”多不悉记。

【注释】

①灯前细雨檐花落：出自唐杜甫《醉时歌》：“……清夜沉沉动春酌，灯前细雨檐花落。但觉高歌有鬼神，焉知饿死填沟壑。相如逸才亲涤器，子云识字终投阁……”

②“浮萍破处”两句：出自周邦彦《隔浦莲》：“新篁摇动翠葆。曲径通深窈。夏果收新脆，金丸落、惊飞鸟。浓霭迷岸草。蛙声闹。骤雨鸣池沼。　水亭小。浮萍破处，帘花檐影颠倒。纶巾羽扇，困卧北窗清晓。屏里吴山梦自到。惊觉。依然身在江表。”

③檐花红雨照方塘：今传周邦彦《片玉集》中无此句，不知所出。

【评析】

从字面上看，“檐花”即靠近屋檐下边开的花。在古诗词中，这一意象并不少见。如，南朝丘迟《答徐侍中为人赠妇》“俱看依井蝶，共取落檐花”，唐李白《赠崔秋浦》“山鸟下听事，檐花落酒中”等，其意都指檐前之花。

杜甫《醉时歌》中有“清夜沉沉动春酌，灯前细雨檐花落”之句，对于其中的“檐花”一词，后世不少注家认为，就是实指檐边之花或檐前之花。如，宋赵次公注：“檐花近乎檐边之花也。学者不知所出，或以檐雨之细如花，或遂以檐花为檐雨之名。故特为详之。”清仇兆鳌注“实指檐前之花”。杨慎则认为，释为檐下之花“恐非”，应是“檐前雨映灯花如花尔”。按照这一解释，“檐花”并非实有之花，而是在细雨的映衬下，灯花所呈现出的虚化之像。此解颇有意趣，可备一说。后世有人将“灯前细雨檐花落”改为“檐前细雨灯花落”，这一改，诗的含义固然清晰明了，但在杨慎看来，则破坏了原诗的韵致，变得“直致无味”了。看来，杨慎论诗论词，颇重作品的情致意趣，表现出了对“味”的喜尚和追求。这一点，在《词品》中也多有体现，如卷一《杨柳索春饶》“‘蒌蒿穿雪动，杨柳索春饶’，山谷诗也。……今刻本不知，改‘饶’为‘愁’，不惟无韵，且无味矣”；再如卷四《张功甫》评张功甫梅花词“虽不惊人，而风味殊可喜”等。

杨慎对杜诗“檐花”的释解对后世产生了较大影响。晚于杨慎的明王嗣奭在《杜臆》中云：“檐水落，而灯光映之，如银花。”这一解释和杨慎的观点就比较接近。文末，杨慎举周邦彦词为例，以证“檐花”一词在宋人小词中亦多有运用。不过，前一例中之“檐花”与雨影、灯花无涉，是实指檐边之花；后一例其出处已无考，也就无法结合具体语境以分析其确切所指。

三七《十六字令》

周美成《十六字令》云："眠。月影穿窗白玉钱。无人弄，移过枕函边[①]。"词简思深，佳词也。其《片玉集》中不载，见《天机余锦》[②]。

【注释】

①枕函：中间可以藏物的枕头。

②《天机余锦》：明程敏政编选，全书收录唐五代至明代词作共1256首，成书年代约为嘉靖二十九年（1550）至嘉靖三十年（1551）间。

【评析】

本则所引《十六字令》，作者为周晴川，非周美成。周晴川，生卒年不详。名玉晨，杭州钱塘（今浙江杭州）人，生活年代为宋末元初。有《晴川词》，不传。

关于所引词为周晴川之说，前贤多有考辨。清朱彝尊《词综》卷三十收录了该词，题周晴川作，下注云："是词见《天机余锦》，系周晴川作，今相沿刻周美成，然《片玉集》无此，其不系美成明矣。"唐圭璋《词话丛编》注："按此周晴川词，见《花草粹编》卷一，《词品》误作周邦彦词。《词统》、毛刻《片玉词补遗》并承其误。"

杨慎虽将"周晴川"误记为"周美成"，不过其"词简思深"之论倒也符合该词实际。《词品》卷二对周邦彦《片玉集》后世刊刻之误多所辨析，具有重要的文献价值。如《应天长》:“周美成寒食《应天长》词:‘条风布暖，霏雾弄晴，池塘遍满春色。正是夜堂无月，沉沉暗寒食。’今本遗‘条风’至‘正是’二十字。”杨慎的指正，对于后人全面了解和认识这首词无疑是有意义的。再如,《过秦楼》一则:“周美成《过秦楼》首句是‘水浴清蟾’，今刻本误作‘凉浴’。”对词句的文字刊刻之误进行了校勘和补正，同样具有较高的文献价值。

三八《春霁》《秋霁》

《草堂》词选《春霁》《秋霁》二首相连[①]，皆胡浩然作也[②]。格韵如一，尾句皆是“有谁知得”，而不知何等妄人，于《秋霁》下添入陈后主名[③]。不知六朝焉知此等慢调。况其中有“孤鹜落霞”语，乃袭用王勃之序[④]。陈后主岂能预知勃文而倒用之邪?

【注释】

①《草堂》:明洪武二十五年(1392)遵正书堂刻本《草堂诗余》后集卷上录有《春霁》《秋霁》两词，两首前后相连。《春霁》:署胡浩然作:“迟日融和，乍雨歇东郊，嫩草凝碧。紫燕双飞，海棠相衬，妆点上林春色。黯然望极。困人天气浑无力。又听得。园苑，数声莺啭柳阴直。　当此暗想，故园繁华，俨然游人，依旧南陌。院深沉、梨花乱落，那堪如练点衣白。酒量顿宽洪量

窄。算此情景，除非殢酒狂欢，恣歌沉醉，有谁知得。”《秋霁》：署陈后主作：“虹影侵阶，乍雨歇长空，万里凝碧。孤鹜高飞，落霞相映，远状水乡秋色。黯然望极，动水无限愁如织。又听得，云外数声，新雁正嘹呖。 当此暗想，画阁轻抛，杳然殊无，些个消息。漏声稀，银屏冷落，那堪残月照窗白。衣带顿宽犹阻隔。算此情苦，除非宋玉风流，共怀伤感，有谁知得。”

②胡浩然：生平事迹不详，南宋词人。《全宋词》录其词五首。

③陈后主：即陈叔宝（553—604），字元秀，南朝陈末代皇帝。582—589年在位，其间奢侈荒淫，不理国政。国亡被俘，后病死洛阳。曾作《玉树后庭花》等艳体诗，明人辑有《陈后主集》。

④王勃（650—676）：字子安，绛州龙门（今山西河津）人。曾任虢州参军，后往交趾探父，渡海溺水，惊悸而死。为“初唐四杰”之一，有《王子安集》。其《滕王阁序》有“落霞与孤鹜齐飞，秋水共长天一色”句。

【评析】

本则对《春霁》《秋霁》两词的作者进行了辨析。洪武本《草堂诗余》后集卷上录有《春霁》《秋霁》两词，前者署胡浩然作，后者署陈后主作。杨慎认为，这两首词都是胡浩然的作品；陈后主之名，乃后人妄自改窜所致，并不符合实际。杨慎从两个方面进行了辨析：一，《秋霁》属慢调，在陈后主时期，真正意义上的词尚未出现，当然更不会有慢调这种体式；二，《秋霁》中有“孤鹜高飞，落霞相映”之句，乃袭用唐王勃《滕王阁序》“落霞与孤鹜齐飞，秋水共长天一色”诗意，陈后主生活在王勃之前，当然不可能预知王勃之作。杨慎之论，稽考细密，义理清晰，令人信服。

后人多从杨慎之说，认定《秋霁》乃胡浩然之作。唐圭璋《宋词四考·宋词互见考》即断为胡词。王兆鹏亦讲：“杨慎所辨非陈后主作，甚是；又谓胡浩然作，亦可信。洪武本《草堂诗余》后集卷上录《春霁》，题胡浩然作，《秋霁》紧接于《春霁》之后，一写春晴，一写秋晴。二词结句俱相同，格调情韵一致，应同是胡浩然作。”（《唐宋词史论》，人民文学出版社，2000年）

三九　岸草平沙

《草堂》词，《柳梢青》“岸草平沙”一首①，僧仲殊作也②。今刻本往往失其名，故特著之。宋人小词，僧徒惟二人最佳，觉范之作类山谷③，仲殊之作似《花间》。祖可、如晦俱不及也④。

【注释】

①“《草堂》词”两句：洪武本《草堂诗余》前集卷上录有《柳梢青》一首，无作者名。全词如下：“岸草平沙，吴王故苑，柳袅烟斜。雨后寒轻，风前香软，春在梨花。　行人一棹天涯，酒醒处，残阳乱鸦。门外秋千，墙头红粉，深院谁家。”宋黄昇《唐宋诸贤绝妙词选》署僧仲殊作。

②仲殊：生卒年不详。名挥，俗姓张。出身进士，后弃家为僧，居杭州吴山宝月寺。与苏轼等人交游，苏轼称“蜜殊”。有《宝月集》，不传，赵万里辑得三十首为《宝月集》一卷，刊入《校辑宋金元人词》第一册中。《全宋词》录其词四十六首。

③觉范：即惠洪（1071—1128），字觉范，俗姓喻。少时曾为县小吏，后得祠部牒为僧。政和元年（1111），刺配崖州。工诗能文，时作绮语，有“浪子和尚”之称。与苏轼、黄庭坚等有交游，有《石门文字禅》三十卷、《冷斋夜话》十卷、《天厨禁脔》三卷。周咏先辑为《石门长短句》一卷，《全宋词》录其词二十一首。山谷：即黄庭坚（1045—1105），字鲁直，号涪翁，又号山谷道人，祖籍婺州金华（今属浙江），后徙至洪州分宁（今江西修水）。治平四年（1067）进士，官国子监教授、秘书郎、起居舍人等。“苏门四学士”之一，江西诗派鼻祖。有《豫章先生文集》三十卷、《山谷琴趣外编》三卷，《全宋词》收录其词作一百九十余首。

④祖可：生卒年不详。字正平，俗姓苏，名序，江西诗派诗人。《全宋词》录其词三首。如晦：生卒年及事历不详。名皎，居剡之明心寺，与汝阴王铚相酬答。《全宋词》录其词一首。

【评析】

将《柳梢青》“岸草平沙”一词的作者断为僧仲殊，并非杨慎的发明。虽然《草堂诗余》在该词下不署作者名，不过，宋黄昇《唐宋诸贤绝妙词选》明确题作仲殊。因此，这首词的作者应无疑议。杨慎对《草堂诗余》和《唐宋诸贤绝妙词选》两部书都很熟悉，《词品》中随处可见对两书内容的摘录、袭用等即是明证。以《绝妙词选》之所著，补出《草堂》之遗漏，应该说，这也是一件有意义的工作。

仲殊虽为方外之士，但喜交游，擅作诗，在北宋中期颇有文名。宋苏轼《东坡志林》卷二载：“苏州仲殊师利和尚，能文，善诗及歌词，皆操笔立成，不点窜一字。予曰：‘此僧胸中无一毫发事。’故与之游。”能得到苏轼的奖知，自然卓荦不凡，学行可称。杨慎的评价是，在宋代僧徒中，仲殊与惠洪的词作“最佳”。惠洪游于公卿间，诗名远播，著述颇丰。作词“情思婉约，似少游”（宋许顗《彦州诗话》），深得苏、黄称许。仲殊词同样婉丽清润，自成一家，宋王灼《碧鸡漫志》卷二评价说：“贺方回、周美成、晏叔原、僧仲殊，各尽其才力，自成一家。贺、周语意精新，用心甚苦。毛泽民、黄载万次之。叔原如金陵王、谢子弟，秀气胜韵，得之天然，将不可学。仲殊次之。殊之赡，晏反不逮也。”杨慎将仲殊与惠洪并举，推为僧词“最佳”，“祖可、如晦俱不及”，这样的评判是恰当的。在此基础上，杨慎又进一步区分了两位僧人词作风格的差异，认为“觉范之作类山谷，仲殊之作似《花间》”，此说同样可为后人全面认识和正确评价仲殊、惠洪的词作提供有益参鉴。

四〇 闲适之词

宋傅公谋《水调歌头》曰[①]："草草三间屋，爱竹旋添栽。碧纱窗户，眼前都是翠云堆。一月山翁高卧，踏雪水村清冷，木落远山开。惟有平安竹，留得伴寒梅。　唤家童，开门看，有谁来。客来一笑清话，煮茗更传杯。有酒只愁无客，有客又愁无月，月下且徘徊。明日人间事，天自有安排。"黄玉林《酹江月》云[②]："吾庐何有，有一湾莲荡，数间茅宇。断堑疏篱聊补葺，那得粉墙朱户。禾黍西风，鸡豚晓日，活脱田家趣。客来茶罢，自挑野菜同煮。　多少甲第连云，十眉环座[③]，人醉黄金坞。回首邯郸春梦破[④]，零落珠歌翠舞。得似衰翁，萧然陋巷，长作溪山主。紫芝可采[⑤]，更寻岩谷深处。"又刘静修《风中柳》云[⑥]："我本渔樵，不是白驹过谷。对西山、悠然自足。北窗疏竹。南窗丛菊。爱村居、数间茅屋。　风烟草屦，满意一川平绿。问前溪、今朝酒熟。幽泉歌曲。清泉琴筑。欲归来、故人留宿。"并吕居仁"东里先生家何在"四词[⑦]，每独行吟歌之，不惟有隐士出尘之想，兼如仙客御风之游矣。昔人谓"诗情不似曲情多"，信然。

【注释】

①傅公谋：即傅大询，生卒年不详。字公谋，号铃冈，南宋前期词人。《全宋词》录其词五首。所引词载于宋罗大经《鹤林玉露》卷五，“唤家童”作“家童”；“无月”作“无酒”；“月下”作“酒熟”。

②黄玉林：即黄昇，生卒年不详。字叔旸，号玉林，又号花庵词客，晋江（今属福建）人，南宋词人。辑有《唐宋诸贤绝妙词选》《中兴以来绝妙词选》，有《散花庵词》一卷。《中兴以来绝妙词选》末附其自作三十八首，《全宋词》据以辑入，又据《翰墨大全》丁集卷二辑入《鹧鸪天》一首，计存其词三十九首。此所录《酹江月》，原题作“戏题玉林”，“吾庐”作“玉林”，“莲荡”作“莲沼”，“西风”作“秋风”。

③十眉：指众多美女。

④邯郸春梦：喻指虚幻之事。唐沈既济《枕中记》：卢生在邯郸客店中遇道士吕翁，用其所授瓷枕，睡梦中历数十年富贵荣华。及醒，店主炊黄粱未熟。

⑤紫芝：也称木芝，似灵芝。古人以为瑞草，道教以为仙草。

⑥刘静修：即刘因（1249—1293），字梦吉，初名骃，字梦骥，号静修，保定荣城（今属河北）人。《元史》有传。工诗文，善画，著有《四书集义精要》二十八卷、《静修集》三十卷，词存集中。此所引词见《静修先生文集》卷十五，题作“饮山亭留宿”，“过谷”作“空谷”；“幽泉”作“幽禽”。

⑦吕居仁：即吕本中（1084—1145），初名大中，字居仁，寿州（今安徽寿县）人。绍兴六年（1136），赐进士出身，擢起居舍人兼权中书舍人。八年（1138），迁中书舍人兼侍讲，兼权直学士院。因忤秦桧，提举太平观。《宋史》

有传。诗法黄庭坚，尝作《江西诗社宗派图》。又有《紫薇诗话》《童蒙训》及《东莱诗集》二十卷。赵万里《校辑宋金元人词》辑有《紫薇词》一卷，《全宋词》据以录入，存词二十七首。所引句出自吕本中《满江红》："东里先生，家何在、山阴溪曲。对一川平野，数间茅屋。昨夜冈头新雨过，门前流水清如玉。抱小桥、回合柳参天，摇新绿。 疏篱下，丛丛菊。虚檐外，萧萧竹。叹古今得失，是非荣辱。须信人生归去好，世间万事何时足。问此春、春酝酒何如，今朝熟。"

【评析】

本则列举了宋傅大询《水调歌头》、宋黄昇《酹江月》、元刘因《风中柳》以及宋吕本中《满江红》四首"闲适"类词作，其中，前三首是完整摘引，后一首只录了首句。

四首词在内容、情趣、风格等方面都比较接近，表现手法方面也颇多相似之处。词中多以茅屋、寒梅、疏竹等自然景物为主要描写对象，冲淡娴雅，淳朴明秀，大有陶渊明、孟浩然的风格意趣。清刘熙载《艺概》卷四讲："东坡谓陶渊明诗'臞而实腴，质而实绮'，余谓元刘静修之词亦然。"这虽然是对刘因词的评述，但用以评价这四首词也是恰当的。

这几首词不以建功立业、匡世济民为表现内容，也不同于笙歌流觞、红粉佳人的传统题材，而是重在展现乡居生活的清雅和宁静，抒写远离尘俗、返璞归真的情怀。因此，杨慎称之为"闲适之词"。《鹤林玉露》评傅大询《水调歌头》曰："此词清甚，末句尤达，可歌也。"实际上，清润、旷达也是这四首词的共同特点。无论是煮茗清话、野菜同煮，还是幽泉歌曲、故人留宿，都充溢着一种清旷和豪逸之气，突出体现了词人超然尘外、悠游闲适的情趣。黄昇词“回首邯郸春梦破，零落珠歌翠舞”，吕本中词“须信人生归去好，世间万事何时足”，均以议论的方式传达了对成败得失的感悟，流露出了对世俗生活的厌倦。

对于这类闲适之作，杨慎是持赞赏和肯定态度的，这也从一个侧面反映了杨慎的词学追求。也许，这样的认知态度和生活情趣也是杨慎所向往的，因此他讲：“每独行吟歌之，不惟有隐士出尘之想，兼如仙客御风之游矣。”

四一 石次仲西湖词

石次仲西湖《多丽》一曲云[①]：“晚山青。一川云树冥冥。正参差烟凝紫翠，斜阳画出南屏。馆娃归、吴台游鹿[②]，铜仙去、汉苑飞萤[③]。怀古情多，凭高望极，且将樽酒慰漂零。自湖上爱梅仙远，鹤梦几时醒。空留在、六桥疏柳，孤屿危亭。　待苏堤、歌声散尽[④]，更须携妓西泠。藕花深、雨凉翡翠，菰浦软、风弄蜻蜓。澄碧生秋，闹红驻景，采菱新唱最堪听。一片水天无际，渔火两三星。多情月，为人留照，未过前汀。”次仲词在宋未著名，而清奇宕丽如此。宋之填词为一代独艺，亦犹晋之字、唐之诗，不必名家而皆奇也。然奇而不传者何限，而传者未必皆奇。如唐之胡曾[⑤]，宋之杜默[⑥]，识者知笑之，而不能靳其传[⑦]。盖亦有幸不幸乎?

【注释】

①石次仲：即石孝友，生卒年不详。字次仲，南昌（今属江西）人，南宋词人。乾道二年（1166）进士，善词，有《金谷遗音》一卷，存词一百四十九首。此所引《多丽》一词，为张翥词，见《蜕岩词》卷上。

②馆娃：古代吴宫名，春秋时吴王夫差为西施建造。这里借指西施。

③铜仙:《汉书·郊祀志》:"(武帝)其后又作柏梁、铜柱、承露、仙人掌之属。"颜师古注引《三辅故事》云:"建章宫承露盘高二十丈,大七围,以铜为之,上有仙人掌承露,和玉屑饮之。"此化用李贺《金铜仙人辞汉歌》诗意,以寓国家兴亡之慨。

④苏堤:亦称"苏公堤",在西湖中。北宋元祐年间,苏轼知杭州时,疏浚西湖,堆泥筑堤,夹道杂植花柳,故称。

⑤胡曾:生卒年不详。号秋田,邵州邵阳(今属湖南)人。咸通中,屡试不第,后入蜀,高骈辟为掌书记。工诗,尤善咏古。《全唐诗》编其诗一卷,存诗一百六十二首。

⑥杜默:生卒年不详。字雄师,和州历阳(今安徽和县)人,一作濮州(今山东鄄城)人。宋神宗熙宁末年,特奏名,为新淦县尉。师事石介,以歌行自负,石介、欧阳修曾有诗称赞。

⑦靳(jìn):吝惜,不肯给予。

【评析】

《多丽》一曲乃张翥的作品,非石孝友所作,杨慎误记。不过,杨慎以"清奇宕丽"评石孝友词,是恰当的。后世评石孝友词,往往亦多言其"清"。如清陈廷焯《云韶集评》:"次仲词,清奇雄秀,别于诸家外,独树一帜。"再如,《四库全书总目》卷二〇〇《金谷遗音》"提要":"长调以端庄为主,小令以轻倩为工。"石孝友虽存词不少,但声名远不及苏、黄、柳永等,在词史上的地位和影响有限。后世诟病者也不在少数,如《四库全书总目》(同上):"而长调类多献谀之作,小令亦间近于俚俗。"清冯煦《蒿庵论词》谓《金谷遗音》“隽不及山谷，深不及屯田，密不及竹山，盖皆有其失而无其得也”。

杨慎又言“宋之填词为一代独艺，亦犹晋之字、唐之诗”，这一论述无疑是精当的。在《词品》卷一《仄韵绝句》中，杨慎也讲过“宋人作诗与唐远，而作词不愧唐人”的话，这都反映了杨慎对宋词文学特性和文学地位的体认。后世王国维在《宋元戏曲史·序》更提出了“一代有一代之文学”的观念，为学界所广泛认可：“凡一代有一代之文学：楚之骚，汉之赋，六代之骈语，唐之诗，宋之词，元之曲，皆所谓一代之文学，而后世莫能继焉者也。”

填词既为宋之“独艺”，自然会产生许多奇绝独特之作。但并不是所有的优秀作品都能流传后世，流传下来的也未必都是奇作。对此，杨慎深为感慨。《升庵诗话》卷十二曰：“噫，至言不出，俗言胜也，文亦有幸不幸哉！”其《诗话》与《词品》之感叹如出一辙。在这里，他举出的例子是唐代的胡曾和宋代的杜默。在他看来，这两个人才能平平，作品也为“识者”所讥笑。对于胡曾，杨慎《升庵诗话》多有讥刺和批评，例如卷七《胡曾咏史》：“‘漠漠黄沙际碧天，问人云此是居延。停骖一顾犹魂断，苏武争销十九年。’此诗全用杜牧之句。慎少侍先师李文正公，公曰：‘近日儿童村学教以胡曾《咏史诗》，入门先坏了声口矣。’慎曰：‘如《咏苏武》一首亦好。’公曰：‘全是偷杜牧之《闻胡笳》诗。’退而阅之，诚然。曾之诗，此外无留良者。”卷八《唐诗不厌同》，也再次谈到了胡曾对杜牧诗的沿袭。此外，卷八《唐彦谦诗》：“（唐彦谦诗）首首有酝藉，堪吟咏，比之贯休、胡曾辈天壤矣。”卷十二《刘元济诗》：“此诗（刘元济《经庐岳回望江州想洛阳有作》）绮绘焕发，比兴温然，虽王杨卢骆，未能先也。然不甚流传，而王周、李山甫、林宽、卢延逊、周昙、胡曾之徒鄙猥俚贱，优人羞道者，乃有集行世。”卷十三《钱珝咏史》：“（钱珝）诗皆用书中语，括书咏史如此，射雕手也。如胡曾、汪遵，不堪为奴仆矣。”在杨慎看来，胡曾的咏史之作远逊于杜牧、唐彦谦、刘元济、钱珝等人，与这些人相比，胡曾的诗“鄙猥俚贱”“不堪为奴仆”。诚然，胡曾“苏武争销十九年”之句确乎援用了杜牧成句“苏武争禁十九年”，但胡曾咏史诗纵横开阖，大气磅礴，自有其独到之处。以此否定胡曾的诗，显然有失偏颇。《唐才子传》卷八的评述就迥然有异于杨慎：“曾天分高爽，意度不凡，视人间富贵亦悠悠。遨历四方，马迹穷岁月，所在必公乡馆穀。上交不谗，下交不渎，奇士也。尝为汉南节度从事。作《咏史诗》，皆题古君臣争战、废兴尘迹。经览形胜、关山亭障、江海深阻，一一可赏，人事虽非，风景犹昨，每感辄赋，俱能使人奋飞。至今庸夫孺子，亦知传诵。后有拟效者，不逮矣。至于近体律绝等，哀怨清楚，曲尽幽情，擢居中品，不过也。惜其才茂而身未颖脱，痛哉！”

杜默是宋初诗人，诗作浅陋，且多不合诗律。有诗曰：“学海波中老龙，圣人门前大虫。推倒杨朱墨翟，扶起仲尼周公。”又曾作《中秋月诗》贺人生日，“皆以月况”。宋魏泰《临汉隐居诗话》评其“虽造语粗浅，然亦豪爽也”，又以“狂鄙”评价其人。北宋苏轼的评价则更为尖锐：“吾观杜默豪气，正是京东学究饮私酒、食瘴死牛肉、饱后发者也。作诗狂怪，至卢仝、马异极矣。若更求奇，便作杜默。”（《苏轼文集·评杜默诗》）后世“杜撰”之典，正言此公：“杜默为诗多不合律，故言事不合格者为杜撰。”（宋王楙《野客丛书》卷二十）

杨慎认为，类似胡曾、杜默这样的作家都有作品流传后世，而真正的奇作，有些却湮没不闻，这实为文之不幸。

四二 曹元宠梅词

曹元宠梅词①："竹外一枝斜，想佳人天寒日暮。"用东坡"竹外一枝斜更好"之句也②。徽宗时禁苏学，元宠又近幸之臣，而暗用苏句，其所谓掩耳盗铃者。噫，奸臣丑正恶直，徒为劳尔。

【注释】

①曹元宠：即曹组，生卒年不详。字彦章，后更字元宠，颍昌阳翟（今河南禹州）人，北宋词人。曾六举未第，宣和三年（1121）特命就殿试，中第五甲，赐同进士出身，官阁门宣赞舍人，睿思殿应制。有《箕颍集》二十卷，不传。《全宋词》录其词三十六首。此所引词句出自曹祖《蓦山溪》："洗妆真态，不在铅华御。竹外一枝斜，想佳人、天寒日暮。黄昏小院，无处著清香，风细细，雪垂垂，何况江头路。　月边疏影，梦到销魂处。结子欲黄时，又须著、廉纤细雨。孤芳一世，供断有情愁，销瘦却，东阳也，试问花知否。"

②竹外一枝斜更好：出自苏轼《和秦太虚梅花》："西湖处士骨应槁，只有此诗君压倒。东坡先生心已灰，为爱君诗被花恼。多情立马待黄昏，残雪消迟月出早。江头千树春欲暗，竹外一枝斜更好。孤山山下醉眠处，点缀裙腰纷不扫。万里春随逐客来，十年花送佳人老。去年花开我已病，今年对花还草草。

不如风雨卷春归，收拾余香还界昊。”

【评析】

此则批评曹组蹈袭苏轼诗句，并对曹组的人品予以抨击和指斥。

哲宗后期元祐八年（1093）高太后病死，哲宗亲政，遂斥逐元祐旧臣。苏轼于绍圣元年（1094）被远贬惠州，四年（1098），再贬儋州。徽宗即位后，开始禁绝“苏学”。崇宁元年（1102）五月，朝廷复追贬元祐党人，禁元祐学术。崇宁二年（1103）四月，诏毁三苏、黄庭坚、秦观诸人文集，“天下碑碣榜额，系东坡书撰者，并一例除毁。”（宋吴曾《能改斋漫录》卷十一）崇宁三年（1104）和宣和六年（1124）又两度颁布除毁苏轼诸人文集的禁令。杨慎所言“徽宗时禁苏学”，即指此。

在这样的政治环境下，苏学及苏轼诗文作品的流传受到了极大的影响。但苏轼的影响是巨大的，朝廷的禁绝并不能阻止人们对苏轼的敬仰。曹组是徽宗的文学侍臣，“以占对开敏得幸”（《宋史·曹勋传》），确为“近幸之臣”。据其子曹勋的描述，“东坡谓先公深于明经、史学”（傅璇琮等主编《宋才子传笺证·曹组传》，辽海出版社 2011 年），可见，曹组也曾得到过苏轼的奖掖。曹组暗用苏句，实际上也正从一个侧面反映了在禁绝苏学的历史背景下，人们依然研习和喜好苏轼作品的历史事实。杨慎崇尚苏轼其人其作，又鄙薄曹组之为人，因此才有“掩耳盗铃”“奸臣丑正恶直”之评。实际上，曹组之词也并非一无是处，在当时还是有一定影响的。宋王灼《碧鸡漫志》卷二就曾讲：“每出长短句，脍炙人口”，“今少年妄谓东坡移诗律作长短句，十有八九，不学柳耆卿，则学曹元宠”。文中所引梅词，似乎也不该简单理解为对东坡词句的蹈袭，《蓼园词评》就曾辨析说："此词佳处，不在'一枝斜'句，佳在前后段跳脱处，情景交融，语多隽永耳。"

杨慎对咏梅之作情有独钟，《词品》曾多次论及这类词作，卷二中全篇摘引和列举的咏梅作品就有吕渭老《东风第一枝》（老树浑苔），吴感《折红梅》（喜轻澌初绽），洪觉范《点绛唇》（流水泠泠），蒋捷《一剪梅》（一片春愁带酒浇）、《水龙吟》（醉兮琼瀣浮觞些）等。而所有的咏梅之作中，《词品》认为："古今梅词，以坡仙'绿毛幺凤'为第一。"（卷二《梅词》）这也突出显示了他对苏轼词作的欣赏和喜好。

四三 心字香

词家多用心字香，蒋捷词云："银字筝调。心字香烧[①]。"张于湖词[②]："心字夜香清。"晏小山词[③]："记得年时初见，两重心字罗衣。"范石湖《骖鸾录》云[④]："番禺人作心字香，用素馨茉莉半开者，著净器中。以沉香薄劈，层层相间，密封之。日一易，不待花蔫。花过香成。"所谓心字香者，以香末萦篆成心字也。心字罗衣，则谓心字香熏之尔。或谓女人衣曲领如心字，又与此别。

【注释】

①"蒋捷词云"几句：蒋捷，生卒年不详。字胜欲，号竹山，阳羡（今江

苏宜兴）人，南宋词人。咸淳十年（1274）进士，宋亡后，遁迹不仕。有《竹山词》一卷，《全宋词》录其词九十四首。所引词出自蒋捷《行香子·舟宿兰湾》："红了樱桃。绿了芭蕉。送春归、客尚蓬飘。昨宵谷水，今夜兰皋。奈云溶溶，风淡淡，雨潇潇。　银字笙调。心字香烧。料芳悰、乍整还凋。待将春恨，都付春潮。过窈娘堤，秋娘渡，泰娘桥。"亦见于《一剪梅·舟过吴江》："一片春愁待酒浇。江上舟摇。楼上帘招。秋娘度与泰娘娇。风又飘飘，雨又萧萧。　何日归家洗客袍。银字笙调。心字香烧。流光容易把人抛。红了樱桃，绿了芭蕉。"《竹山词》"筝"做"笙"。

②张于湖：即张孝祥（1132—1169），字安国，号于湖居士，历阳乌江（今安徽和县）人。绍兴二十四年（1154），进士第一，授承事郎、签书镇东军节度判官。后除起居舍人，知平江府，知潭州，迁荆南湖北路安抚使等。乾道五年（1169）卒，年三十八。《宋史》有传。工诗文，长书法，有《于湖居士文集》四十卷，词有《于湖居士长短句》五卷。《全宋词》收录其词二百二十三首。此所引"心字夜香清"一句，《于湖集》不载。明陈耀文《花草粹编》卷二十一录有《金盏子·秋思》一词，内有此句，署蒋捷作。《彊村丛书》本《竹山词》作

“心字夜香消”，题作《金残子》，《全宋词》据以录入。全词为：“练月萦窗，梦乍醒、黄花翠竹庭馆。心字夜香消，人孤另、双鹣被池羞看。拟待告诉天公，减秋声一半。无情雁。正用恁时飞来，叫云寻伴。　犹记杏栊暖。银烛下、纤影卸佩款。春涡晕，红豆小，莺衣嫩，珠痕淡印芳汗。自从信误青骊，想笼莺停唤。风刀快，翦尽画檐梧桐，怎翦愁断。”

③晏小山：即晏几道（1038—1110），字叔原，号小山，抚州临川（今属江西）人，晏殊之子。曾任太常寺太祝、颖昌府许田镇监官等。有《小山词》存世。此所引句出自晏几道《临江仙》：“梦后楼台高锁，酒醒帘幕低垂。去年春恨却来时。落花人独立，微雨燕双飞。　记得小蘋初见，两重心字罗衣。琵琶弦上说相思。当时明月在，曾照彩云归。”年时，《小山词》作“小蘋”。

④范石湖：即范成大（1126—1193），字致能，一字幼元，号石湖居士，苏州吴县（今属江苏）人，中兴四大诗人之一。绍兴二十四年（1154）进士，累官礼部员外郎、中书舍人、权礼部尚书等，拜参知政事。后归石湖，里居七年。绍熙三年（1192）加资政殿大学士知太平州，次年卒，谥文穆。《宋史》有传。有《石湖大全集》一百二十六卷，已佚。今存《石湖诗集》三十四卷，《石湖词》一卷。《骖鸾录》：范成大纪行之作，一卷，作于乾道八年（1172）范成大以集英殿修撰知静江府、广西经略安抚使时。

【评析】

本则叙“心字香”的含义及其在宋词中的运用，并引范成大《骖鸾录》介绍了此香的制作过程。

“心字香”是一种香的名称，用香末做成“心”字形，置于香炉中焚之。

因此，杨慎讲，“以香末萦篆成心字也”。由此，心字香除了具有一般香料的怡人心脾、清神爽气的功能外，还蕴含了情致绵密、心心相印之趣。范成大《骖鸾录》较详细地记录了此香的用料及其制作过程，为后人了解宋词中的民俗文化提供了可贵的史料参照。

现存蒋捷《竹山词》三次提及心字香，其中，《一剪梅·舟过吴江》最值得称道。全词以“春愁”带起，含蓄地抒写了风雨飘摇中的离乱颠沛之苦。在这里，“心字香”是家庭居常所用之物，正寄托了作者对温馨惬意的家居生活的向往。晏几道《临江仙》一词中有“两重心字罗衣”句，此前的解释中，多认为是指罗衣领曲如“心”形，并寓心心相印之意。杨慎则认为，“心字罗衣，则谓心字香熏之尔”，此解亦与全词情调相合，别有意趣，颇值参照。

四四 招落梅魂

蒋捷有效稼轩体招落梅魂《水龙吟》一首云①：“醉兮琼瀣浮觞些。招兮遣巫阳些②。君勿去此③，飓风将起，天微黄些。野马尘埃④，污君楚楚，白霓裳些。驾空兮云浪，茫洋东下，流君往他方些。　月满兮方塘些⑤。叫云兮笛凄凉些。归来兮为我，重倚蛟背，寒鳞苍些。俯视春红，浩然一笑，吐出香些。翠禽兮弄晚⑥，招君未至，我心伤些。”其词幽秀古艳，迥出纤冶秾华之外，可爱也。稼轩之词曰《醉翁操》，并录于此。“长松。之风。如公。肯予从⑦。山中。

人心与吾兮谁同。湛湛千里之江，上有枫。噫，送子于东。望君之门兮九重。女无悦己，谁适为容。 不龟手药[⑧]，或一朝兮取封。昔与游兮皆童。我独穷兮今翁。一鱼兮一龙。劳心兮冲冲[⑨]。噫，命与时逢。子取之食兮万钟。”小词中《离骚》，仅见此二首也。

【注释】

①稼轩：即辛弃疾（1140—1207），字幼安，号稼轩，济南历城（今属山东）人，南宋豪放派词人。少年参加抗金义军，后率军归宋。乾道四年（1168）通判建康府，上《美芹十论》《九议》等，条陈战守之策。后召为大理寺少卿，出任湖南、江西、福建、湖北、浙东安抚使等职。淳熙八年（1181）落职，卜居上饶城北之带湖、铅山瓢泉等地，投闲置散十余年。嘉泰三年（1203），起知绍兴府兼浙东安抚使，四年（1204），改知镇江府。《宋史》有传。有《稼轩词》传世。此所引词见《竹山词》，题作“效稼轩体招落梅之魂”。

②巫阳：古代传说中的女巫。屈原《楚辞·招魂》：“帝告巫阳曰：‘有人在下，我欲辅之。魂魄离散，汝筮予之。’”

③勿去：《竹山词》作“毋去”。

④野马：指野外蒸腾的水气。《庄子·逍遥游》：“野马也，尘埃也。生物之以息相吹也。”郭象注：“野马者，游气也。”

⑤方塘：《竹山词》作“西厢”。

⑥弄晚：《竹山词》作“弄晓”。

⑦予从：《稼轩词》作“余从”。

⑧不龟（jūn）手药：使手不冻裂的药。《庄子·逍遥游》：“宋人有善为不龟手之药者，世以洴澼絖为事。客闻之，请买其方百金……客得之，以说吴王。越有难，吴王使之将。冬，与越人水战，大败越人，裂地而封之。”

⑨冲冲：《稼轩词》作“忡忡”。

【评析】

蒋捷《水龙吟》一词，每句末均用“些”（读作“suò”）字，通篇押“些”韵，从形式上看颇具特色。词题中明确讲“效稼轩体”，可知是有意效仿辛弃疾词。那么，是效仿辛弃疾的哪首词或哪一类词呢？杨慎以为是效其《醉翁操》。该词用楚辞体，大量用到了“兮”字，从这一方面来看，确与蒋捷《水龙吟》颇多相似。但蒋捷《水龙吟》通篇押“些”韵，这和辛弃疾《醉翁操》有很大不同，可知，杨慎所论不确。唐圭璋《词话丛编》于本则后有案语曰：“蒋捷词乃效稼轩《水龙吟》押些字，并非效稼轩之《醉翁操》。”是说确当。兹录辛弃疾《水龙吟·用些语再题瓢泉，歌以饮客，声韵甚谐，客为之釂》词于此，以便参照比较：“听兮清佩琼瑶些。明兮镜秋毫些。君无去此，流昏涨腻，生蓬蒿些。虎豹甘人，渴而饮汝，宁猿猱些。大而流江海，覆舟如芥，君无助，狂涛些。　路险兮山高些。愧予独处无聊些。冬槽春盎，归来为我，制松醪些。其外芳芬，团龙片凤，煮云膏些。古人兮既往，嗟余之乐，乐箪瓢些。”

蒋捷《水龙吟》乃为落梅招魂之作，通篇用比兴，景情相生，空灵澄澈。

杨慎对这类体式比较欣赏，因此评价说："其词幽秀古艳，迥出纤冶秾华之外，可爱也。"《楚辞》有《招魂》篇，蒋捷为落梅"招魂"显然是有意效法《楚辞》。从形式上看，《招魂》句尾用"些"字，如"魂兮归来，去君之恒干，何为四方些。"宋沈括《梦溪笔谈·辩证》："楚辞《招魂》尾句皆曰些，今夔陕、湖湘及南北江獠人，凡禁咒句尾皆称些，此乃楚人旧俗。"此种形式也为蒋捷《水龙吟》所取。可知，无论立意，还是形式，蒋捷《水龙吟》效法《楚辞》的痕迹是十分明显的。

杨慎又评，"小词中《离骚》"，仅见蒋捷《水龙吟》和辛弃疾《醉翁操》二首。这两首词都运用了比兴手法，且形式上多用"些""兮"等虚字，因此，若言其有得《离骚》之风格和意趣，当然是成立的。而且，宋词中押"些"韵者，确实只有蒋捷和辛弃疾的两首《水龙吟》；辛作于一篇之中用到了八个"兮"字，这种体式在宋词中也绝无仅有。不过，"小词中《离骚》"的例子似乎仍可举出不少。如，史达祖《惜黄花·九月七日定兴道中》下阕："黄花无数。碧云欲暮。美人兮，美人兮、未知何处。独自卷帘栊，谁为开尊俎。恨不得、御风归去。"吴文英《江南春·赋张药翁杜衡山庄》下阕："荣华事、醉歌耳热。天与此翁，芳芷嘉名，纫兰佩兮琼玦。"这些词在情感、句式、用字等方面也都明显取法于《离骚》。《楚辞》多用虚字，其中尤以"兮"字最为常见。这使得《楚辞》打破了传统的四言形式，促进了句式的变化，也增强了表达的形象性。另外，"兮"的运用更适合于传达不同的情绪和语气，使诗歌语言婉转轻灵，也更具楚国地方色彩。南朝梁刘勰《文心雕龙·章句》云："又诗人以'兮'字入于句限，《楚辞》用之，字出句外。寻'兮'字成句，乃语助余声。…… 据事似闲，在用实切。巧者回运，弥缝文体，将令数句之外，得一字之助矣。”钱锺书先生在《谈艺录》中更进一步指出，虚字之用具有“使语助以添透迤之概”“多摇曳以添姿致”之效。蒋捷《水龙吟》、辛弃疾《醉翁操》中“些”“兮”的运用，同样具有这样的独特作用。

四五 柳枝词

唐人柳枝词，刘禹锡、白乐天而下[①]，凡数十首。予独爱无名氏云：“万里长江一带开。岸边杨柳是谁栽。锦帆落尽西风起，惆怅龙舟更不回[②]。”此词咏史咏物，两极其妙。首句见隋开汴通江。次句“是谁栽”三字作问词，尤含蓄。不言炀帝，而讥吊之意在其中。末二句俯仰今古，悲感溢于言外。若情致则“清江一曲柳千条。十五年前旧板桥。曾与情人桥上别，更无消息到今朝”。此词小说以为刘采春女周德华之作。又云刘禹锡，然刘集中不载也。柳词当以二首为冠。

【注释】

①刘禹锡（772—842）：字梦得，洛阳（今属河南）人，人称“诗豪”。贞元九年（793）进士，又举博学宏词科。贞元十九年（803），官监察御史，参与王叔文政治革新，失败后被贬为连州刺史、朗州司马。元和十年（815）再

出为连、夔、和州刺史。晚年以太子宾客分司东都，世称“刘宾客”。《全唐诗》存诗十二卷。白乐天：即白居易（772—846），字乐天，号香山居士。贞元十六年（800）进士，除左拾遗，充翰林学士等。元和十年（815）被贬为江州司马。后召回，会昌二年（842）以刑部尚书致仕。《新唐书·艺文志》著录有《白氏长庆集》七十五卷。

②“万里长江一带开”几句：宋洪迈《万首唐人绝句》载胡曾《汴水》：“千里长河一旦开，亡隋波浪九天来。锦帆未落干戈起，惆怅龙舟更不回。”胡曾，详见本书卷二《石次仲西湖词》。《全唐诗》卷七百八十六录无名氏《杨柳枝》：“万里长江一带开，岸边杨柳几千栽。锦帆未落西风起，惆怅龙舟去不回。”

【评析】

唐人咏柳之作甚多，名篇亦不少，像贺知章《咏柳》“不知细叶谁裁出，二月春风似剪刀”、王维《送元二使安西》“渭城朝雨浥轻尘，客舍青青柳色新”等，更是妇孺皆知。杨慎讲：“刘禹锡、白乐天而下，凡数十首。”这是就其所喜欢的作品而言的，实际数量远不止这些。《全唐诗》所录刘禹锡诗，以《杨柳枝》名篇者就有十二首之多，白居易亦有《杨柳枝词》八首，中晚唐杨巨源、韩琮、薛能等均有佳作传世。

在众多的柳枝词中，杨慎举出无名氏诗两首，以为“柳词当以二首为冠”。

前一首“万里长江一带开”一诗，借隋堤之柳讥刺隋炀帝。炀帝为巡幸江南，不惜劳民伤财开凿大运河，后世诗人对此多有抨击。此诗言此意彼，含意幽深，杨慎评为“咏史咏物，两极其妙”是十分精当的。

后一首诗抒写“情致”，清润浏亮，颇有民歌风味，同样是不可多得的佳作。唐范摅《云溪友议·卷下·温裴黜》载：“湖州崔郎中刍言，初为越副戎，宴席中有周德华。德华者，乃刘采春女也。虽《啰唝》之歌不及其母，而《杨柳》之词采春难及。……所唱者七八篇，乃近日名流之咏也。……刘禹锡尚书一首：‘春江一曲柳千条，二十年前旧板桥。曾与美人桥上别，恨无消息至今朝。’”杨慎所谓“小说”，可能就是指《云溪友议》。按照该则的记载，该诗乃刘禹锡所作，周德华只是演唱者。杨慎言“周德华之作”，或许另有所本。《升庵诗话》卷七也有类似记载：“《丽情集》载湖州妓周德华者，刘采春女也，唱刘禹锡《柳枝词》云：‘春江一曲柳千条……’此诗甚佳，而刘集不载，然此诗櫽括白香山古诗为一绝，而其妙如此。”杨慎所言白居易“古诗”指《板桥路》一诗，诗曰：“梁苑城西二十里，一渠春水柳千条。若为此路今重过，十五年前旧板桥。曾共玉颜桥上别，不知消息到今朝。”（《白氏文集》卷十九）“清江一曲”一诗刘禹锡本集不载，综合《云溪友议》《升庵诗话》的有关记载来看，此诗很可能是伶人改造白居易《板桥路》诗而成。

四六 莲词第一

欧阳公咏莲花《渔家傲》云："叶重如将青玉亚。花轻疑是红绡挂。颜色清新香脱洒。堪长价。牡丹怎得称王者。　雨笔露笺吟彩画。日垆风炭熏兰麝。天与多情丝一把。谁厮惹。千条万缕萦心下[①]。"又云："楚国纤腰元自瘦。文君腻脸谁描就。日夜鼓声催箭漏。昏复昼。红颜岂得长如旧。　醉折嫩房红芯嗅。天丝不断清香透。却倚小阑凝望久。风满袖。西池月上人归后[②]。"前首工致，后首情思两极，古今莲词第一也。

【注释】

①"叶重如将青玉亚"几句：词见《欧阳文忠公集·近体乐府》卷第二，"吟彩画"作"匀彩画"，"垆"作"炉"。垆，香炉，焚香用的器具。

②"楚国纤腰元自瘦"几句：该词亦见《欧阳文忠公集·近体乐府》卷第二，"纤腰"作"细腰"，"却倚"作"却傍"。又见宋晏殊《珠玉词》。

【评析】

本则引录了欧阳修的两首咏莲词，并给予了很高的评价。

第一首词，开篇三句较为细致地描摹了莲叶、莲花的颜色和气息等，并以"脱洒"一词突出了其高雅脱俗的内在气质。四、五句承前总结，以议论之笔比较轩轾，通过对牡丹王者地位的质疑传达出言外之意：莲花实有甚于

牡丹。下阕由摹物转为写人，通过细节刻画和环境渲染，细腻地展现了闺中人的情思和意绪。帘外清香四溢，闺中彩笔生花，自然之莲与心中之思相映成趣，浑然一体。“莲”谐“怜”；“丝”谐“思”，承接工巧，细密精致。因此，杨慎言其“工致”，颇得个中三昧。

后一首词，开篇即援典。以纤腰楚女喻莲之茎干，以见其亭亭玉立之状；以卓文君之面容喻莲花，以见其滑泽、细腻之态。以人喻物，风情韵致尽显，且与词中人物交相呼应。下文以描摹人物活动为重点，通过听鼓、嗅芯、倚栏、凝望等细节，极写主人公的眷眷情思与淡淡哀愁。全词空灵秀洁，不即不离，体物之工与拟人之妙绾合为一个有机的整体。杨慎评为工致、情思“两极”“古今莲词第一”，应该说是深谙其趣。

卷三

四七　韩范二公词

韩魏公《点绛唇》词云[①]："病起恹恹，庭前花树添憔悴。乱红飘砌。滴尽真珠泪。　惆怅前春，谁向花前醉。愁无际。武陵凝睇。人远波空翠。"范文正公《御街行》云[②]："纷纷坠叶飘香砌。夜寂静，寒声碎。珍珠帘卷玉楼空，天澹银河垂地。年年今夜，月华如练，长是人千里。　愁肠已断无由醉。酒未到，先成泪。残灯明灭枕头攲，谙尽孤眠滋味。都来此事，眉间心上，无计相回避。"二公一时勋德重望，而词亦情致如此。大抵人自情中生，焉能无情，但不过甚而已。宋儒云："禅家有为绝欲之说者，欲之所以益炽也。道家有为忘情之说者，情之所以益荡也。圣贤但云寡欲养心，约情合中而已。"予友朱良矩尝云："天之风月，地之花柳，与人之歌舞，无此不成三才[③]。"虽戏语亦有理也。

【注释】

①韩魏公：即韩琦（1008—1075），字稚圭，相州安阳（今属河南）人。

天圣五年（1027）进士，明道元年（1032），官太子中允，召试，授太常丞、直集贤院。嘉祐初，历同中书门下平章事、昭文馆大学士，累封魏国公。卒赠尚书令，谥忠献。徽宗论定策勋，赠魏郡王。有《安阳集》。《全宋词》存其词四首，残句二。此所引词《全宋词》据别本“庭前花树”作“画堂花谢”，“真珠”作“胭脂”，“凝睇”作“回睇”。

②范文正公：即范仲淹（989—1052），字希文，苏州吴县（今属江苏）人。大中祥符八年（1015）进士，仕至枢密副使，参知政事，以资政殿学士为陕西四路宣抚使。知邠州，徙邓州、荆南、杭州、青州。卒赠兵部尚书、楚国公，谥文正。有《范文正公集》，《全宋词》录其词五首。所引词题为“秋日怀旧”，《全宋词》据别本“珍珠”作“真珠”。

③三才：天、地、人。《周易·说卦传》：“是以立天之道曰阴与阳，立地之道曰柔与刚，立人之道曰仁与义。兼三才而两之，故《易》六画而成卦。”

【评析】

本则讨论词的“情致”问题。

杨慎论词主“情致”，这在《词品》中多有体现。如，卷一《王筠〈楚妃吟〉》曰：“大率六朝人诗，风华情致，若作长短句，即是词也。”卷二《莲词第一》中，杨慎评欧阳公咏莲花之词“情思两极”，故而推为“古今莲词第一也”。卷三《林和靖》又以“甚有情致”评林逋《长相思》一词。本则中，杨慎又列举了韩琦和范仲淹的两首词，意欲说明二公虽贵为名公重臣，但词作亦多抒写情致。

杨慎所处的时代，理学统治文坛，复古之风大盛。在理学家看来，情欲与天理水火不容，“情之溺人也甚于水”（宋邵雍《伊川击壤集序》）。词以抒写情性为主，自然就受到了理学家的轻视和排斥。但在杨慎看来，“大抵人自情中生，焉能无情”，因此，词中抒写情致是合情合理的；不独六朝作品多风华情致，宋代欧阳修、韩琦、范仲淹词也概莫能外。在此认识的基础上，杨慎批评了禅家的“绝欲”之说和道家的“忘情”之说，并引其友朱良矩的话，特别突出了风月、花柳和歌舞在“三才”中的地位。风月、花柳之属，也正是传统词作的主要表现范围，是构成词中“情致”不可或缺的因素。由此可见，杨慎对传统词学的情感内容和表现方式并不排斥。

抒写“情致”“情性”的主张，亦见于杨慎的诗论。《升庵诗话》卷八《唐诗主情》曰：“唐人诗主情，去《三百篇》近；宋人诗主理，去《三百篇》却远矣。匪惟作诗也，其解诗亦然。”卷四《诗史》又讲：“《诗》以道性情”。可见，“主情”是杨慎一以贯之的文学主张。此论上承六朝的“诗缘情”理论，突出强调了词的抒情功能，实际上也是对词的历史地位和文学特性的充分肯定。在理学盛行、扬理抑情的文化背景下，此论明显包涵了对理学及其思想主张的批判和反驳。其后，明代中后期主情、尊情之说大盛，并最终发展成为一种声势浩大的思想解放潮流，并直接推动了文学的发展。明徐祯卿主张“因情立格”（《谈艺录》），李梦阳讲“真者，音之发而情之原也”（《弘德集》自序），前后七子、公安三袁、李贽、冯梦龙、汤显祖等都莫不强调情的地位和价值。杨慎一方面强调了“情之必有”和“词中写情”之必然，另一方面又主张“不过甚”，要“寡欲养心”“约情合中”。这实际上是对传统儒学“发乎情，止乎礼义”“乐而不淫，哀而不伤”等观念的继承。

四八 温公词

世传司马温公有席上所赋《西江月》词云："宝髻松松绾就，铅华澹淡妆成。红颜翠雾罩轻盈。飞絮游丝无定。　相见争如不见，有情还似无情。笙歌散后酒微醒。深院月明人静[①]。"仁和姜明叔云："此词决非温公作。宣和间，耻温公独为君子，作此诬之，不待识者而后能辨也[②]。"

【注释】

①"宝髻松松绾就"几句：宋赵令畤《侯鲭录》卷八："司马文正公言行俱高，然亦每有谑语。尝作诗云：'由来狱吏少和气，皋陶之状如削瓜。'又有长短句云：'宝髻……'风味极不浅，乃《西江月》词也。"

②"仁和姜明叔云"几句：姜明叔，即姜南，生卒年不详。字明叔，自号蓉塘、瓢里子、半村野人，仁和（今浙江杭州）人，明代文学家、文学理论家。有《蓉塘诗话》等著述。此所引评语，见姜南《蓉塘诗话》卷十"温公词"："世传司马温公有席上所赋《西江月》词云：……杨元素学士跋云：'温公刚风劲节，耸动朝野，宜其金心铁意，不善吐软媚语。近得其席上所制小词，雅亦风情不薄。'由今观之，决非温公作。此宣和间，耻温公独为君子，作此托为其词以诬良善，不待识者而后能辨也。"

【评析】

《西江月》（宝髻松松）一词，宋赵令畤《侯鲭录》、宋赵闻礼《阳春白雪》

等均署司马光作。《全宋词》录司马光词三首，其中之一即是本篇。明姜南《蓉塘诗话》则认为，该词绝非温公之作，乃后人假托其名而作，目的是诋毁司马光。

司马光反对王安石变法，政治上趋于保守。在新旧党争异常激烈的北宋政坛上，司马光不独生时屡屡遭受打压和排斥，即便在死后，种种诋毁和非难也并未结束。哲宗亲政后，起用新党，开始清算元祐党人，“甚至诋宣仁后，谓元祐之初，老奸擅国。又请发司马光、吕公著冢，斫其棺”（《宋史·章淳传》）。徽宗崇宁、宣和间，旧党持续受到打击和报复。在这样的政治背景下，《蓉塘诗话》所云“此宣和间耻温公独为君子，作此托为其词以诬良善”的可能性是存在的。另外，司马光尊崇传统儒学，反对“纵虚无之谈，骋荒唐之辞”（《司马温公集·论风俗札子》），无论文学主张还是文学创作都比较谨严。类似“宝髻松松绾就”这类艳词，确实不大可能出自他的手笔。

杨慎引述了《蓉塘诗话》的记载，又以“世传”描述温公之词，可知，他对《蓉塘诗话》的观点是赞同的。此则所提供的文学史料，对于后人解读司马光及其诗词创作，具有一定的参鉴意义。

四九 林和靖

林君复惜别《长相思》词云：“吴山青。越山青。两岸青山相送迎。谁知离别情。　君泪盈。妾泪盈。罗带同心结未成。江头潮已平①。”甚有情致。《宋史》谓其不娶②，非也。林洪著《山家清供》③，其中言先人和靖先生云云，即先生之子也。盖丧偶后，遂不娶尔。

【注释】

①“林君复惜别《长相思》词云”几句：林君复，即林逋（967—1028），字君复，杭州钱塘（今属浙江）人。隐西湖之孤山二十年，养鹤种梅，足不及城市，自称梅妻鹤子。真宗闻其名，诏长吏岁时劳问。卒赐谥“和靖先生”。有《林和靖先生诗集》。《全宋词》录其词三首。此所引词见宋曾慥《乐府雅词》拾遗卷上，调为《相思令》，“相送迎”作“相对迎”，“谁知离别情”作“争忍有离情”，“江头”作“江边”。《全宋词》录有该词，与《乐府雅词》所引同。

②《宋史》谓其不娶：《宋史·林逋传》：“逋不娶，无子，教兄子宥，登进士甲科。”

③林洪：生卒年不详。字龙发，号可山，泉州（今属福建）人。游学杭州，有诗名，与宋伯仁、徐集孙等唱和。曾收录中兴以来诸公诗，刊印《大雅复古集》，又有《文房图赞》《山家清供》《山家清事》《茹草纪事》等杂著若干种。《全宋词》第五册收其词一首。《全宋诗》录其诗十三首。《山家清供》：林洪所撰饮食类著作，述膳食烹制法，两卷，见元陶宗仪编《说郛》。

【评析】

林逋乃宋代著名隐士，“性恬淡好古，弗趋荣利”，“其词澄浃峭特，多奇句”（《宋史·林逋传》）。本则所引《长相思》一词清亮流利，神情宛然，杨慎谓之“甚有情致”是比较准确的。林逋的诗词创作往往不涉时政，率性适意，清润可味，深得后人好评。故宋梅尧臣《林和靖先生诗集序》评价说：“其顺物玩情为之诗，则平澹邃美，读之令人忘百事也。其辞主乎静正，不主乎刺讥，然后知趣尚博远，寄适于诗尔。”对于这类独具特色的词作，杨慎也颇为赏识。《词品》卷三《康伯可词》曰：“康伯可西湖《长相思》词云：‘南高峰。北高峰。一片湖光烟霭中。春来愁杀侬。　郎意浓。妾意浓。油壁车轻郎马骢。相逢九里松。’盖效和靖‘吴山青’之调也。二词可谓敌手。”两词内容、格调相近，杨慎都予以了充分肯定。

本则还讨论了林逋是否婚娶的问题。林逋梅妻鹤子，终身未娶，史传及当时人记之甚详。如，梅尧臣《林和靖先生诗集序》曰：“先生少时多病，不娶，无子。”《宋史·林逋传》也载：“逋不娶，无子，教兄子宥，登进士甲科。”南宋人林洪却自称是林逋的七世孙，其《山家清事·种梅养鹤图记》讲：“先大祖瓒在唐以孝旌，七世祖逋寓孤山，国朝谥和靖先生。”又，《山家清供·寒具》也讲："吾翁和靖先生《山中寒食》诗云：'方塘波绿杜衡青，布谷提壶已足听。有客新尝寒具罢，据梧慵复散幽经。'吾翁读天下书，和靖先生且服其和琉璃堂图事。信乎。此为寒食具者矣。"对于林洪的说法，时人多持怀疑态度。宋人宋伯仁有《读林可山西湖衣钵》一诗，其中有："只为梅花全属我，不知和靖有仍孙。"（《西塍稿》，见陈思《两宋名贤小集》卷三四五）林洪其人，时人评价不高，其冒认林逋为祖之举，招致了不少人的讥讽。如，宋韦居安《梅磵诗话》卷中："泉南林洪，字龙发，号可山，肄业杭泮，粗有诗名。理宗朝，上书言事，自称为和靖七世孙。冒杭贯，取乡荐，刊中兴以来诸公诗，号《大雅复古集》，亦以己作附于后。时有无名子作诗嘲之曰：'和靖当年不娶妻，只留一鹤一童儿。可山认作孤山种，正是瓜皮搭李皮。'盖俗云以强认亲族者为瓜皮搭李树云。"再如，宋陈世崇《随隐漫录》卷三："林可山称和靖七世孙，不知和靖不娶，已见梅圣俞序中矣。姜石帚嘲之曰：'和靖当年不娶妻，因何七世有孙儿。若非鹤种并龙种，定是瓜皮搭李皮。"杨慎以《山家清供》的记载为依据，即认定林逋有子，并推断"盖丧偶后，遂不娶尔"，其说显然是站不住脚的。

五〇 密云龙

密云龙，茶名，极为甘馨。宋廖正一[①]，字明略，晚登苏东坡之门，公大奇之。时黄、秦、晁、张号"苏门四学士"[②]，东坡待之厚。每来必令侍妾朝云取密云龙，家人以此知之。一日，又命取密云龙，家人谓是四学士，窥之，乃廖明略也。东坡咏茶《行香子》云③："绮席才终，欢意犹浓。酒阑时、高兴无穷。共捧君赐，初拆臣封。看分月饼，黄金缕④，密云龙。　斗赢一水⑤，功敌千钟⑥。觉凉生、两腋清风。暂留红袖，少却纱笼⑦。放笙歌散，庭馆静，略从容。"

【注释】

①廖正一：生卒年不详。字明略，安州安陆（今属湖北）人，自号竹林居士。元丰二年（1079）进士，元祐六年（1091），宣德郎充馆阁校勘，权通判杭州。同年十一月，除秘阁校理。绍圣间，贬信州玉山监税。姓名曾入元祐党籍。大观二年（1108）出籍。有《竹林集》三卷（或云《白云集》），今不传。《全宋词》录其词一首。

②苏门四学士：指黄庭坚、秦观、晁补之、张耒。

③东坡：苏轼，号东坡居士。此所引《行香子》词，《苏轼词集》"共捧"作"共夸"，"月饼"作"香饼"。

④"看分月饼"两句：宋欧阳修《归田录》卷二："庆历中，蔡君谟为福建路转运使，始造小片龙茶以进，其品绝精，谓之小团，凡二十饼，重一斤，其价直金二两。然金可有而茶不可得，每因南郊致斋，中书、枢密院各赐一饼，四人分之。宫人往往缕金花于其上，盖其贵重如此。"

⑤斗赢一水：宋江休复《嘉祐杂志》："苏才翁尝与蔡君谟斗茶。蔡茶精，

用惠山泉。苏茶小劣，改用竹沥水煎，遂能取胜。”宋蔡君谟《茶录》：“建安斗试，以水痕先者为负，耐久者为胜。”

⑥功敌千钟：茶能消酒，故曰。

⑦“暂留红袖”两句：宋吴处厚《青箱杂记》卷六：“世传魏野尝从莱公（寇准）游陕府僧舍，各有留题。后复同游，见莱公之诗已用碧纱笼护，而野诗独否，尘昏满壁。时有从行官妓，颇慧黠，即以袂就拂之。野徐曰：‘若得常将红袖拂，也应胜似碧纱笼。’莱公大笑。”

【评析】

由于种植面积和生产工艺等方面的限制，茶在宋代是极为贵重的奢侈品。据宋杨大年《谈苑》，贡茶分龙茶、凤茶等十品，“龙茶以贡乘舆，及赐执政亲王长主；余皇族、学士、将帅皆得凤茶”。小片龙茶（小团）又是龙茶中的精绝之品，据宋欧阳修《归田录》，一斤茶的价值是“金二两”，但也不是随时能得到，往往是“金可有而茶不可得”。“密云龙”比小龙团更为珍贵，堪称茶中极品。宋蔡絛《铁围山丛谈》卷六记载："'密云龙'者，其云纹细密，更精绝于小龙团也。"宋叶梦得《石林燕语》卷八也载："熙宁中，贾青为福建转运使，又取小团之精者为'密云龙'，以二十饼为斤而双袋，谓之'双角团茶'。"宋周煇《清波杂志》卷四的记载也印证了《石林燕语》的说法："自熙宁后，始贵密云龙。……戚里贵近，丐赐尤繁。"由这些记载来推断，杨慎所谓密云龙"极为甘馨"之说并非虚言。

既然"密云龙"如此珍贵，自然非一般途径能够得到。本则所引苏轼《行香子》一词中有"共捧君赐，初拆臣封。看分月饼，黄金缕"之句，明确指出是由皇帝赏赐的。香饼之上又缕以金花，可见其价值不凡，这也正与欧阳修《归田录》中的记载相合。苏轼虽贵为当时文坛巨擘，门人弟子盈室，但因此茶得来不易，故只能用于招待像"苏门四学士"这样的尊贵客人。廖正一能享此待遇，也正显示了苏轼对他的器重。

毛晋编汲古阁本《东坡词》在《行香子》（绮席才终）一词下有注，注文内容与《词品》本则全同。

五一 苏养直

苏养直名伯固[①]，与东坡为同族，坡集中有《送伯固兄》诗是也[②]。诗有《清江曲》，"属玉双飞水满塘"，当时盛传[③]。词亦佳，"醉眠小坞黄茅店，梦倚高城赤叶楼"[④]，《鹧鸪天》之佳句也。

【注释】

①苏养直：即苏庠（1065—1147），字养直，号眚翁，更号后湖居士。少能诗，徽宗大观四年（1110），与徐俯、张元幹、吕本中等在豫章（今江西南昌）结诗社唱和。绍兴三年（1133），徐俯荐其贤，令赴朝，固辞，遂终老布衣。有《后湖集》十卷，不传。今传《后湖词》一卷，《全宋词》录存其词二十三首。伯固：苏庠父苏坚，字伯固，杨慎误记。

②《送伯固兄》：苏轼有《古别离送苏伯固》诗，诗曰："三度别君来，此别真迟暮。白尽老髭须，明日淮南去。酒罢月随人，泪湿花如雾。后夜逐君还，梦绕湖边路。"又有《青玉案·和贺方回韵送伯固归吴中故居》一词，词曰："三年枕上吴中路。遣黄耳、随君去。若到松江呼小渡。莫惊鸥鹭，四桥尽是，老子经行处。　辋川图上看春莫，常记高人右丞句。作个归期天已许。春衫犹是，小蛮针线，曾湿西湖雨。"

③"诗有《清江曲》"几句：宋苏轼《苏轼文集·书苏养直诗》："'属玉双飞水满塘，菰蒲深处浴鸳鸯。白蘋满棹归来晚，秋著芦花一岸霜。''扁舟系岸依林樾，萧萧两鬓吹华发。万事不理醉复醒，长占烟波弄明月。'此篇若置在李太白集中，谁复疑其非也。乃吾宗养直所作《清江曲》云。"

④"醉眠小坞黄茅店"两句：见苏庠《鹧鸪天》："枫落河梁野水秋。淡烟衰草接郊丘。醉眠小坞黄茅店，梦倚高城赤叶楼。　天杳杳，路悠悠。钿筝歌扇等闲休。灞桥杨柳年年恨，鸳浦芙蓉叶叶愁。"

【评析】

本则记苏庠的诗词创作，并给予了较高的评价。

苏庠是宋代著名的隐逸诗人，少时能诗，不事科举。其诗超迈绝俗，飘逸不群，时人以为与李白诗风相似。宋周必大《跋周德友所藏苏养直诗帖》称其“歌诗清腴，盖江西诗之派别；而字画健逸，又老坡之苗裔也”。其诗作尤以《清江曲》著称，该诗意境幽美，格调高雅，苏轼评为：“若置在李太白集中，谁复疑其非也？”自是声名籍甚。此处，杨慎亦提及《清江曲》诗，称“当时盛传”，这是符合实际的。

同时，杨慎又评苏庠“词亦佳”，并举《鹧鸪天》中“醉眠小坞”两句为证。苏庠现存词二十余首，清疏淡远，含蕴深婉，确乎多佳作，可知杨慎所论不虚。宋王灼《碧鸡漫志》卷二谓苏庠、吕居仁等人之词“佳处亦各如其诗”，当世文人亦多有称许。

五二 程正伯

程正伯[①]，号书舟，眉山人，东坡之中表也[②]。其《酷相思》词云：“月挂霜林寒欲坠。正门外，催人起。奈别离、如今真个是。欲住也，留无计。欲去也，来无计。　马上离情衣上泪，各自供憔悴。问江路梅花开也未。春到也，须频寄。人到也，须频寄。”其《四代好》《折红英》，皆佳。见本集。

【注释】

①程正伯：即程垓，生卒年不详。字正伯，眉山（今属四川）人，南宋词人。曾与尤袤、陆游等交游，杨万里曾荐以贤良方正科。有《书舟词》，《全宋词》录其词一百五十七首。

②中表：清梁章钜《称谓录·母之兄弟之子》："中表，犹言内外也。姑之子为外兄弟，舅之子为内兄弟，故有中表之称。"

【评析】

此则评程垓词，并特别列举了《酷相思》《四代好》《折红英》诸调，认为三首词"皆佳"。《酷相思》一词写别情，上阕注重环境渲染和人物内心矛盾的刻画，情景相生，不事雕琢；下阕暗用"折梅寄别"之典，于延宕、犹豫之中突出流连情绪。清李调元《雨村词话》卷二评本篇是"以白描擅长者"，所论不差。《四代好》《折红英》（即《钗头凤》）两词均写闺情。前者如"记柳外、人家曾到。凭画阑、那更春好花好酒好人好。春好尚恐阑珊，花好又怕，飘零难保"等句，语言平实自然，情感缠绵悱恻。后者则抒情尤显凄苦："桃花暖。杨花乱。可怜朱户春强半。长记忆。探芳日。笑凭郎肩，殢红偎碧。惜惜惜。　春宵短。离肠断。泪痕长向东风满。凭青翼。问消息。花谢春归，几时来得。忆忆忆。"虽然三首词在题材和表现内容上并无特别，但情感真挚绵密，语言清晰明了，自有其特点，因此，杨慎予以了肯定和赞誉。程垓诗名早著，宋王称《书舟词序》说："程正伯以诗词名，乡人之所知也。余顷岁游都下，数见朝士，往往亦道正伯佳句。……余谓正伯为秦、黄则可，为叔原则不可。"明毛晋《书舟词跋》则认为秦、黄莫及："其《酷相思》诸阕，词家皆极欣赏，谓秦七、黄九莫及也。”结合宋代词学实际来看，程垓词作的成就和影响都远不及秦观、黄庭坚，因此，王、毛之说言过其实。清冯煦《蒿庵论词》曰：“程正伯凄婉绵丽，与草窗所录《绝妙好词》家法相近，故是正锋。”清陈廷焯《白雨斋词话》卷八云：“余观其词，浅薄者多，高者笔意尚闲雅。”比较而言，冯、陈两家的评述更为客观。

杨慎言，程垓是苏轼之中表，此说不确。程垓是程子才（字正辅）之孙，而程子才才是苏轼的中表。对此，清况周颐《蕙风词话》卷四已辨其误，唐圭璋《词话丛编》亦有案语曰：“程正伯非东坡之中表。正伯盖与王季平同时，季平有《书舟词序》作于绍熙五年甲寅。”当代学者也多有辨析，如罗忼烈讲：“正辅、正伯，一字之差，谬以千里，升庵粗疏有如此者。厥后，毛晋因之……既误信升庵，又杜撰当时词人莫及之说以实之，其谬又甚于升庵矣。按毛刻《书舟词》，首录绍熙甲寅（1194）王称序，序中明言‘正伯方为当涂’。正伯既于宋光宗绍熙甲寅为当涂县令，安能与东坡为中表兄弟？子晋于序文视而不见，真大怪事也。后来清沈雄《古今词话》（词评卷上）及《御选历代诗余》（卷一〇四）诸书，以至近世吴梅《词学通论》（第七章）之类，莫不遵乖习讹，皆升庵之过也。”（《杨慎〈词品〉多纰漏》，载《重庆师院学报》1994年第1期）

五三　柳词为东坡所赏

东坡云：“人皆言柳耆卿词俗，如‘霜风凄紧，关河冷落，残照当楼'，唐人佳处不过如此[1]。”按其全篇云：“对潇潇暮雨洒江天，一番洗清秋。渐霜风凄紧，关河冷落，残照当楼。是处红衰绿减，冉冉物华休。惟有长江水，无语东流。　　不忍登高临远，望故乡渺渺，归思悠悠。叹年来踪迹，何事苦淹留。想佳人妆楼凝望，误几回、天际识归舟。争知我、倚阑干处，正恁凝眸[2]。”盖《八声甘州》也。《草堂诗余》不选此，而选其如“愿奶奶、兰心蕙性”之鄙俗[3]，及“以文会友”“寡信轻诺”之酸文[4]，不知何见也。

【注释】

①“人皆言柳耆卿词俗”几句：宋赵令畤《侯鲭录》卷七：“东坡云：世言柳耆卿曲俗，非也。如《八声甘州》云：‘霜风凄紧，关河冷落，残照当楼。’此语于诗句，不减唐人高处。”

②“对潇潇暮雨洒江天”几句：此为柳永《八声甘州》，载《乐章集》卷下。《彊村丛书》本《乐章集》“凄紧”作“凄惨”，“渺渺”作“渺邈”，“悠悠”作“难收”，“凝望”作“颙望”，“凝眸”作“凝愁”。

③愿奶奶、兰心蕙性：出自柳永《玉女摇仙佩·佳人》：“飞琼伴侣，偶别珠宫，未返神仙行缀。取次梳妆，寻常言语，有得几多姝丽。拟把名花比。恐旁人笑我，谈何容易。细思算、奇葩艳卉，惟是深红浅白而已。争如这多情，占得人间，千娇百媚。　　须信画堂绣阁，皓月清风，忍把光阴轻弃。自古及今，佳人才子，少得当年双美。且恁相偎倚。未消得、怜我多才多艺。愿奶

奶、兰心蕙性，枕前言下，表余心意。为盟誓。今生断不孤鸳被。”

④以文会友：出自柳永《女冠子》：“淡烟飘薄。莺花谢、清和院落。树阴翠、密叶成幄。麦秋霁景，夏云忽变奇峰、倚寥廓。波暖银塘，涨新萍绿鱼跃。想端忧多暇，陈王是日，嫩苔生阁。　正铄石天高，流金昼永，楚榭光风转蕙，披襟处、波翻翠幕。以文会友，沉李浮瓜忍轻诺。别馆清闲，避炎蒸、岂须河朔。但尊前随分，雅歌艳舞，尽成欢乐。”寡信轻诺：见柳永《尾犯》：“夜雨滴空阶，孤馆梦回，情绪萧索。一片闲愁，想丹青难貌。秋渐老、蛩声正苦，夜将阑、灯花旋落。最无端处，总把良宵，只恁孤眠却。　佳人应怪我，别后寡信轻诺。记得当初，剪香云为约。甚时向、幽闺深处，按新词、流霞共酌。再同欢笑，肯把

金玉珠珍博。”

【评析】

柳永变旧声作新声，“铺叙展衍，备足无余，形容盛明，千载如逢当日”（宋李之仪《跋吴师道小词》）。其词又擅雅俗结合，自衍一派，世称“屯田蹊径”“柳氏家法”，在中国词学史上独树一帜，贡献良多。但柳词之俗，也遭到不少人的批评。例如，宋陈师道《后山诗话》曰“骫骳从俗”、宋李清照《词论》讲“词语尘下”等。对于柳永词，宋苏轼也有轻视与批评。宋曾慥《高斋词话》载：“少游自会稽入都，见东坡。东坡曰：‘不意别后，却学柳七作词。’少游曰：‘某虽无学，亦不至是。’东坡曰：‘销魂当此际，非柳七语乎？’”对秦观学柳永，苏轼颇为不满，这其中实际上也隐含了他对柳词卑弱、浅俗之风的批评。在《与鲜于子骏书》中，苏轼又讲：“近却颇作小词，虽无柳七郎风味，亦自成一家。”明确将自己的词与柳永之词区别开来，另辟蹊径，别为一体。不过，对于柳词的成就和贡献，苏轼亦能给予客观评述，本则所引评柳永“霜风凄紧”三句为“唐人佳处不过如此”就是典型例证。

本则中，杨慎还批评了《草堂诗余》选篇之不精。柳永《八声甘州》得到了苏轼的赏识和高度评价，《草堂诗余》却无选。倒是柳词中的一些“鄙俗”“酸文”，却多被选入。《草堂诗余》在编选方面确实存在很多问题，对于《草堂诗余》之失，后世亦多所指摘。如朱彝尊《词综·发凡》：“填词最雅无过石帚，《草堂诗余》不登其只字，见胡浩《立春吉席》之作，蜜殊《咏桂》之章，亟收卷中，可谓无目者也。”杨慎对《草堂诗余》多有论及，有学者统计，杨慎评点《草堂诗余》的材料多达三百六十余条，见诸《词品》者就有五十条左右。

（张静《评点与词话——杨慎评点〈草堂诗余〉与撰著〈词品〉之关系》，载《中国韵文学刊》2008年2期）在《词品》中，杨慎对《草堂诗余》作正面评价的很少，更多的是批评和辩驳。如卷一《草熏》《坊曲》两则批评《草堂诗余》改窜原文，卷二《春霁秋霁》则批评《草堂诗余》妄改作者等，均属此类。

五四 潘逍遥

潘阆[①]，字逍遥，其人狂逸不检，而诗句往往有出尘之语。词曲亦佳，有忆西湖《虞美人》一阕云[②]："长忆西湖湖水上[③]。尽日凭栏楼上望。三三两两钓鱼舟。岛屿正清秋。 笛声依约芦花里。白鸟成行忽飞起。别来闲想整纶竿。思入水云寒。"此词一时盛传。东坡公爱之，书于玉堂屏风。

【注释】

①潘阆（？—1009）：字逍遥，自称逍遥子，大名（今属河北）人。至道元年（995）赐进士及第，授国子四门助教，后坐事亡命。真宗时释其罪，为滁州参军。工诗，王禹偁、寇准、林逋等人皆与赠答。有《逍遥集》等。《全宋词》录其《酒泉子》词十首，又据《梦溪笔谈》录其《扫市舞》残句四句。

②《虞美人》：应为《酒泉子》。唐圭璋《词话丛编》："案此乃《酒泉子》，杨慎误此为《虞美人》。"

③长忆西湖湖水上：《逍遥集》无"湖水上"三字。

【评析】

潘阆是宋初著名诗人，其人以狂疏不羁、率性自适著称。宋黄静《石刻潘阆词跋》载："潘阆，谪仙人也。放怀湖山，随意吟咏，词翰飘洒，非俗子所可仰望。"因此，杨慎所谓"其人狂逸不检"确有所据。潘阆《过华山》诗云："高爱三峰插太虚，帚头吟望倒骑驴。旁人大笑从他笑，终拟移家向此居。"长安许道宁特为画潘阆倒骑驴图，时人多作诗歌咏，一时传为佳话。如宋魏野《赠逍遥诗》："从此华山图籍上，更添潘阆倒骑驴。"宋王禹偁也有《寄潘阆处士》诗曰："江城卖药常将鹤，古寺看碑不下驴。"潘阆存诗不多，不过，确如杨慎所言"诗句往往有出尘之语"。如《赠道士王介》："头冠星斗光，七十鬓不苍。箧有化金方，诗无入俗章。举步云霞轻，出语芝术香。约我游罗浮，绝顶天风凉。"再如，《呈钱塘知府薛谏议》："再到钱塘眼暂清，骑驴看月又南行。可怜一片西湖水，不得垂纶老此生。"其诗清古警迈，放意玄远，卓然独立。《四库全书总目》卷一五二《逍遥集》"提要"评曰："阆在宋初，去五代余风未远。其诗如《秋夕旅舍书怀》一篇，《喜腊雪》一篇，间有五代粗犷之习。而其他风格孤峭，亦尚有晚唐作者之遗。苏轼尝称其《夏日宿西禅》诗，又称其《题资福院石井》诗，不在石曼卿、苏子美下。"

潘阆亦擅词，有《酒泉子》十首存世。清陶元藻《全浙诗话》卷十云："崇宁间，武夷（黄静）仕杭，得其诗余《酒泉子》十首，镵诸石，为之跋。"十首词均以"长忆"领起，分写钱塘、西湖、孤山、西山、高峰、吴山、龙山、观潮诸景，萧散闲远，意蕴悠长。杨慎引录"长忆西湖"一首，并称"此词一时盛传"，"东坡公爱之，书于玉堂屏风"。杨慎的描述，应有所据，但具体事实已不可考证。不过，黄静仕杭时曾将这十首词镵于石，这也可从侧面证其“盛传”之况。又据宋吴处厚《青箱杂记》卷六记载：“近世有好事者，以潘阆遨游浙江，咏潮著名，则亦以轻绡写其形容，谓之《潘阆咏潮图》。”可知，潘阆的词确实为时人所称赏。

五五 斜阳暮

秦少游《踏莎行》“杜鹃声里斜阳暮”①，极为东坡所赏②。而后人病其“斜阳暮”，似重复③，非也。见斜阳而知日暮，非复也。犹韦应物诗“须臾风暖朝日暾”④，既曰“朝日”，又曰“暾”，当亦为宋人所讥矣。此非知诗者。《古诗》“明月皎夜光”⑤，“明”“皎”“光”，非复乎？李商隐诗“日向花间留返照”⑥，皆然。又唐诗“青山万里一孤舟”⑦，又“沧溟千万里，日夜一孤舟”⑧，宋人亦言“一孤舟”为复，而唐人累用之，不以为复也。

【注释】

①杜鹃声里斜阳暮：见秦观《踏莎行》：“雾失楼台，月迷津渡，桃源望断无寻处。可堪孤馆闭春寒，杜鹃声里斜阳暮。　驿寄梅花，鱼传尺素，砌成此恨无重数。郴江幸自绕郴山，为谁流下潇湘去。”

②极为东坡所赏：宋胡仔《苕溪渔隐丛话》前集引《冷斋夜话》曰：“东

坡绝爱其尾两句，自书于扇曰：‘少游已矣，虽万人何赎！’”

③“而后人病其‘斜阳暮’”两句：《苕溪渔隐丛话》前集引《诗眼》曰：“后诵淮海小词云‘杜鹃声里斜阳暮’，公（黄庭坚）曰：‘此词高绝，但既云斜阳，又云暮，则重出也。’欲改‘斜阳’作‘帘栊’。”

④韦应物（约737—约791）：京兆万年（今陕西西安）人。唐德宗建中二年（781）拜比部员外郎，建中四年（783），出为滁州刺史。贞元元年（785），任江州刺史，贞元三年（787），入朝为左司郎中；次年，又出为苏州刺史。贞元六七年间（790—791）罢任，闲居于苏州永定寺。长于五言，其诗闲淡简远，名传当世。《全唐诗》存其诗十卷、词四首。《全唐诗补遗》录二首；《全唐诗续补遗》录二首。《全唐文》录其《冰赋》一篇。须臾风暖朝日暾（dūn）：见韦应物《听莺曲》：“东方欲曙花冥冥，啼莺相唤亦可听。乍去乍来时近远，才闻南陌又东城。忽似上林翻下苑，绵绵蛮蛮如有情。欲啭不啭意自娇，羌儿弄笛曲未调。前声后声不相及，秦女学筝指尤涩。须臾风暖朝日暾，流音变作百鸟喧。谁家懒妇惊残梦，何处愁人忆故园。伯劳飞过声局促，戴胜下时桑田绿。不及流莺日日啼花间，能使万家春意闲。有时断续听不了，飞去花枝犹袅袅。还栖碧树锁千门，春漏方残一声晓。”暾，日初出貌。

⑤《古诗》：即《古诗十九首》。此所引句乃第七首：“明月皎夜光，促织鸣东壁。玉衡指孟冬，众星何历历。白露沾野草，时节忽复易。秋蝉鸣树间，玄鸟逝安适。昔我同门友，高举振六翮。不念携手好，弃我如遗迹。南箕北有斗，牵牛不负轭。良无盘石固，虚名复何益。”

⑥日向花间留返照：出自李商隐《写意》：“燕雁迢迢隔上林，高秋望断正

长吟。人间路有潼江险，天外山惟玉垒深。日向花间留返照，云从城上结层阴。三年已制思乡泪，更入新年恐不禁。”见《全唐诗》卷五百四十。

⑦青山万里一孤舟：出刘长卿《重送裴郎中贬吉州》：“猿啼客散暮江头，人自伤心水自流。同作逐臣君更远，青山万里一孤舟。”见《全唐诗》卷一百五十。

⑧“沧溟千万里”两句：出刘眘虚《海上诗送薛文学归海冬》：“何处归且远，送君东悠悠。沧溟千万里，日夜一孤舟。旷望绝国所，微茫天际愁。有时近仙境，不定若梦游。或见青色古，孤山百里秋。前心方杳眇，后路劳夷犹。离别惜吾道，风波敬皇休。春浮花气远，思逐海水流。日暮骊歌后，永怀空沧洲。”见《全唐诗》卷二百五十六。

【评析】

据《苕溪渔隐丛话》，黄庭坚曾评秦观词“杜鹃声里斜阳暮”一句似乎有重复之嫌。“斜阳”和“暮”都表示时间，两词联用，表面上看，似乎略显重复，不够简练。杨慎对此进行了辩驳。他认为，“见斜阳而知日暮”，其时间上有前后之别，而且两者存在逻辑关系，因此，并不重复。类似的例子在古诗中并不少见，杨慎列举出来的就有《古诗十九首》中“明月皎夜光”句，以及唐代韦应物、李商隐、刘长卿、刘眘虚诸人诗例。这些诗句中，有的属同义联用、反复吟诵者，如“须臾风暖朝日暾”“明月皎夜光”及“日向花间留返照”诸句；有的则是化用或沿用同一意象、使用相同语词者，刘长卿、刘眘虚诗中的“一孤舟”即是。杨慎以为，这些用法并无不妥，亦无重复之嫌。

本则所讨论的实际上是诗词中的炼字、炼句问题。诗词以简洁、含蓄为要，不必要的重复和明显的沿袭都是诗家之大忌。但出于表达上强调、铺排以及音韵等方面的需要，诗人有时使用相近词语反复陈述、精心刻画，这并不为病。只要用语妥帖、旨远意深即为佳句。至于不同诗人使用同一意象的情况，这在古代诗词中也很常见，又有袭用、化用、隐括等情形，很难一概而论。以杨慎所录刘长卿、刘昚虚诗例而言，两诗各有意趣，确实不存在“重复”的问题。

五六 莺花亭

秦少游谪处州日①，作《千秋岁》词，有“花影乱，莺声碎”之句②，后人慕之，建莺花亭。陆放翁有诗云：“沙上春风柳十围。绿阴依旧语黄鹂。故应留与行人恨，不见秦郎半醉时③。”

【注释】

①处州：今浙江丽水。

②“花影乱”两句：见秦观《千秋岁》：“水边沙外。城郭春寒退。花影乱，莺声碎。飘零疏酒盏，离别宽衣带。人不见，碧云暮合空相对。　忆昔西池会。鹓鹭同飞盖。携手处，今谁在。日边清梦断，镜里朱颜改。春去也，飞红万点愁如海。”

③“沙上春风柳十围”几句：见宋陆游《莺花亭》诗。此诗首见于杨慎《词品》卷三。孔凡礼《陆游佚著辑存》下注：“见明杨慎《词品》卷三、明崇

祯《处州府志》卷十六、清乾隆《浙江通志》卷五十一、清同治《丽水县志》卷六。后三书‘语黄鹂’均作‘著黄鹂’。”

【评析】

绍圣之初，哲宗亲政，复进新党，开始大肆斥逐元祐党人。绍圣元年（1094）四月，监察御史刘拯言：“秦观浮薄小人，影附于轼，请正轼之罪，褫观职任，以示天下后世。”（清黄以周等辑注《续资治通鉴长编拾补》卷十）因之，秦观监处州酒税。据秦瀛《淮海先生年谱》，绍圣二年（1095）春，少游在处州，“尝游府治南园，作《千秋岁》词”。该词开篇首四句写春景，其中，“水边沙外”写郊外，“花影乱，莺声碎”写城内。接下来写贬居独处之苦，抒发对亲友和同党的思念之情。下阕追忆当年师友、同僚的宴集之乐，以反衬今日飘零之苦。末了，以“飞红万点愁如海”作结，凄厉愤绝，令人不忍卒读。丞相曾布评曰：“秦七必不久于世，岂有愁如海而可存乎？”（宋曾季狸《艇斋诗话》）

秦观此词在当时即产生了广泛影响，孔毅

甫、洪觉范、晁补之、李之仪、黄庭坚、苏东坡等皆有次韵之作，为宋代词坛一大盛事。洪作之外，其他诸人的次韵之作也多抒迁谪之苦，如苏轼《千秋岁·次韵少游》：“岛边天外。未老身先退。珠泪溅，丹衷碎。声摇苍玉佩，色重黄金带。一万里，斜阳正与长安对。　道远谁云会。罪大天能盖。君命重，臣节在。新恩犹可觊，旧学终难改。吾已矣，乘桴且恁浮于海。”但相比之下，秦词更为愤楚凄厉，为诸词之冠。

后人慕秦观词境而造莺花亭事，详载于宋范成大《石湖居士诗集》卷十。其《次韵徐子礼提举莺花亭》诗序曰：“秦少游‘水边沙外’之词，盖在括苍监征时所作。予至郡，徐子礼提举按部来过，劝予作小亭记少游旧事。又取词中语名之曰‘莺花’，赋诗六绝而去。明年亭成，次韵寄之。”范成大所赋六绝句今存于世。《清一统志·处州府》载：莺花亭“在丽水县西二里。宋秦观有莺花亭《千秋岁》词”。至于陆游《莺花亭》诗，则首见于杨慎此文。如此，《词品》之载录成为了陆游该诗得以流传的重要渠道，其文献价值不言而喻。

五七　少游岭南词

少游谪藤州[①]，一日醉野人家。有词云：“唤起一声人悄。衾冷梦寒窗晓。瘴雨过[②]，海棠开，春色又添多少。　社瓮酿成微笑。半缺椰瓢共舀。觉倾倒，急投床，醉乡广大人间小。”此词本集不收，见于地志。而修《一统志》者不识舀字[③]，妄改可笑，聊著之。

【注释】

①藤州：今广西藤县。秦观于宋徽宗元符三年（1100）八月至藤州，八月十二日卒于光华亭，年五十三。

②瘴（zhàng）雨：指南方含有瘴气的雨。

③《一统志》：官修地理总志，元明清三代均有修撰。《明一统志》由李贤、彭时等奉旨修纂，天顺五年（1461）四月编成。不识舀字：清王敬之《淮海词补遗》案："地志作'酌'，出韵，误。"

【评析】

诚如杨慎所言，秦观《添春色》一词"本集不收"，宋本《淮海居士长短句》也不见收录。杨慎言"见于地志"，即《一统志》。元、明均有官修《一统志》，但《大元一统志》嘉靖后期即已散佚，因此杨慎所言极有可能是《明一统志》。不过，秦观此词，宋人所编《诗话总龟》和《苕溪渔隐丛话》早有载录，文字上亦略同。例如，《诗话总龟》卷十五引《冷斋夜话》云："少游在黄州，饮于海桥，桥南北多海棠，有老书生家海棠丛间，少游醉卧宿于此。明日，题其柱曰：'唤起一声人悄。衾枕梦寒窗晓。瘴雨过，海棠晴，春色又添多少。　社瓮酿成微笑，半破瘿瓢共舀。觉健到，急投床，醉乡广大人间小。'东坡爱其句，恨不得其腔。"这些记载明显早于杨慎所见之"地志"。

杨慎又言："修《一统志》者不识舀字，妄改可笑。"文渊阁《四库全书》本《明一统志》曾摘引秦观此词，"舀"作"醽"，确实也存在"妄改"的情况。对于此类刊刻之误，杨慎予以了辨析和订正。类似情况在《词品》中比较常见，如卷三《满庭芳》："秦少游《满庭芳》'晚色云开'，今本误作'晚兔云开'，不通。维扬张綖刻《诗余图谱》，以意改'兔'作'见'，亦非。按《花庵词选》作'晚色云开'，当从之。"清吴衡照《莲子居词话》讲："（《词品》）其引据处，亦足正俗本之误。"不仅如此，实际上区畛差忒、匡正舛戾，也正显示了杨慎的严谨和博学。

杨慎又言，此词作于秦观谪居藤州时。不过，有研究者认为，该词应作于秦观谪横州时。清王敬之《淮海词补遗》有案语曰："国朝闵叙粤述海棠桥在横州西，宋时建。故老传曰：此桥南北，旧皆海棠；书生祝姓者家此。宋秦少游谪横，尝醉宿其家。明日题词而去。"清秦瀛《淮海先生年谱》曰："（秦观）既至横州，荒落愈甚，寓浮槎馆，居焉。城西有海棠桥……明日题其柱云……此词刻于州志，海棠桥至今有遗迹云。"可知，此词确作于横州，杨慎所言误。《冷斋夜话》中的"黄州"当为"横州"之误，秦观曾"编管横州"，却未曾至"黄州"，"海桥"即海棠桥。

五八 天粘衰草

秦少游《满庭芳》"山抹微云，天粘衰草"①，今本改"粘"作"连"，非也。韩文"洞庭汗漫，粘天无壁"②。张祜诗"草色粘天鶗鴂恨"③。山谷诗"远水粘天吞钓舟"④。邵博诗"老滩声殷地，平浪势粘天"⑤。赵文昇词"玉关芳草粘天碧"⑥。严次山词"粘云江影伤千古"⑦。叶梦得词"浪粘天、蒲桃涨绿"⑧。刘行简词"山翠欲粘天"⑨。刘叔安词

"暮烟细草粘天远"[10]。粘字极工，且有出处。又见《避暑录话》可证[11]。若作"连天"，是小儿之语也。

【注释】

①"山抹微云"两句：出自宋秦观《满庭芳》："山抹微云，天连衰草，画角声断谯门。暂停征棹，聊共引离尊。多少蓬莱旧事，空回首、烟霭纷纷。斜阳外，寒鸦万点，流水绕孤村。　销魂。当此际，香囊暗解，罗带轻分。谩赢得、青楼薄幸名存。此去何时见也，襟袖上、空惹啼痕。伤情处，高城望断，灯火已黄昏。"见《淮海居士长短句》卷上。

②"洞庭汗漫"两句：见唐韩愈《祭河南张员外文》，载《昌黎先生文集》卷二十二。

③草色粘天鶗鴂恨：见宋范成大《代圣集赠别》："一曲悲歌水倒流，尊前何计缓千忧。事如梦断无寻处，人似春归挽不留。草色粘天鶗鴂恨，雨声连晓鹧鸪愁。迢迢绿浦帆飞远，今夜新晴独倚楼。"载《石湖诗集》卷一。杨慎作张祜诗，误。鶗鴂（tí jué），杜鹃鸟。

④远水粘天吞钓舟：见黄庭坚《四月末天气陡然如秋，遂御夹衣游北沙亭观江涨》："沙岸人家报急流，船官解缆正夷犹。震雷将雨度绝壑，远水粘天吞钓舟。甚欲去挥白羽箑，可堪更着紫茸裘。平生得意无人会，浩荡春钼且自由。"载《山谷别集》卷一。

⑤邵博（？—1158）：字公济，洛阳（今属河南）人。邵雍孙，邵伯温次子。绍兴八年（1138），以赵鼎荐，召试，赐同进士出身，除秘书省校书郎，

知果州、眉州。绍兴二十八年（1158）卒于犍为县。《宋史·艺文志》著录《邵博文集》五十七卷，已佚。现存《邵氏闻见后录》三十卷。词存《念奴娇》一首，见《梅苑》卷一。此所引诗句出处不可考。

⑥赵文昇：应为“赵文鼎”，即赵善扛（1141—？），字文鼎，号解林居士，隆兴（今江西南昌）人。太宗七世孙，乾道六年（1170）知泰宁县，历知蕲州、处州，孝宗淳熙间卒。《中兴以来绝妙词选》卷四存其词十四首，《全宋词》据以录入。玉关芳草粘天碧：出自赵文鼎《重叠金·春思》：“玉关芳草粘天碧。春风万里思行客。骄马向风嘶。道归犹未归。　南云新有雁。望眼愁边断。膏沐为谁容。倚楼烟雨中。”

⑦严次山：即严仁，生卒年不详。字次山，号樵溪，邵武（今属福建）人。与严羽、严参称“邵武三严”。有《清江欸乃集》八卷，不传。《全宋词》据《中兴以来绝妙词选》卷五录其词三十首。粘云江影伤千古：出自严仁《贺新郎·清浪轩送春》：“碧浪摇春渚。浸虚檐、蒲萄滉漾，翠绡掀舞。委曲经过台下路，载取落花东去。问花亦、漂流良苦。花不能言应有恨，恨十分、都被春风误。同此恨，有飞絮。　人生聚散元无据。尽凭阑、一尊相对，蘋州春暮。嫉色冲冲空怅望，泪尽世间儿女。君不见、千金求赋。飞燕婕妤今何在，看粘云、江影伤千古。流不去，断魂处。”

⑧叶梦得（1077—1148）：字少蕴，号石林，苏州吴县（今属江苏）人，移居乌程（今浙江湖州）。绍圣四年（1097）进士，徽宗朝累官至中书舍人、翰林学士。靖康之难后，官至尚书左丞。绍兴时，曾成功阻止过金兵渡淮入侵，官终知福州兼福建安抚使，卒赠检校少保。博洽多闻，著有《建康集》

《石林诗话》《石林燕语》《避暑录话》等。有《石林词》,《全宋词》录其词一〇三首。浪粘天、蒲桃涨绿：出自叶梦得《贺新郎》:“睡起啼莺语。掩青苔、房栊向晚，乱红无数。吹尽残花无人见，惟有垂杨自舞。渐暖霭、初回轻暑。宝扇重寻明月影，暗尘侵、尚有乘鸾女。惊旧恨，遽如许。 江南梦断横江渚。浪粘天、葡萄涨绿，半空烟雨。无限楼前沧波意，谁采蘋花寄取。但怅望、兰舟容与。万里云帆何时到，送孤鸿、目断千山阻。谁为我，唱金缕。”

⑨刘行简：即刘一止（1078—1160），字行简，号苕溪，湖州归安（今属浙江）人。宣和三年（1121）进士，为越州教授。绍兴初，召试馆职，迁监察御史，起居郎，擢中书舍人兼侍讲。忤秦桧，落职闲居。有《苕溪集》，陈与义、吕本中皆甚推重其诗。词附集中,《全宋词》录其词四十二首。山翠欲粘天：出自刘一止《水调歌头》:“缥缈青溪畔，山翠欲粘天。纵云台上，揽风招月自何年。新旧今逢二妙，人地一时清绝，高并两峰寒。歌发烟霏外，人在去留间。 著方床，容老子，醉时眠。一尊相属，高会何意此时圆。况是古今难遇，人月竹花俱妙，曾见句中传。不向今宵醉，忍负四婵娟。”

⑩刘叔安：即刘镇，生卒年不详。字叔安，号随如，广州南海（今属广东）人。嘉泰二年（1202）进士。学者称为随如先生。有《随如百咏》，今不传。《全宋词》录其词二十六首。暮烟细草粘天远：出自南宋卢祖皋《水龙吟·赋酴醾》:“荡红流水无声，暮烟细草粘天远。低回倦蝶，往来忙燕，芳期顿懒。绿雾迷墙，翠虬腾架，雪明香暖。笑依依欲挽，春风教住，还疑是，相逢晚。 不似梅妆瘦减。占人间、丰神萧散。攀条弄蕊，天涯犹记，曲阑小院。老去情怀，酒边风味，有时重见。对枕帏空想，东床旧梦，带将离恨。”

杨慎误记为刘镇词。

⑪《避暑录话》：或作《石林避暑录》《乙卯避暑录》，笔记，南宋叶梦得撰，共二卷。记北宋故实、士人轶闻、唐宋科举、职官制度等，有重要的史料价值。书成于绍兴五年（1135），一说七八年间（1137—1138），有作者自序。

【评析】

秦少游《满庭芳》词中有“山抹微云，天连衰草”，各本《淮海集》及宋本《淮海居士长短句》均作“连”。可见，“连”字之用，自古有之，杨慎言“今本改‘粘’作‘连’”，显然不确。最早作“粘”者，是叶梦得《避暑录话》：“秦观少游，亦善为乐府，语工而入律，知乐者谓之作家歌。元丰间盛行于淮楚。‘寒鸦万点，流水绕孤村’本隋炀帝诗也，少游取以为《满庭芳》辞，而首言‘山抹微云，天粘衰草’尤为当时所传。”杨慎言“粘”字“有出处”，“又见《避暑录话》可证”云云，其依据本此。其后，明沈际飞批点本《草堂诗余》、毛晋汲古阁本《淮海词》等亦作“粘”。毛本后注全引杨慎《词品》本则内容，可知是受到了杨慎之说的影响。

杨慎举出唐宋人诗、文、词等共八例，以证“粘”字运用之广泛。杨慎以为“粘字极工”，“若作‘连天’，是小儿之语也”，应当说，这是很有见地的。“粘”与“连”意近，都有连接、连续之意。不过，“粘”字更显绵密，更能体现物象之间的浑然一体和粘连无痕，从表达效果上看也更具形象性。《升庵诗话》“粘天”一则更认为，“粘”字之用，可使句奇：“庾阐《扬都赋》：‘涛声动地，浪势粘天。’本自奇语。昌黎祖之曰：‘洞庭漫汗，粘天无壁。’张祜诗‘草色粘天鶗鴂恨’，黄山谷‘远山粘天吞钓舟’，秦少游小词‘山抹微云，天粘衰草’，正用此字为奇。今俗本作‘天连’，非矣。”这也可从侧面证明杨慎对诗词炼字的重视。

《词品》对秦观用词、用句之妙多有讨论，如卷三《山抹微云女婿》：“范元实，范祖禹之子，秦少游婿也。学诗于山谷，作《诗眼》一书。为人凝重，尝在歌舞之席，终日不言。妓有问之曰：‘公亦解词曲否？’笑答曰：‘吾乃山抹微云女婿也。’可见当时盛唱此词，《草堂诗余》亦有范元实词。”此虽记文坛轶事，但也反映了杨慎对秦观词作的喜爱。

五九 初寮词

王初寮[1]，字安中，名履道，初为东坡门下士，诗文颇得膏腴[②]。其词有“椽烛垂珠清漏长”“迟留春笋缓催觞”之句[③]。又“天与麟符行乐分。缓带轻裘，雅宴催云髩。翠雾萦纡销篆印。筝声恰度秋鸿阵”[④]。为时所称。其后附蔡京，遂叛东坡，其人不足道也。

【注释】

①王初寮：即王安中（1076—1134），字履道，号初寮。元符三年（1100）进士，调瀛州司理参军、大名县主簿，历秘书省著作郎。徽宗政和间，除中书舍人，擢御史中丞。宣和元年（1119），拜尚书右丞，三年（1121），为左丞。钦宗靖康初，连贬随州、象州安置。高宗即位，内徙道州，寻放自便。绍兴初，复左中大夫。有《初寮集》《初寮词》，《全宋词》录其词五十五首。

②膏腴：比喻文辞华美。南朝梁刘勰《文心雕龙·正纬》：“事丰奇伟，辞富膏腴，无益经典，而有助文章。”

③“椽烛垂珠清漏长”两句：出自王安中《小重山》（椽烛垂珠）。

④“天与麟符行乐分”几句：出自王安中《蝶恋花》：“千古铜台今莫问。流水浮云，歌舞西陵近。烟柳有情开不尽。东风约定年年信。　天与麟符行乐分。带缓毬纹，雅宴催云鬓。翠雾萦纡销篆印。筝声恰度秋鸿阵。”明刻《宋名家词》本《初寮词》“缓带轻裘”作“带缓毬纹”。麟符，古代朝廷颁发的麟形符节。髩（bìn），同“鬓”，脸旁靠近耳朵的头发。

【评析】

宋陈振孙《直斋书录解题》卷十八：“始东坡帅定武，安中未弱冠，犹及师事焉，未卒业而坡去。其后晁以道为无极令，安中既第，修邑子礼，用长笺，自言以新学窃一第为亲荣，非其志也。以道曰：‘为学当谨初，何患不远到。’安中筑室，榜曰‘初寮’，其议论闻见，多得于以道。既贵显，遂讳晁学，但称成州使君四丈，无复先生之号矣。”从这段记载来看，王安中曾在定武拜苏轼为师，但未完成学业而苏轼离去；登第后，遇晁以道为无极县令，又以弟子礼事之。晁以道即晁说之，乃“苏门四学士”之一晁补之弟，亦为苏门中人。王安中显贵之后，对于求学晁说之一段经历却颇为忌讳。杨慎所谓“初为东坡门下士”“遂叛东坡”等盖即指此。

至于王安中和蔡京的关系，上引《直斋书录解题》中也有记载：“安中年十四荐于乡，凡四举，乃登第，为中司，受旨攻蔡京，京子攸入禁中，日夕泣涕告于上，安中亟改翰苑，事遂止。其自政府出守燕，京父子排之也，然安中之进亦本由梁师成。”可知，王安中曾“受旨攻蔡京”，后为蔡京父子所排挤。又据其他史料，王安中曾结交蔡京之子蔡攸，受到了蔡攸的引荐和器重。综合诸史料，杨慎所谓“后附蔡京”之说大致不差。王安中谄事权贵，品行轻薄，后人多有讥刺。不过，他“为文丰润敏拔，尤工四六之制”（《宋史·王安中传》），在宋代文坛上很有影响。故《四库全书总目》卷一九八《初寮词》“提要”评价说：“其为人反覆炎凉，虽不足道，然才华富艳，亦不可掩。”杨慎论词，特别强调词人的品行修养。同时，又不以人废词。因此，他在鄙薄王安中为人的同时，也评价其诗文“颇得膏腴”，词作“为时所称”，应该说，这是一种比较客观的批评态度。

六〇 陈后山

陈后山为人极清苦[①]，诗文皆高古，而词特纤艳。如《一落索》换头云："一顾教人微俏，那堪亲见。不辞紫袖拂清尘，也要识、春风面[②]。"又有席上赠妓词云："不愁歌里断人肠，只怕有肠无处断[③]。"所谓"彼亦直寄焉，以为不知己者诟厉也"[④]。

【注释】

①陈后山：即陈师道（1053—1101），字履常，一字无己，号后山居士，徐州彭城（今属江苏）人。早年从曾巩学文，后见知于苏轼，名列"苏门六君子"之一。元祐初，授徐州教授，元符三年（1100）召为秘书省正字。《宋史》有传。诗宗杜甫，为江西诗派"三宗"之一。著有《后山集》二十四卷、《后山词》一卷，《全宋词》录其词五十四首。

②"一顾教人微俏"几句：出自陈师道《洛阳春》："素手拈花纤软。生香相乱。却须诗力与丹青，恐俗手、难成染。　一顾教人微倩。那堪亲见。不辞紫袖拂清尘，也要识、春风面。"微俏，明弘治本《后山集》作"微倩"。

③"不愁歌里断人肠"两句：出自陈师道《木兰花》："阴阴云日江城晚。小院回廊春已满。谁教言语似鹂黄，深闭玉笼千万怨。　蓬莱易到人难见。香火无凭空有愿。不辞歌里断人肠，只怕有肠无处断。"不愁，明弘治本《后山集》作"不辞"。

④“彼亦直寄焉”两句：出自《庄子·人间世》。诟厉，犹“诟病”。

【评析】

杨慎所言陈师道“为人极清苦”事，史籍多有记载。陈师道自幼家贫，但聪慧好学，苦志读书。元祐时，苏轼上书举荐：“臣等伏见徐州布衣陈师道，文词高古，度越流辈，安贫守道，苦将终身。苟非其人，义不往见。过壮未仕，实为遗才。欲望圣慈，特赐录用，以奖士类。”（《荐布衣陈师道状》，见《苏文忠公全集·奏议卷三》）由于苏轼等人的大力举荐，得授徐州教授，官至秘书。其后，绍圣元年（1094），被视为苏轼余党，罢职回家，家境贫寒，或经日不炊。元符三年（1100）任秘书省正字，次年感寒疾冻饿而死。

杨慎又言“诗文皆高古”，这也符合陈师道的创作实际。陈师道追慕杜甫，又受黄庭坚影响较深，作诗讲求“无一字无来历”，闭门觅句，字锻句琢，韵高格严，为江西诗派“三宗”之一。陈师道早年从曾巩学文，《四库全书总目》卷一五四《后山集》“提要”评其文“简严密栗，实不在李翱、孙樵下”。上引苏轼荐状也称其“文词高古”，正可与杨慎之评互为参证。

与其诗文“高古”之风不同，陈师道的词柔媚婉丽，

幽怨细密，杨慎评为“纤艳”。文中所举两词均为艳词，情感细腻，直率自然。陈师道虽曾自诩“余他文未能及人，独于词，自谓不减秦七、黄九”（《后山居士文集·书旧词后》），但实际上佳作不多，时人评价亦不高。例如，宋王灼《碧鸡漫志》卷二：“所作数十首，号曰语业，妙处如其诗，但用意太深，有时僻涩。”宋陆游《跋后山居士长短句》也认为：“陈无己诗妙天下，以其余作词，宜其工矣，顾乃不然，殆未易晓也。”杨慎引《庄子》之语评其词，大有怜惜、回护之意味。

六一 张仲宗送胡澹庵词

张仲宗送胡澹庵赴贬所《贺新郎》一阕云[①]：“梦绕神州路。怅西风，连营画角，故宫禾黍。底事昆仑倾砥柱。九地黄流乱注。聚万落千村狐兔。天意从来高难问，况人情易老悲难诉。更南浦，送君去。　凉生岸柳催残暑。耿斜河、疏星澹月，淡云微度。万里江山知何处。回首对床夜雨。雁不到、书成谁与。目尽青天怀今古，肯儿曹恩怨相尔汝。举太白，听金缕。”秦桧知之，亦与作诗王庭珪同贬责[②]。此词虽不工，亦当传，况工致悲愤如此，宜表出之。

【注释】

①张仲宗：张元幹，字仲宗，见卷一《仄韵绝句》注。胡澹庵：即胡

铨（1102—1180），字邦衡，号澹庵，吉州庐陵（今江西吉安）人。建炎二年（1128）进士。为枢密院编修官，以上书忤秦桧，除名编管新州，移谪吉阳军，前后达二十年。孝宗时复起用，官至兵部侍郎、端明殿学士。有《澹庵文集》《澹庵词》，《全宋词》辑其词十六首。此所引词为《贺新郎·送胡邦衡待制》。《全宋词》据双照楼本《芦川词》"恨西风"作"怅西风"，"禾黍"作"离黍"，"易老"作"老易"，"难诉"作"如许"，"淡云"作"断云"，"太白"作"大白"。

②王庭珪（1079—1171）：字民瞻，号卢溪先生。先世太原（今属山西）人，后移居安福（今属江西）。政和八年（1118）进士，绍兴十九年（1149），因赋诗赠胡铨以谤讪罪流放辰州，后因人推荐，授左承奉郎，除国子监主簿。有《卢溪文集》五十卷存世，《全宋词》录其词四十三首。

【评析】

绍兴八年（1138），高宗、秦桧与金议和，胡铨上书力辟和议，请剑乞斩

秦桧等，声振朝野。贬监广州盐仓，改签书威武军判官。绍兴十二年（1142），又谪至新州（今广东新兴）编管。“一时士大夫畏罪钳舌，莫敢与立谈。”（宋岳珂《桯史》卷十二）张元幹却不顾安危，写下了著名的《贺新郎·送胡邦衡待制》一词以送别胡铨。此处，杨慎引录了全词，并对词中的英雄之气、悲愤之情大为嘉许。此词历数金人暴行，哀痛北宋之覆亡，同时也批评了主和派的苟且偷安，为胡铨之遭贬谪而鸣不平。全词凄切悲壮而又慷慨激昂，充溢爱国情怀，《四库全书总目》卷一九八《芦川词》“提要”评价说：“慷慨悲凉，数百年后，尚想其抑塞磊落之气。”张元幹终因送胡铨词为秦桧所忌，于绍兴二十一年（1151）以他事追赴大理寺，除名削籍。《词品》卷三《张仲宗》云：“张仲宗，三山人，以送胡澹庵及寄李纲词得罪，忠义流也。”以“忠义”评张元幹，这突出显示了杨慎对词人品行节操的重视。本则中，杨慎讲，即使该词不很工致，但“忠义”可嘉，“亦当传”“宜表出之”。

本篇外，《词品》对张元幹的其他词作也多有赞许。上述《张仲宗》一则中，杨慎评张元幹《满江红·自豫章阻风吴城山作》《兰陵王》（卷珠箔）两词“脍炙人口”，又评《兰陵王》中“帘旌翠波飒，窗影残红一线”及《渔家傲》“溪边雪霭藏云树，小艇风斜沙嘴路”等句“皆秀句也”，并对张元幹词中的用韵情况进行了分析。卷三《张仲宗词用唐诗语》又对张元幹词化用唐人诗意的情况进行了分析。在杨慎看来，这些都是张元幹“填词最工”的重要表现，所以他说：“词虽一小技，然非胸中有万卷，下笔无一尘，亦不能臻其妙也。”

卷四

六二 贺方回

贺方回《浣溪沙》云[①]："鹜外红销一缕霞。淡黄杨柳带栖鸦。玉人和月折梅花。　笑撚粉香归绣户，半垂罗幕护窗纱。东风寒似夜来些。"此词句句绮丽，字字清新，当时赏之，以为《花间》《兰畹》不及[②]，信然。近见《玉林词选》[③]，首句二字作"楼角"，非也。"楼角"与"鹜外"，相去何啻天壤。

【注释】

①贺方回：即贺铸（1052—1125），字方回，号庆湖遗老，卫州（今河南卫辉）人。授右班殿直。元祐中，通判泗州，又徙太平州。后退居吴下，筑室于横塘。著有《庆湖遗老集》九卷，自编词集为《东山乐府》。今存《东山词》。《全宋词》辑存其词二百八十三首。此所引词《彊村丛书》本《贺方回词》卷二调作《减字浣溪沙》，"鹜外"作"楼角"，"带"作"暗"，"绣户"作"洞户"，"半垂"作"更垂"，"罗幕"作"帘幕"。

②《兰畹》：即《兰畹集》，又称《兰畹曲会》，唐宋词选集，宋孔夷辑，

已佚。

③《玉林词选》：即《花庵词选》，唐宋词选集，二十卷，南宋黄昇编。前十卷题为《唐宋诸贤绝妙词选》，后十卷题为《中兴以来绝妙词选》，故亦称《绝妙词选》。

【评析】

贺铸是北宋著名词人，其词秾丽幽凄，刚柔兼济，张耒《贺方回乐府序》誉之曰："盛丽如游金、张之堂，而妖冶如揽嫱、施之袪，幽洁如屈、宋，悲壮如苏、李。"此处，杨慎举其《浣溪沙》一阕，评之曰"句句绮丽，字字清新"。此词境界幽雅，景中有情，绮丽秀洁，绾合自然，杨慎的评述可谓切中肯綮。杨慎又认为西蜀之《花间》、南唐之《兰畹》皆不及，这是就其大概而言的。此词亦属盛丽妖冶之作，在题材、内容及风格方面确与《花间》及五代词较为接近。不过，贺词景情相生，境界清凄，于秾丽中颇具幽洁之趣，自有其不同于《花间》《兰畹》的独特之处。故清陈廷焯《白雨斋词话》评价说："方回词，胸中眼中，另有一种伤心说不出处，全得力于楚骚，而运以变化，允推神品。"

该词首两字，《唐宋诸贤绝妙词选》《乐府雅词》和《彊村丛书》本《贺方回词》等均作"楼角"，《草堂诗余》作"鹭外"。"鹭外"为远观之景，读之很容易让人联想到王勃的名句"落霞与孤鹜齐飞"。两词相较，"鹭外"视野更为开阔，境界更为清幽，也更有意趣。因此，杨慎言"'楼角'与'鹭外'，相去何啻天壤。"不过，《唐宋诸贤绝妙词选》与贺铸生活年代相去不远，其所刊录势必更接近词作原貌，因此也更为可信。

六三 陈去非

陈去非[①]，蜀之青神人，陈季常之孙也，徙居河南。宋南渡后，又居建业。诗为高宗所眷注[②]，而词亦佳。语意超绝，笔力排奡，识者谓其可摩坡仙之垒，非溢美云。《草堂》词惟载"忆昔午桥"一首[③]。其闽中《渔家傲》云："今日山头云欲举。青蛟翠凤移时舞。行到石桥闻细雨。听还住。风吹却过溪西去。　我欲寻诗宽久旅。桃花落尽春无数。渺渺篮舆穿翠楚。悠然处。高林忽送黄鹂语。"又《虞美人》云："吟诗日日待春风。及至桃花开后却匆匆[④]。"又《点绛唇》云："愁无那。短歌谁和。风动梨花朵[⑤]。"又《南柯子》云：

“阑干三面看晴空。背插浮图千尺、冷烟中⑥。”皆绝似坡仙语。

【注释】

①陈去非：即陈与义（1090—1138），字去非，号简斋，洛阳（今属河南）人。政和三年（1113）进士，授文林郎充开德府教授，累迁太学博士。绍兴元年（1131），召为兵部员外郎。二年（1132），迁中书舍人。四年（1134），出知湖州，擢翰林学士、知制诰。七年（1137），拜参知政事。有《简斋集》《无住词》。《全宋词》录存其词十八首。

②诗为高宗所眷注：宋黄昇《中兴以来绝妙词选》卷一："陈去非名与义，自号简斋居士，以诗文被简注于高宗皇帝，入参大政。"

③忆昔午桥：出自陈与义《临江仙·夜登小阁，忆洛中旧游》："忆昔午桥桥上饮，坐中多是豪英。长沟流月去无声。杏花疏影里，吹笛到天明。　二十余年如一梦，此身虽在堪惊。闲登小阁看新晴。古今多少事，渔唱起三更。"

④"吟诗日日待春风"两句：出自陈与义《虞美人·大光祖席，醉中赋长短句》："张帆欲去仍搔首。更醉君家酒。吟诗日日待春风。及至桃花开后、却匆匆。　歌声频为行人咽。记著樽前雪。明朝酒醒大江流。满载一船离恨、向衡州。"

⑤"愁无那"几句：出自陈与义《点绛唇·紫阳寒食》："寒食今年，紫阳山下蛮江左。竹篱烟锁。何处求新火。　不解乡音，只怕人嫌我。愁无那。短歌谁和。风动梨花朵。"

⑥"阑干三面看晴空"几句：出自陈与义《南柯子·塔院僧阁》："矫矫千年鹤，茫茫万里风。栏干三面看晴空。背插浮屠千尺、冷烟中。　林坞村村暗，溪流处处通。此间何似玉霄峰，遥望蓬莱依约、晚云东。"

【评析】

本则首叙陈与义之家世、爵里及诗歌创作情况等，接下来评述陈与义的词作成就，并列举了其《临江仙·夜登小阁，忆洛中旧游》等词共五首。

杨慎评陈与义词"语意超绝"云云，基本上源自《中兴以来绝妙词选》卷一。黄昇《花庵词选》的批语是："词虽不多，语意超绝，识者谓其可摩坡仙之垒也。"两相对照，可以看到，只"笔力排奡"一词为杨慎所加。后世评《无住词》亦多从黄昇之论。例如，清陈廷焯《白雨斋词话》卷一："陈简斋《无住词》，未臻高境。惟《临江仙》云：'忆昔午桥桥上饮……'笔意超旷，逼近大苏。"《四库全书总目》卷一九八《无住词》"提要"："其词不多，且无长调，而语意超绝。黄昇《花庵词选》称其可摩坡仙之垒。"

杨慎所举陈与义数词，颇能代表《无住词》的基本风格面貌。其中《临江仙·夜登小阁，忆洛中旧游》一词为《草堂诗余》所载录，影响较大。该词通过追忆二十多年前的洛阳旧游，感慨时事的沧桑变化，感情激奋，悲咽苍凉。其"杏花疏影里，吹笛到天明"等句确"可摩坡仙之垒"，乃至有人误以为是苏轼词。其余所引诸词及所引句浑灏劲健，吐言不凡，杨慎言其"皆绝似坡仙语"是准确的。金末元初的元好问《新轩乐府引》也曾讲："东坡圣处，非有意于文字之为工，不得不然之为工也。坡以来，山谷、晁无咎、陈去非、辛幼安诸公，俱以歌词取称。吟咏情性，留连光景，清壮顿挫，能起人妙思。亦有语意拙直，不自缘饰，因病成妍者，皆自坡发之。”

六四 叶少蕴

叶少蕴名梦得[①]，号石林居士。妙龄秀发，有文章盛名。《石林词》一卷，传于世。《贺新郎》“睡起流莺语”[②]，《虞美人》“落花已作风前舞”[③]，皆其词之入选者也[④]。中秋宴客《念奴娇》末句云：“广寒宫殿，为余聊借琼林[⑤]。”英英独照者。

【注释】

①叶少蕴名梦得：见卷三《天粘衰草》注。

②睡起流莺语：见卷三《天粘衰草》注。

③落花已作风前舞：出自《虞美人·雨后同干誉、才卿置酒来禽花下作》：“落花已作风前舞。又送黄昏雨。晓来庭院半残红。惟有游丝千丈、罥晴空。　殷勤花下同携手，更尽杯中酒。美人不用敛蛾眉。我亦多情无奈、酒阑时。”

④皆其词之入选者也：指《贺新郎》《虞美人》两词入选《草堂诗余》。

⑤“广寒宫殿”两句：出自叶梦得《念奴娇·中秋宴客，有怀壬午岁吴江长桥》：“洞庭波冷，望冰轮初转，沧海沉沉。万顷孤光云阵卷，长笛吹破层阴。汹涌三江，银涛无际，遥带五湖深。酒阑歌罢，至今鼍怒龙吟。　回首江海平生，漂流容易散，佳期难寻。缥缈高城风露爽，独倚危槛重临。醉倒清

尊，姮娥应笑，犹有向来心。广寒宫殿，为予聊借琼林。”《石林词》，“为余”作“为予”。

【评析】

此则记叶梦得及其词，对《念奴娇·中秋宴客，有怀壬午岁吴江长桥》一词评价尤高。

杨慎论词，对《花庵词选》《草堂诗余》两部词选著作参鉴较多。本则中，评叶梦得“妙龄秀发，有文章盛名”即出自《花庵词选》之《中兴以来绝妙词选》卷一。在南宋战和之争中，叶梦得是坚定的主战派。绍兴间，他两镇建康，为江东安抚使，兼知建康府、行宫留守，曾成功地阻止过金兵渡淮入侵。又积极筹措军饷，尽全力于抗金防务，为抗金大业作出了重要贡献。加之嗜学早成，精熟经史，因此时人嘉许甚高。宋黄昇和杨慎以“妙龄秀发”评之，是客观而准确的。

叶梦得亦以词名于时。宋关注《题石林词》云：“叶公以经术文章为世宗儒，翰墨之余，作为歌调，亦妙天下。”“味其词，婉丽绰有温、李之风，晚岁落其华而实之，能于简淡时出雄杰，合处不减靖节、东坡之妙。岂近世乐府之流哉！”此论精当，《四库全书总目》等后世著述多承其说。叶梦得词感怀国事，多雄杰之气，尤以《贺新郎》（睡起流莺语）最为著名，该词亦为《草堂诗余》所录。杨慎所引《念奴娇·中秋宴客》一词，借月抒怀，在追忆往昔豪情逸志的同时，也抒写了目下的愤慨和无奈。其“万顷孤光云阵卷，长笛吹破层阴”“酒阑歌罢，至今鼍怒龙吟”等句，雄词高唱，气度不凡。全词亦抗音吐怀，节亮句雄，从情感特征来分析，应为致仕后所作。末句以“琼林”代指皇宫，隐然表达了其心系朝廷、为国效力之志。杨慎以“英英独照”评之，显示出了他对叶词的喜爱。

六五 曾空青

曾纡[①]，字公衮，号空青先生，子宣之子[②]。清樾轩二诗名世[③]，词亦佳。其《临江仙》云：“后院短墙临绿水，春风急管繁弦。问谁亲按小婵娟。玉堂天上客，琳馆地行仙。　安得此身长是健，徘徊夜饮朝眠。江南刺史漫垂涎。安排肠已断，何况到樽前[④]。”又《菩萨蛮》：“山光冷浸清江底。江光只到柴门里。卧对白蘋洲。欹眠数钓舟[⑤]。”亦佳。惜全篇未称。

【注释】

①曾纡（1073—1135）：字公衮，号空青先生，建昌军南丰（今属江西）人。曾布第四子，曾巩之侄。初以荫为承务郎，崇宁二年（1103），入元祐党籍，编管永州。历直显谟阁、两浙转运副使、直宝文阁，知衢州。有《空青集》，不传。今存《念奴娇》等词共九首。

②子宣：即曾布（1036—1107），字子宣，曾巩弟。嘉祐二年（1057）进士，曾官户部尚书、尚书右仆射等。有《曾布集》三十卷，已佚。《全宋词》辑其词八首。

③清樾轩：曾纡有《清樾轩》二绝，其一："卧听滩声濊濊流，冷风凄雨似深秋。江边石上乌臼树，一夜水长到梢头。"其二："竹间嘉树密扶疏，异乡物色似吾庐。清晓开门出负水，已有小舟来卖鱼。"（宋蔡正孙《诗林广记》前集卷二）

④"后院短墙临绿水"几句：词载于《中兴以来绝妙词选》等，《乐府雅词》"天上客"作"真学士"，"长是健"作"来此处"，"徘徊夜饮朝眠"作"依稀一梦梨园"，"安排"作"据鞍"。

⑤"山光冷浸清江底"几句：《乐府雅词》"清江"作"清溪"，"江光"作"溪光"。

【评析】

此则记曾纡及其诗词创作。

史称，曾纡博极书史，落笔千言，文章翰墨，风流蕴藉。伯父曾巩乃唐宋八大家之一，曾纡年十三，曾巩即授之以韩愈诗文，家学渊源，自然俊逸非凡。杨慎所述《清樾轩》二诗，清丽疏朗，章法细密，宋赵章泉以为与杜甫绝句相类似（《诗林广记》前集卷二引）。宋孙觌《曾公卷文集序》称"公文章固自守家法，而学诗以母夫人鲁国魏氏为师，句法清丽，绝去刀尺，有古诗之风"，以《清樾轩》二诗而论，孙觌之评是精当的。曾纡的诗在当时影响较大，黄庭坚爱其诗，曾手书于扇。因此，杨慎所言曾纡以诗名世，亦非虚论。

对于曾纡的词，杨慎也给予了较高评价。所引《临江仙》一篇清丽明快，格高调逸，确为佳作。所引《菩萨蛮》四句，乃该词上阕，净洁玲珑，清雅可味，别有意绪，堪称佳句。杨慎之意，上阕虽佳，但全篇未称，是有佳句而无佳篇也。此词下阕为："溪山无限好。恨不相逢早。老病独醒多。如此良夜何。"抒情直率，用语平实，确无上阕之韵致。杨慎的评述是准确的，此中也显示了杨慎句篇相称、浑然一体的词学追求。

六六 史邦卿

史邦卿[①]，名达祖，号梅溪。今录其《万年欢》一首，亦鼎之一脔也[②]。"两袖梅风，谢桥边岸痕犹带阴雪。过了匆匆灯市，草根青发。燕子春愁未醒，误几处芳音辽绝。烟溪上，采绿人归，定应愁沁花骨。　非干厚情易歇。奈燕台句老，难道离别。小径吹衣，曾记故里风物。多少惊心旧事，第一是、侵阶罗袜。如今但柳发稀春，夜来和露梳月[③]。"春雪词云："行天入镜，都做出、轻松纤软。""寒炉重暖，便放慢、春衫针线。恐凤鞋挑菜归来，万一灞桥相见"[④]。此句尤为姜尧章拈出[⑤]。"轻松纤软"，元人小令借以咏美人足云。又元夕词："羞醉玉，少年丰度。怀艳雪，旧家伴侣[⑥]。""醉玉生春"出《兰畹》词，"艳雪"出韦诗[⑦]，语精字炼，岂易及耶？

【注释】

①史邦卿：即史达祖，生卒年不详。字邦卿，号梅溪，汴京（今河南开封）人。曾当过南宋宰相韩侂胄的堂吏，韩侂胄失败后，他被株连，受黥刑，

死于贫困之中。有《梅溪词》,《全宋词》录其词一百一十二首。

②脔（luán）：切成块状的肉。

③“两袖梅风”几句：此词题作“春思”,《中兴以来绝妙词选》卷七“稀春”作“晞春”。

④“行天入镜”几句：出自史达祖《东风第一枝·春雪》:“巧沁兰心，偷粘草甲，东风欲障新暖。谩凝碧瓦难留，信知暮寒较浅。行天入镜，做弄出、轻松纤软。料故园、不卷重帘，误了乍来双燕。　青未了、柳回白眼，红欲断、杏开素面。旧游忆著山阴，厚盟遂妨上苑。寒炉重暖，便放慢、春衫针线。恐凤鞋挑菜归来，万一灞桥相见。”《中兴以来绝妙词选》“都做出”作“做弄出”。

⑤姜尧章：即姜夔（约1155—1208），字尧章，饶州鄱阳（今属江西鄱阳）人，南宋杰出词人。幼随父宦，后继居姊家，往来沔、鄂近二十年。孝宗淳熙年间，客湖南，居与白石洞天为邻，因号白石道人，又号石帚。著有《白石道人诗集》《诗说》《白石道人歌曲》等。《全宋词》录存其词八十七首。

⑥“羞醉玉”几句：出自史达祖《东风第一枝·灯夕清坐》（或作“元夕”）:“酒馆歌云，灯街舞绣，笑声喧似箫鼓。太平京国多欢，大酺绮罗几处。东风不动，照花影、一天春聚。耀翠光、金缕相交，苒苒细吹香雾。　羞醉玉、少年丰度。怀艳雪、旧家伴侣。闭门明月关心，倚窗小梅索句。吟情欲断，念娇俊、知人无据。想袖寒、珠络藏香，夜久带愁归去。”

⑦“艳雪”出韦诗：出自韦应物《答徐秀才》:“铅钝谢贞器，时秀猥见称。岂如白玉仙，方与紫霞升。清诗舞艳雪，孤抱莹玄冰。一枝非所贵，怀书思武陵。”

【评析】

本则记史达祖词，论及“春思”“春雪”“元夕”共三词。

《万年欢》一词选取梅、燕、柳、月等物象，在刻画早春景致的同时，也透露些许淡淡愁思。其“燕台句老”“故里风物”“惊心旧事”等正点出了“春思”之所在。该词用笔细腻，辞藻工丽，颇能体现史达祖的词风。张镃序其词云：“史生之作，情词俱到。织绡泉底，去尘眼中。有瑰奇警迈、清新闲婉之长，而无訑荡污淫之失。”（宋周密《绝妙好词笺》卷二）以本词而论，张镃所论数端均能得到具体验证。此词风物情致为杨慎所赏识，因此，此处引录了全词。“春雪”一词，杨慎于上下阕各摘取了其秀句若干。为姜夔所“拈出”云云，盖源自《中兴以来绝妙词选》本词后注文：“结句尤为姜尧章拈出。”可知，此语出自黄昇。众所周知，史达祖词以咏物见长。其《双双燕·咏燕》《绮罗香·咏春雨》等，咏物而不滞于物，形神皆备，穷形尽相，备受姜夔、张炎等人称赏。此《东风第一枝·春雪》篇同样是史达祖咏物词之上品，可惜，杨慎对此却只字未提。对于“元夕”一词，杨慎考索了其“醉玉”与“艳雪”两词的出处，并评价说“语精字炼”，后人难及。史达祖词在炼字炼句方面用功颇深，元陆辅之《词旨》在“属对”“警句”“词眼”里多引其词句，清李调元《雨村词话》中甚至有《史梅溪摘句图》。杨慎注意到了史达祖词的这一特点，这也可证其词学素养之不俗。

六七《杏花天》

史邦卿《杏花天》词云：“软波拖碧蒲芽短。画楼外，花晴柳暖。今年自是清明晚。便觉芳情较懒。　春衫瘦，东风剪剪。逼花坞，香吹醉面。归来立马斜阳岸。隔水歌声一片①。”姜尧章云：“史邦卿之词，奇秀清逸，有李长吉之韵②，盖能融情景于一家，会句意于两得。”姜亦当时词手，而服之如此。

【注释】

①“软波拖碧蒲芽短”几句：此词题为“清明”。

②李长吉：即李贺，见卷二《椒图》注。

【评析】

史达祖《杏花天》一词写清明，体物细腻，摹景生动，节序风物之感格外浓烈。其措辞十分精粹，耐人寻味。如“东风剪剪”，暗用贺知章“二月春风似剪刀”诗意，清怡和畅，韵味无穷。又能融情入景，委婉地展现了人物的心理及意绪。全词工巧细密，清新娴婉，具有较高的艺术价值。因此，杨慎摘引了全词。

宋黄昇《中兴以来绝妙词选》卷七：“史邦卿，名达祖，号梅溪，有词百余首。张功父、姜尧章为序。”姜序仅存片段，即杨慎所引数句，《中兴以来绝妙词选》卷七有引。姜夔所论侧重于梅溪词的境界和格调特点，后人多所赞同和称引。姜夔、史达祖同为南宋重要词人，两家词都对后世产生了深远影响。一般认为，若论格调，则梅溪不及白石之高旷；若论文情，则白石不如梅溪之婉丽。

六八《天仙子》

刘改之赴试别妾《天仙子》云[①]：“别酒醺醺浑易醉。回过头来三十里。马儿不住去如飞，行一憩，牵一憩，断送杀人山共水。　是则是功名终可喜。不道恩情抛得未。梅村雪店酒旗斜，去也是，住也是，烦恼自家烦恼你[②]。”词俗意佳，世多传之。又小说载曹东畝赴试步行[③]，戏作《红窗迥》慰其足云：“春闱期近也，望帝乡迢迢，犹在天际。懊恨这一双脚底，一日厮赶上、五六十里。　争气。扶持我去，转得官归、恁时赏你。穿对朝靴，安排你在轿儿里。更选对宫样鞋儿，夜间伴你。”其词虽相似，而不及改之远甚。曹东畝名豳，字西士。

【注释】

①刘改之：即刘过（1154—1206），字改之，号龙洲道人，吉州太和（今江西泰和）人。多次应举不第，终生未仕。曾上书陈献恢复之策，不报。有《龙洲集》《龙洲词》十五卷传世。《全宋词》辑录其词七十八首。

②“别酒醺醺浑易醉”几句：此词题为“初赴省别妾”。《全宋词》据沈愚本《龙洲词》，文字多有不同：“别酒醺醺容易醉。回过头来三十里。马儿只管去如飞，牵一会。坐一会。断送杀人山共水。　是则青衫终可喜。不道恩情拼得未。雪迷村店酒旗斜。去也是。住也是。烦恼自家烦恼你。”

③曹东畝，即曹豳（1170—1249），字西士，号东畝，一作东猷，瑞安（今属浙江）人。嘉泰二年（1202）进士，授安吉州教授，以宝章阁待制致仕。卒谥文恭。《全宋词》录其词二首。

【评析】

刘过博通经史，好谈古今治乱，其词多言征伐恢复事。论者多认为其词学辛弃疾，乃辛派中坚。如宋黄昇《中兴以来绝妙词选》曰：“改之，稼轩之客，其词多壮语，盖学稼轩者也。”宋张炎《词源》卷下也讲：“辛稼轩、刘改之作豪气词，非雅词也。于文章余暇，戏弄笔墨，为长短句之诗耳。”本书卷四《刘改之词》对于辛、刘词的关系也略有辨析。本则所论乃刘过的一首俗词。该词通过敷陈赴试途中鞍马劳顿之艰辛，形象细腻地刻画出了举子心中的酸楚，同时也表达出了对功名仕途的渴望。全词语言通俗明畅，情感直露无遗。杨慎评为“词俗意佳，世多传之”，在肯定刘过该词成就的同时，也多少体现了杨慎对俗词的重视和对俗词创作的具体要求。关于此词的言、意上的特点，清徐釚《词苑丛谈》卷四有一段论述较为精切："词有不可无一，不可有二者。如刘改之《天仙子·别妾》是也。中云：'马儿不住去如飞，牵一憩，坐一憩。'又：'云则是，住则是，烦恼自家烦恼你。'再若效颦，宁非打油恶道乎？然篇中'雪迷村店酒旗斜'，固非雅流不能作此语。"俗词之作，其要在于事俗意不俗，语淡而情味浓。刘过之作语言平实而意蕴深沉，自然非一般鄙俚浅薄之作可比。

文中又引曹豳俗词一首，与刘过之作比较参看。曹豳慰足诗载于元盛如梓《庶斋老学丛谈》卷中之下："曹东亩赴省，陆行良苦，以词自慰其足云……"《全宋词》据以录入。这同样是一首赴试之作，构思方面有其巧妙之处，语言也比较灵活，有一定的喜剧风味。但立意不高，思致不深，至如"穿对朝靴，安排你在轿儿里。更选个宫样鞋，夜间伴你"云云，则朴陋低俗，近乎戏谑，因此杨慎说"其词虽相似，而不及改之远甚"。

六九　严次山

严仁[①]，字次山，词名《清江欸乃》。其佳处有"粘云江影伤千古，流不去断魂处"之句[②]。又长于庆寿、赠行，洒然脱俗。如寿萧禹平云："云表金茎珠璀璨。当日投怀惊玉燕。文章议论压西昆，风流姓字翔东观[③]。"赠欧太守云："坐啸清香画戟，听丁丁、滴花晴漏。棠阴昼寂。细赓宾客，竹枝杨柳[④]。"送别云："相逢斜柳绊轻舟，渚香不断蘋花老[⑤]。"

又“窗儿上，几条残月，斜玉界罗帏”[⑥]，皆为当时脍炙。

【注释】

①严仁：见卷三《天粘衰草》注。

②“粘云江影伤千古”两句：见严仁《贺新郎·清浪轩送春》。见卷三《天粘衰草》条。

③“云表金茎珠璀璨”几句：此为严仁《归朝欢·寿萧禹平知县》上阕前四句，其余部分为：“紫皇嗟见晚。祥麟五色留金殿。大江西，铜章墨绶，暂尔烦君绾。　　十二金钗扶玉盏。锦瑟纵纵随急管。兽炉烟动彩云高，秋声拍碎红牙板。趣君归翰苑。莱衣焕烂潘舆稳。任方瞳，从今看到，弱水波清浅。”

④“坐啸清香画戟”几句：此为严仁《水龙吟·题连州翼然亭呈欧守》下阕前四句。全词为：“翼然新榜高亭，翰林铁画燕公手。滁阳盛事，何人重继，湟川太守。太守谓谁，文章的派，醉翁贤胄。对千峰削翠，双溪注玉，端不减、琅琊秀。　　坐啸清香画戟，听丁丁、滴花晴漏。棠阴昼寂，细赓宾客，竹枝杨柳。只恐明朝，绨封趣觐，未容借寇。尽江山识赏，盐梅事业，焕青毡旧。”

⑤“相逢斜柳绊轻舟”两句：出自严仁《归朝欢·别意》：“朱户绿窗深窈窕。闪闪华旗红斡小。相逢斜柳绊轻舟，渚香不断蘋花老。西风吹梦草。题诗未了还惊觉。独伤心，凄凉故馆，月过西楼悄。　　楼外斜河低浸斗。夜已如何夜将晓。心期欲寄赤鳞鱼，秋云不动秋江渺。相思千里道。多情直被无情恼。玉台前，请君试看，华发添多少。”

⑥“窗儿上”几句：出自严仁词《多丽·记恨》：“最无端，官楼画角轻吹。一声来、深闺深处，把人好梦惊回。许多愁、尽教奴受，些个事、未必君知。泪滴兰衾，寒生珠幌，翠云撩乱枕频攲。窗儿上、几条残月，斜玉界罗帷。更堪听，霜摧败叶，静扣朱扉。　念别离、千里万里，问何日是归期。关情处、鱼来雁往，断肠是、兔走乌飞。美景良辰，赏心乐事，风流孤负缕金衣。谩赢得、花颜玉骨，瘦损为相思。归须早，刘郎双鬓，莫遣成丝。”

【评析】

本书卷三《天粘衰草》，已对严仁“粘云江影伤千古”句中“粘”字之用有所列举，此处，杨慎重点论析严仁的寿词和赠行词。

寿萧禹平词首引汉武帝作柏梁铜柱、承露仙人掌之典，以赞颂萧知县才华出众，且具仙风道骨；接以武帝神女仙钗事，以言主人出身高贵、身世不凡。“玉燕”一典出自南朝梁任昉《述异记》卷下：“汉武帝元鼎元年，起招灵阁，有一神女，留一玉钗与帝，帝以赐赵婕妤。至昭帝元凤中，宫人见此钗，光莹甚异，共谋欲碎之。明视钗匣，唯见白燕，直升天去。后宫人常作玉钗，因名玉燕钗。”后两句赞萧知县辞采华茂，文章出众。“西昆”，《中兴以来绝妙词选》作“西廱”，亦作“西雝”，古代位于都邑西郊的泽宫，指周天子四门之学的辟雍。“东观”，乃汉代东宫著述及藏书之处，班固曾著作于东观。这几句用典虽密，但能弥合无垠，浑然一体，可谓雅致得体。其余《水龙吟》等三首赠别词，语言清丽，格调优雅，对人物情态、意绪的刻画细腻婉致，确实别有风味。杨慎并以“洒然脱俗”评之，这无疑是准确的。严仁诸作辞雅韵长，深情委婉，确如杨慎所言脍炙人口，读之不忍释卷。

七〇 张功甫

张功甫[①]，名镃，有《玉照堂词》一卷。玉照堂以种梅得名，其词多赏梅之作。其佳处如“光摇动、一川银浪，九霄珂月”[②]，又“宿雨初干，舞梢烟瘦金丝袅。粉围香阵拥诗仙，战退春寒峭”[③]，皆咏梅之作。虽不惊人，而风味殊可喜。

【注释】

①张功甫：即张镃（1153—1221），字功甫，号约斋，祖籍成纪（今甘肃天水），南渡后居临安（今浙江杭州）。南宋大将张俊曾孙。隆兴二年（1164）

为大理司直，后直秘阁，为司农寺丞等。开禧三年（1207）为司农少卿，因参预密谋杀韩侂胄事，为史弥远所忌，一再贬窜，死于贬所。曾从杨万里、陆游学诗，有《南湖集》《玉照堂词》，并佚。有后人辑本《南湖集》十卷，第十卷为词，或单行，名《南湖诗余》。《全宋词》录其词八十六首。

②“光摇动、一川银浪”两句：出自张镃《满江红·小圃玉照堂赏梅，呈洪景卢内翰》：“玉照梅开，三百树、香云同色。光摇动、一川银浪，九霄珂月。幸遇勋华时世好，欢娱况是张灯夕。更不邀、名胜赏东风，真堪惜。　盘诰手，春秋笔。今内相，斯文伯。肯闲纡轩盖，远过泉石。奇事人生能几见，清尊花畔须教侧。到凤池、却欲醉鸥边，应难得。”

③“宿雨初干”几句：出自张镃《烛影摇红·灯夕玉照堂梅花正开》：“宿雨初干，舞梢烟瘦金丝袅。嫩云扶日破新晴，旧碧寻芳草。幽径兰芽尚小。怪今年、春归太早。柳塘花院，万朵红莲，一宵开了。　梅雪翻空，忍教轻趁东风老。粉围香阵拥诗仙，战退春寒峭。现乐歌弹闹晓。宴亲宾、团圞同笑。醉归时候，月过珠楼，参横蓬岛。”

【评析】

张镃为南宋著名大将张俊之后，藉父祖遗荫，家饶资财，生活奢华。他于孝宗淳熙年中，于临安南湖之滨构筑园林，当时文人雅士多有来此游园、唱和者。《四库全书总目》卷一六〇《南湖集》“提要”引周密《武林旧事》评曰：“园池声伎服玩之丽，甲于天下。园中亭榭堂宇，名目数十，且排纂一岁中游适之目，为赏心乐事。是其席祖父富贵之余，湖山歌舞，极意奢华，亦未免过于豪纵。”杨慎举其“玉照堂以种梅得名”事，摘引张镃咏梅佳句，并予以简单评述。所引词句清逸疏朗，雅致隽永，因此杨慎评为“风味殊可喜”。此两首之外，《南湖集》中尚有不少咏梅之作，如《谒金门 · 赏梅即席和洪内翰韵》《卜算子 · 无逸寄示近作梅词，次韵回赠》《祝英台近 · 邀李季章直院赏玉照堂梅》等。因此，杨慎言“其词多赏梅之作”是不差的。

张镃乃南宋一代名士，与杨万里、陆游、姜夔、辛弃疾等人多有往还唱酬。杨万里甚至将他与姜夔并称：“尤萧范陆四诗翁，此后谁当第一功？新拜南湖为上将，更差白石作先锋。”（《进退格寄功甫姜尧章》，《杨万里集》卷四十一）咏梅之外，张镃尚有一些征伐恢复、咏叹国事之作，大气磅礴，慷慨激越，与辛弃疾声气相侔。《词品》卷四《贺新郎》，引录了其《贺新郎 · 陈退翁分教衡湘，将行，酒阑索词，漫成》一词，并评价说“此词首尾声变化，送教官而及阴山狂虏，非善转换不及此。末句‘呼翠袖，为君舞’六字又能换回结煞，非千钧笔力未易到此。”可知，杨慎对张镃此类题材的作品评价也是比较高的。

七一 李知几

李石[①]，字知几，号方舟，蜀之井研人。文章盛传，有《续博物志》。词亦风致。《草堂》选“烟柳疏疏人悄悄”[②]，其夏夜词也。赠官妓词，有“暖玉倚香愁黛翠。劝人须要人先醉。问道明朝行也未。犹自记。灯前背立偷垂泪”[③]。好事者或改“偷”为“佯”。

【注释】

①李石（1108—？）：字知几，号方舟，资州资阳（今属四川）人。绍兴二十一年（1151）进士，二十九年（1159），任太学博士。因事黜为成都学官，后知黎州、合州、眉州，除成都路转运判官。著有《方舟集》，《全宋词》辑录其词三十九首。

②烟柳疏疏人悄悄：此为李石《临江仙·佳人》词首句，见《全宋词》。

③“暖玉倚香愁黛翠”几句：此为李石《渔家傲·赠鼎湖官妓》词下阕。《中兴以来绝妙词选》“暖玉”作“瘦玉”。

【评析】

本则记南宋李石及其词。所选两词均为艳词，虽内容不出闺愁离情，但亦清丽婉致，疏朗俊逸，杨慎以“风致”评之。《临江仙·佳人》曰：“烟柳疏疏人悄悄，画楼风外吹笙。倚阑闻唤小红声。熏香临欲睡，玉漏已三更。　坐待不来来又去，一方明月中庭。粉墙东畔小桥横。起来花影下，扇子扑飞萤。”该词在意境营设及人物内心的刻画方面颇费苦心，其映衬、暗示等手法的娴熟使用亦可圈可点。首句连用两组叠字，清秀婉丽，韵律悠长，堪称佳句。此词《草堂诗余》有选。《渔家傲·赠鼎湖官妓》为赠官妓之作，亦为小令，杨慎所录乃下阕，其上阕曰：“西去征鸿东去水。几重别恨千山里。梦绕绿窗书半纸。何处是。桃花溪畔人千里。”以征鸿喻游人，以山水拟前路艰险，绾合自然，虚实相生，应该说，无论是情感意绪还是手法技巧都有甚于下阕。

七二 洪叔玙

洪叔玙[1]，名瑹，自号空同词客。其《瑞鹤仙》云："听梅花吹动，凉夜何其，明星有烂。相看泪如霰。问而今去也，何时会面。匆匆聚散，恐便作秋鸿社燕。最伤心，夜来枕上，断云零雨何限。　因念，人生万事，回首悲凉，都成梦幻。芳心缱绻。空惆怅，巫阳馆。况船头一转，三千余里，隐隐高城不见。恨无情，春水连天，片帆似箭[2]。"咏新月《南柯子》云："柳浪摇晴沼，荷风度晚檐。碧天如水印新蟾。一罅清光，斜露玉纤纤。　宝镜微开匣，金钩未押帘。西楼今夜有人欢。应傍妆台，低照画眉尖[3]。"水宿《菩萨蛮》云："断虹远饮横江水。万山紫翠斜阳里。系马短亭西。丹枫明酒旗。　浮生长客路。事逐孤鸿去。又是月黄昏。寒灯人闭门[4]。"其余如"笑捐琼佩遗交甫。肯把文梭掷幼舆。花上蝶，水中凫。芳心密意两相於[5]。"用事用韵皆妙。又"合数松儿，分香帕子，总是牵情处"[6]，用唐诗"楼头击鼓转花枝，席上藏阄握松子"事也[7]。全篇如《月华清》《水龙吟》《蓦山溪》《齐天乐》，皆不减周美成[8]。不尽录也。

【注释】

①洪叔玙：生卒年不详。即洪瑹，字叔玙，自号空同词客，南宋词人。有

《空同词》一卷，今存词十六首。

②“听梅花吹动”几句：此词题为“离筵代意”。《中兴以来绝妙词选》“伤心”作“伤情”。

③“柳浪摇晴沼”几句：此词题为“新月”。

④“断虹远饮横江水”几句：此词题为“宿水口”。

⑤“笑捐琼佩遗交甫”几句：出自洪瑹《鹧鸪天·情景》：“意态婵娟画不如。莹然初日照芙蕖。笑捐琼佩遗交甫，肯把文梭掷幼舆。　花上蝶，水中凫。芳心密意两相於。情知不作庭前柳，到得秋来日日疏。”

⑥“合数松儿”几句：出自洪瑹《永遇乐·送春》下阕，全词为：“歌雪徘徊，梦云溶曳，欲劝春住。薄幸杨花，无端杜宇，抵死催教去。参差烟岫，千回百匝，不解禁春归路。病厌厌，那堪更听，小楼一夜风雨。　金钗斗草，玉盘行菜，往事了无凭据。合数松儿，分香帕子，总是牵

情处。小桃朱户，题诗在否，尚忆去年崔护。绿阴中，莺莺燕燕，也应解语。”

⑦“楼头击鼓转花枝”两句：宋孙宗鉴《东皋杂录》载唐无名氏诗句：“城头椎鼓传花枝，席上抟拳握松子。”《全唐诗》卷七百九十六据以录入。

⑧周美成：即周邦彦，见卷一《欧苏词用选语》注。

【评析】

洪瑹词存世不多，仅十六首。此处，杨慎完整引录三首，部分摘引两首，又列举《月华清》等四首，总数达到九首之多。杨慎对洪瑹及其词的重视程度由此可见一斑。在南宋词坛上，洪瑹算不上大家，后世论其词者亦寥寥可数。杨慎的重视和评述，应该说对于后人全面了解宋词面貌有一定的积极意义。

洪瑹的存世词作中，《瑞鹤仙》《南柯子》《菩萨蛮》三首句意相称，婉转有度，确属上乘之作。杨慎悉数引录，但未做只字评述。《鹧鸪天·情景》和《永遇乐·送春》两词，杨慎重在考察其用典用韵情况。交甫琼佩事，见晋郭璞《江赋》：“感交甫之丧佩。”《文选》注引《韩诗内传》：“郑交甫遵彼汉皋台下，遇二女，与言曰：‘愿请子之佩。’二女与交甫。交甫受而怀之，超然而去，十步，循探之，即亡矣。回顾二女，亦即亡矣。”幼舆文梭事，见南朝宋刘义庆《世说新语·赏誉》：“谢公道豫章：‘若遇七贤，必自把臂入林。’”刘孝标注引《江左名士传》曰：“鲲（谢鲲，字幼舆）通简有识，不修威仪。好迹逸而心整，形浊而言清。居身若秽，动不累高。邻家有女，尝往挑之。女方织，以梭投折其两齿。既归，傲然长啸曰：‘犹不废我啸歌。’其不事形骸如此。”椎鼓传花事，已见注文。洪瑹词用上述诸典以述男女席间情事，客观上也使抒情叙事更趋含蓄。杨慎对此持赞同态度，故评曰“用事用韵皆妙”。

文末，杨慎有“不减周美成”之议，认为洪瑹词堪比周邦彦词，此未免褒扬过甚，有溢美之嫌。此说为明毛晋所袭，毛氏《宋六十名家词·空同词跋》云：“叔玙自号空同词客，先辈称其不减美成，如‘燕子又归来，但惹得满身花雨’，又‘花上蝶，水中凫，芳心密意两相於’等语，尤艳惊一时。惜不多见。”

七三 冯伟寿

冯伟寿[①]，字艾子，号云月，词多自制腔。《草堂》词选其“春风恶劣。把数枝香锦，和莺吹折”一首[②]。又《春风袅娜》，其自度曲也。“被梁间双燕，话尽春愁。朝粉谢，午花柔。倚红阑故与，蝶围蜂绕，柳绵无数，飞上搔头。凤管声圆，蚕房香暖，笑挽罗衫须少留。隔院兰馨趁风远，邻墙桃影伴烟收。　些子风情未减，眉头眼尾，万千事、欲说还休。蔷薇刺，牡丹球。殷勤记省，前度绸缪。梦里飞红，觉来无觅，望中新绿，别后空稠。相思难偶，叹无情明月，今年已见，三度如钩[③]。”殊有前宋秦、晁风艳[④]，比之晚宋酸馅味、教督气不侔矣。余句如“笑呼银汉入金黥”[⑤]，临邛高耻庵列为《丽句图》云。

【注释】

①冯伟寿：生卒年不详。字艾子，号云月双溪子，延平（今福建南平）

人，南宋后期词人。宋黄昇《中兴以来绝妙词选》卷十录其词六首，《全宋词》据以录入。

②“春风恶劣”几句：出自冯伟寿《春云怨·上巳》：“春风恶劣。把数枝香锦，和莺吹折。雨重柳腰娇困，燕子欲扶扶不得。软日烘烟，乾风吹雾，芍药荼蘼弄颜色。帘幕轻阴，图书清润，日永篆香绝。 盈盈笑靥宫黄额。试红鸾小扇，丁香双结。团凤眉心倩郎贴。教洗金罍，共看西堂，醉花新月。曲水成空，丽人何处，往事暮云万叶。”

③“被梁间双燕”几句：此词题为“春恨”，“已见”，《中兴以来绝妙词选》作“已是”。

④秦、晁：指北宋词人秦观、晁补之。

⑤笑呼银汉入金黥：出自冯伟寿《木兰花慢·和答玉林韵》：“酒醒人世换，碧桃靓、海山春。任青鸟沉沉，紫鳞杳杳，有玉林人。宫袍掉头未爱，爱荷衣、不染市朝尘。仙样蓬莱翰墨，云间鸾凤精神。 笑呼银汉入金鲸。琼苑自由身。羡咳唾成章，香熏花雾，音和韶钧。六丁夜来捧去，便天人、也自叹尖新。那得金笺飞洒，浩歌飞步苍旻。”《中兴以来绝妙词选》“金黥”作“金鲸”。

【评析】

据宋黄昇《中兴以来绝妙词选》卷十，冯伟寿“精于律吕，词多自制腔。”这一点，杨慎也有所提及。另外，杨慎又特别指出《春风袅娜》乃“其自度曲也”。现存冯伟寿词多为长调，《春风袅娜》尤具代表性。杨慎引录了全词，并评价说有北宋秦观、晁补之词之“风艳”。从内容来看，该词亦属流连光景之作，百转千回，柔情缱绻，绵密细软。若以情致、本色而论，确与秦、晁之词同属一脉。杨慎以“风艳”论之，应当说也是比较贴切的。

杨慎论词，强调风华情致，“约情合中”，因此对秦观、晁补之词情有独钟。此处对冯伟寿《春风袅娜》一词的评述及“风艳”之说的提出，同样体现了这种论词倾向。杨慎一向反对理学家的尊理抑情，对理学空谈义理、压制情性的做法也深感不满。此处又借评冯伟寿词，抨击晚宋道学文章有“酸馅味、教督气”。对于晚宋理学之虚伪，杨慎有过专门议论：“诗礼发冢，谈性理而钓名利者以之。其流莫盛于宋之晚世，今犹未殄。使一世之人吞声而暗服之，然非心服也。”（《升庵集》卷四十六《庄子愤世》）词主性情，其风华艳丽虽为理学家所不屑，但在杨慎看来，确是真实情绪的自然流露，这与谈理者的沽名钓誉截然有别。应当看到，杨慎的尊情、主情说，实际上也是对词体抒情传统的一种推崇和肯定，这显然是有积极意义的。

七四　王实之

王迈[①]，字实之，号臞庵，莆阳人，丁丑第四人及第。刘后村赠之词云[②]：“天壤王郎，数人物、方今第一。谈笑里，风霆惊坐，云烟生笔。落落元龙湖海气，琅琅董相天人策[③]。”其重之如此。余又见《翰苑新书》[④]，刘后村与王实之四六启云：“声名早著，不数黄香之无双。科目小低，犹压杜牧之第五。元化孕此五百年之间气，同辈立于九万里之下风。”又云：“朱云折槛，诸公惭请剑之言。阳子哭庭，千载壮裂麻之语。一叶身轻，何去之勇。六丁力尽，而挽不回。有谪仙人骏马名姬之风，无杜少陵冷炙残杯之态。”“丽人歌陶秀实邮亭之曲，好事绘韩熙载夜宴之图”。“拥通德而著书，命便了以沽酒”云云⑤。观此，实之盖进则忠鲠，退则豪侠，元龙、太白一流人也。可以补史氏之遗。

【注释】

①王迈（1184—1248）：字实之，号臞轩，兴化军仙游（今属福建）人。嘉定十年（1217）进士，有《臞轩集》《臞轩词》。《全宋词》录其词十九首。

②刘后村：即刘克庄（1187—1269），初名灼，字潜夫，号后村，兴化军莆田（今属福建）人。嘉定二年（1209）以荫补将仕郎，淳祐六年（1246），赐同进士出身，除秘书少监兼国史院编修官兼实录院检讨官等，景定元年（1260），历除秘书监，起居郎兼权中书舍人，权工部尚书兼侍读等。有《后村先生大全集》二百卷，内长短句五卷。

③“天壤王郎”几句：出自宋刘克庄《满江红·送王实之》前几句，余下词句为：“问如何、十载尚青衫，诸侯客。　易爱底，些官职；难保底，些名节。拟闭门投辖，剧谈三日。畴昔评君天下宝，当为天下苍生惜。向临分、慷慨出商声，摧金石。”元龙，即陈元龙，名登，东汉末徐州下邳（今属江苏）人。归曹操，为广陵太守。董相，汉董仲舒先为江都相，后又为胶西王相，故称“董相”。

④《翰苑新书》：宋无名氏撰，一百五十六卷。该书汇辑古代职官、考试史料及书启表奏之文，是一部政事文章型类书。

⑤“声名早著”几句：见刘克庄文《宴吉倅王实之》，载于《后村集》卷一百二十七，《翰苑新书》别集卷八有录。

【评析】

本则引刘克庄《满江红·送王实之》词及《宴吉倅王实之》文，对王迈的才性、气质、政治品节等进行了评述。

在南宋政坛上，王迈以不畏权贵、直言敢谏著称。理宗曾称其为“狂生”，因以“敕赐狂生”自嘲，事迹详于《宋史·王迈传》。其诗如《简同年刁时中俊卿诗》《读渡江诸将传》等，敢于揭露时政，抨击和嘲讽恶官，成就较高，影响较大。钱锺书《宋诗选注》评曰：“他在作品里依然保存那股辣性和火劲，处处替人民讲话，不怕得罪上司和同僚。”与诗相比，其词多应酬之作，成就平平。此处，杨慎对其词作亦未作评述。

所引刘克庄《满江红》中词句，以三国陈登、东汉董仲舒比况王迈。陈登曾为伏波将军，气概豪迈，享名当时；而董仲舒以贤良对策见重，为汉室栋梁。用此二人比附王迈，意在盛赞其磊落豪逸、胸怀壮志。

所引刘克庄文，亦大量列举古之名臣贤士，以喻写王迈之德才清美、风流俊敏。东汉黄香厚德至孝，博学能文，有“天下无双”之誉；唐代杜牧亦风流倜傥，俊爽情深。不过，王迈凌越前贤，更胜一筹。朱云乃汉成帝时大臣，直谏时言语激烈，攀折栏槛不肯退出；阳城为唐德宗谏议大夫，在朝堂上慷慨陈词：“白麻（诏书）若出，吾必裂之而死。”（唐李肇《唐国史补》卷上）两人均冒死谏君，忠心可鉴；以比王迈，用意昭然。接下来，刘克庄文又以李白等比况王迈，赞扬其出处泰然，飘逸洒脱。陶谷（字秀实）乃宋代翰林学士，工诗能文，博通经史；韩熙载，为南唐书画大家，才气勃发，隽秀俊敏。以类相推，王迈之风流率性、诗书名世则跃然纸上。

杨慎赞同刘氏之论，并概括王迈其人是“进则忠鲠，退则豪侠”，有陈登、李白之风。杨慎还认为，刘氏之论可补史之阙。这实际上也正反映了杨慎对词人品节的高度重视。

七五 马庄父

马庄父[①]，字子严，号古洲，建安人。有经学，多论著，填词其余事也。《草堂》词选其春游《归朝欢》一首[②]。余如《月华清》云：“怅望月中仙桂。问窃药佳人，与谁同岁[③]。”《贺圣朝》云：“游人拾翠不知远，被子规呼转[④]。”《阮郎归》结句云：“三三两两叫船儿，人归春也归[⑤]。”元夕词云：“玉梅对妆雪柳，闹蛾儿象生娇颤[⑥]。”可考见杭都节物。

【注释】

①马庄父：即马子严，生卒年不详。字庄父，号古洲居士，建安人（今福建建瓯）人。孝宗淳熙二年（1175）进士，尝为岳阳守，撰《岳阳志》二卷，不传。《全宋词》录其词二十九首。

②《归朝欢》：指马子严《归朝欢·春游》："听得提壶沽美酒。人道杏花深处有。杏花狼藉鸟啼风，十分春色今无九。麝煤销永昼。青烟飞上庭前柳。画堂深，不寒不暖，正是好时候。　团团宝月凭纤手。暂借歌喉招舞袖。真珠滴破小槽红，香肌缩尽纤罗瘦。投分须白首。黄金散与亲和旧。且衔杯，壮心未落，风月长相守。"

③"怅望月中仙桂"几句：出自马子严《月华清·忆别》："瑟瑟秋声，萧萧天籁，满庭摇落空翠。数遍丹枫，不见叶间题字。人何处、千里婵娟，愁不断、一江流水。遥睇。见征鸿几点，碧天无际。　怅望月中仙桂。问窃药佳人，谁与同岁。把镜当空，照尽别离情意。心里恨、莫结丁香，琴上曲、休弹秋思。怕里。又悲来老却，兰台公子。"《中兴以来绝妙词选》"与谁"作"谁与"。

④"游人拾翠不知远"两句：此为马子严《贺圣朝·春游》首两句，其余为："红楼倒

影背斜阳，坠儿声弦管。　茶蘼香透，海棠红浅。恰平分春半。花前一笑不须悭，待花飞休怨。”

⑤“三三两两叫船儿”两句：出自马子严《阮郎归·西湖春暮》末两句，其余为：“清明寒食不多时。香红渐渐稀。番腾妆束闹苏堤。留春春怎知。　花褪雨，絮沾泥。凌波寸不移。”

⑥“玉梅对妆雪柳”两句：此马子严《孤鸾·早春》下阕中句。

【评析】

马子严存词不多，只有二十九首，多花草闺情之作，骀荡清快，别有旨趣。本则中，杨慎引录了四首词中的若干丽句。其中，《贺圣朝》《阮郎归》《孤鸾·早春》三首，均为咏春之作，所引数句倩丽清婉，出语不俗。《月华清》一首，题为“忆别”，注重环境描摹与人物情态的刻画，用语雅致，婉转有度，不失为优秀之作。所引“怅望月中仙桂”三句，故设疑问，手法灵巧，且境清语隽，卓然不凡。

马子严词多写杭州及西湖风物，读他的词确有助于了解当地的民俗风情。以《孤鸾·早春》为例：“沙堤香软。正宿雨初收，落梅飘满。可奈东风，暗逐马蹄轻卷。湖波又还涨绿，粉墙阴、日融烟暖。蓦地刺桐枝上，有一声春唤。　任酒帘、飞动画楼晚。便指数烧灯，时节非远。陌上叫声，好是卖花行院。玉梅对妆雪柳，闹蛾儿、象生娇颤。归去争先戴取，倚宝钗双燕。”上阕可见西湖水涨、堤上梅落、游人如织，可知杭州的踏青、游春风俗。下阕写酒帘画楼、仕女观灯等城内景致风情。“玉梅”指白绢制成的梅花，“雪柳”指用绢花装簇的花枝，这都是宋代妇女的头饰。“闹蛾儿”乃闹蛾形状的饰品，

“象生”是仿花果、人物形状制作的工艺品，“双燕宝钗”即双燕状的钗簪，这些饰品在宋代都很流行，元宵灯节妇女用这些物品装饰自己。宋周密《武林旧事》载：“元夕节物，妇人皆戴珠翠、闹蛾、玉梅、雪柳、菩提叶、灯球。”可见，马子严之词确实有“考见杭州节物”之效。

七六　黄玉林

黄玉林[①]，名昇，字叔旸，有散花庵，人止称花庵云。尝选唐宋词名曰《绝妙词选》，与《草堂诗余》相出入。今《草堂》词刻本多误字及失名字者，赖此可证。此本世亦罕传，予得录于王吏部相山子名嘉宾。玉林之词，附录卷尾凡四十首。《草堂》词选其二，“南山未解松梢雪”及“枕铁棱棱近五更”是也[②]。然非其佳者。其《月照梨花》一首云：“画景方永。重帘花影。好梦犹酣，莺声唤醒。门外风絮交飞。送春归。　修蛾画了无人问。几多别恨，泪洗残妆粉。不知郎马何处嘶。烟草萋迷鹧鸪啼[③]。”此首有《花间》遗意。又《贺新郎》梅词云：“自扫梅花下。问梢头、冷蕊疏疏，几时开也。间者阔焉今久矣，多少幽怀欲写。有谁是，孤山流亚。香月一联真绝唱，与诗人千载为嘉话。余兴味，付来者。　清癯不恋雕阑榭。待与君，白发相欢，竹篱茅舍。幸甚今年无酒禁，溜溜小漕压蔗。已准拟，霜天雪夜。自醉自吟人自笑，任解冠落佩从嘲骂。书此意，寄同社[④]。”此词用文句，入音律而不酸，宋词之体也。其余若九日词“兰佩秋风冷，茱囊晚露新”[⑤]，秋怀词“月印金枢晓未收”[⑥]，夜凉词“冰雪襟怀，琉璃世界，夜气清如许”[⑦]，暮春词“戏临小草书团扇，自拣残花插净瓶”[⑧]，又“夜来能有几多寒，已瘦了、梨花一半”[⑨]，赠丁南邻云“待踞龟食蛤，相期汗漫，与烟霞会”[⑩]，用卢敖事也，见《淮南子》[⑪]。

【注释】

①黄玉林：见卷二《闲适之词》注。

②南山未解松梢雪：出自黄昇《重叠金·冬》：“南山未解松梢雪。西山已挂梅梢月。说似玉林人。人间无此清。　此身元是客。小住娱今夕。拍手凭阑干。霜风吹鬓寒。”枕铁棱棱近五更：出自黄昇《南乡子·冬夜》：“万籁寂无声。衾铁棱棱近五更。香断灯昏吟未稳，凄清。只有霜华伴月明。　应是夜寒凝。恼得梅花睡不成。我念梅花花念我，关情。起看清冰满玉瓶。”“枕铁”，《中兴以来绝妙词选》作“衾铁”。

③“画景方永”几句：此词题作“闺怨”。

④“自扫梅花下”几句：此词题作“梅”。《中兴以来绝妙词选》“雕阑”作“华亭”，“相欢”作“相亲”，“幸甚”作“喜甚”，“霜天雪夜”作“雪天霜夜”，“人自笑”作“仍自笑”。

⑤“兰佩秋风冷”两句：出自黄昇《南柯子·丙申重九》前两句，其余为：

“多情多感怯芳辰。强折黄花来照、碧粼粼。　落帽参军醉，空樽靖节贫。世间那复有斯人。目送归鸿西去、一伤神。”

⑥月印金枢晓未收：出自黄昇《长相思·秋怀》：“天悠悠。水悠悠。月印金枢晓未收。笛声人倚楼。　芦花秋。蓼花秋。催得吴霜点鬓稠。香笺莫寄愁。”

⑦“冰雪襟怀”几句：出自黄昇《酹江月·夜凉》：“西风解事，为人间、洗尽三庚烦暑。一枕新凉宜客梦，飞入藕花深处。冰雪襟怀，琉璃世界，夜气清如许。划然长啸，起来秋满庭户。　应笑楚客才高，兰成愁悴，遗恨传千古。作赋吟诗空自好，不直一杯秋露。淡月阑干，微云河汉，耿耿天催曙。此情谁会，梧桐叶上疏雨。”

⑧“戏临小草书团扇”两句：出自黄昇《鹧鸪天》：“沈水香销梦半醒。斜阳恰照竹间亭。戏临小草书团扇，自拣残花插净瓶。　莺宛转，燕丁宁。晴波不动晚山青。玉人只怨春归去，不道槐云绿满庭。”

⑨“夜来能有几多寒”两句：出自黄昇词《鹊桥仙》：“青林雨歇，珠帘风细，人在绿阴庭院。夜来能有几多寒，已瘦了、梨花一半。　宝钗无据，玉琴难托，合造一襟幽怨。云窗雾阁事茫茫，试与问、杏梁双燕。”

⑩“待踞龟食蛤”几句：出自黄昇《水龙吟·赠丁南邻》：“少年有志封侯，弯弓欲挂扶桑外。一朝敛缩，萧然清兴，了无拘碍。袖里阴符，枕中鸿宝，功名蝉蜕。看舌端霹雳，剧谈玄妙，人间世、疑无对。　阆苑醉乡佳处，想当年、绿阴犹在。群仙寄语，不须点勘，鬼神功罪。碧海千寻，赤城万丈，风高浪快。待踞龟食蛤，相期汗漫，与烟霞会。”

⑪“用卢敖事也”两句：《淮南子·道应训》：“卢敖游乎北海……见一士焉，

深目而玄鬓，泪注而鸢肩，丰上而杀下，轩轩然方迎风而舞。顾见卢敖，慢然下其臂，遁逃乎碑。卢敖就而视之，方倦龟壳而食蛤梨…… 若士者齤然而笑曰：'…… 吾与汗漫期于九垓之外，吾不可以久驻。' 若士举臂而竦身，遂入云中。"

【评析】

本则评黄昇《绝妙词选》及黄昇的词创作。

《绝妙词选》与《草堂诗余》均为南宋人所编，但编选体例及内容取向各有不同，因此杨慎讲两书"相出入"。如《中兴以来绝妙词选》特重豪放一派，收苏轼词三十一首，辛弃疾词四十二首，刘克庄词亦四十二首，博观约取，选录极精，向为后代词家所重。《草堂诗余》收词则以北宋和南宋初之作为主，又按季节等分为若干类，虽"取便时俗"，但名章隽句亦往往借此流传。明代《草堂诗余》异本颇多，内容亦良莠不齐。杨慎讲"今《草堂诗余》词刻本多误字及失名字者，赖此可证"，当为事实。这也正从一个侧面反映了《绝妙词选》的文献价值。

关于黄昇词作，杨慎讲，附于《绝妙词选》卷尾者共四十首。不过，现传各本《绝妙词选》均为三十八首。《草堂诗余》选录两首，杨慎以为不够典型，不能算是黄昇词中的佳作。杨慎另举出《月照梨花》等八首，或录其全篇，或摘选秀句，间有简短评述，又往往切中肯綮，一语中的。如《月照梨花》一篇，写闺阁相思，注重通过居室环境的描摹和动作行为的敷写以暗示人物心理，其内容意趣和表现手法与《花间》无异，故杨慎评为"有《花间》遗意"。《贺新郎》梅词重层层铺叙，又暗用梅典，起承转接处多用散文句法，有明显的以文为词的特点。故杨慎评曰"用文句，入音律而不酸，宋词之体也"。

卷五

七七 宋徽宗词

宋徽宗北随金虏[①]，后见杏花，作《燕山亭》一词云："裁剪冰绡，轻叠数重，冷淡胭脂凝注。新样靓妆，艳溢香融，羞杀蕊珠宫女。易得凋零，更多少无情风雨。愁苦。闲院落凄凉，几番春暮。　凭寄离恨重重，这双燕何曾，会人言语。天遥地远，万水千山，知他故宫何处。怎不思量，除梦里有时曾去。无据。和梦也，有时不做[②]。"词极凄惋，亦可怜矣。又在北遇清明日诗曰："茸母初生认禁烟草名。无家对景倍凄然。帝城春色谁为主，遥指乡关涕泪连。"又戏作小词云："孟婆，孟婆，你做些方便。吹个船儿倒转[③]。"孟婆，宋京勾栏语，谓风也。（茸母孟婆，正是的对。）

【注释】

①宋徽宗：即赵佶（1082—1135），元符三年（1100）立为帝，在位二十五年。靖康二年（1127）初，金攻陷汴京（今河南开封），二月被金废为庶人，四月与钦宗、赵氏宗室被掳往金国，贬为昏德公，绍兴五年（1135）死于五国

城（今黑龙江依兰）。《全宋词》存其词十二首，断句二则。

②“裁剪冰绡”几句：该词较早见于宋赵闻礼《阳春白雪》卷二，调为《燕山亭》，题作“杏花”，署仲殊作，文字略同。

③“孟婆”几句：宋赵彦卫《云麓漫钞》卷四辑有徽宗残句：“孟婆且与我、做些方便。”《全宋词》据以录入，调为《月上海棠》。孟婆，宋代俗语称风神为孟婆。

【评析】

宋徽宗赵佶虽是一位亡国之君，但他天资聪慧，深通文艺，凡吹弹、书画、诗词无不精擅，尤以词名。此所引《燕山亭》一词，乃赵佶被俘北行见杏花之作。上阕前六句从形、色、味几个方面实写杏花。从“易得凋零”开始，语意双关，托物言情，委婉曲折地抒写了黍离之悲与亡国之痛。其“知他故宫何处”“除梦里有时曾去”等句，与李煜“无限江山，别时容易见时难”“梦里不知身是客，一晌贪欢”在情致、格调上并无二致，所谓“亡国之音

哀以思”也。故杨慎评为“词极凄惋，亦可怜矣。”清徐釚《词苑丛谈》卷六亦云：“哀情哽咽，仿佛南唐李主，令人不忍多听。”据宋无名氏《朝野遗记》：“徽庙在韩州，会虏传至书。一小使始至，见上登屋，自正茇舍急下，顾笑曰：‘尧舜茅茨不翦。’方取槭视。又有感怀小词，末云：‘天遥地阔，万水千山，知他故宫何处。怎不思量，除梦里、有时曾去。无据。和梦也，有时不做。’真似李主‘别时容易见时难’声调也。后显仁归銮，云此为绝笔。”既为“绝笔”，有专家推断，词当作于绍兴五年（1135）。

所引徽宗清明诗及残句一则，也均为思念故国之作，情感凄怆，忧咽悲切。“孟婆”句以俗语入词，语虽平易，但情感真挚，蕴含了深沉的故国之思。

七八　孟婆

俗谓风曰孟婆，蒋捷词云：“春雨如丝，绣出花枝红袅。怎禁他孟婆合早[①]。”宋徽宗词云：“孟婆好做些方便。吹个船儿倒转[②]。”江南七月间有大风，甚于舶趠[③]，野人相传以为孟婆发怒。按北齐李騊駼聘陈，问陆士秀，江南有孟婆，是何神也。士秀曰：“《山海经》，帝之二女，游于江中，出入必以风雨自随，以帝女，故曰孟婆。犹《郊祀志》以地神为泰媪。”此言虽鄙俚，亦有自来矣。

【注释】

①“春雨如丝”几句：出自宋蒋捷《解佩令·春》：“春晴也好。春阴也好。著些儿、春雨越好。春雨如丝，绣出花枝红袅。怎禁他、孟婆合皁。 梅花风小。杏花风小。海棠风、蓦地寒峭。岁岁春光，被二十四风吹老。楝花风、尔且慢到。”合早，或作“合皁”，意为“胡闹”。

②“孟婆好做些方便”两句：见卷五《宋徽宗词》注。

③舶趠（zhuó）：即舶趠风，南方梅雨季节后的东南季风。宋苏轼《舶趠风》诗：“三旬已过梅黄雨，万里初来舶趠风。”宋叶梦得《避暑录话》卷上：“常岁五六月之间梅雨时，必有大风连昼夕，逾旬乃止。吴人谓之舶趠风。以为风自海外来，祷于海神而得之。”

【评析】

本则释“孟婆”一词。

“孟婆”，乃传说中的风神，后世诗词作品中用以代指风，所引蒋捷及宋徽宗词就是典型例证。现存宋词中，也只有这两首词作中用到了“孟婆”一词。杨慎悉数予以列举，其博闻强识、遐览渊博可见一斑。杨慎又引北齐陆士秀及《山海经》中故实，对“孟婆”一词的渊源予以考论。从所引《山海经》一段文字中可以看出，“孟婆”原为风神、后称“孟婆”是一种通俗的说法。

不过，在宋代典籍中，“孟婆”还有一个含义，是指船神。宋赵彦卫《云麓漫钞》卷四：“徽庙既内禅，寻幸淮浙。尝作小词，名《月上海棠》，末句云：‘孟婆且与我做些方便。’隆祐保祐之功，盖谶于此。谚语谓风为孟婆，非也。段公路《北户录》云：‘南方祝舡神，名曰孟姥、孟公。’梁简文《舡神记》云：

‘又呼为孟公、孟姥。’刘思贞云：‘元冥为水官，死为水神。’冥、孟声相似，即元冥也。”宋袁文《瓮牖闲评》卷五亦云：“今小词中谓：‘孟婆且告你，与我佐些方便，风色转吹个船儿倒转。‘孟婆’二字，不为无所本也。《北户录》载段公路云：‘南方除夜将发船，皆杀鸡，择骨为卜占吉凶，以肉祀船神，呼为孟翁、孟姥。’”可见，释“孟婆”为“船神”的依据也是比较充分的。

从蒋捷及宋徽宗词来考察，“孟婆”应指风。因此，杨慎此处的解释是没有错的。

七九 陈敬叟

陈敬叟[①]，名以庄，号月溪。有《水龙吟》一首，自注：记钱塘之恨。盖谢太后随北虏去事也[②]。其词曰：“晚来江阔潮平，越船吴榜催人去。稽山滴翠，胥涛溅恨，一襟离绪。访柳章台，问桃仙囿，物华如故。向秋娘渡口，泰娘桥畔，依稀是、相逢处。 窈窕青门紫曲，旧罗衣、新番金缕。仙音恍记，轻拢慢捻，哀弦危柱。金屋难成，阿娇已远，不堪春暮。听一声杜宇，红殷丝老，雨花风絮[③]。”是时谢太后年七十余，故有“金屋阿娇，不堪春暮”之句。又以秋娘、泰娘比之[④]，盖惜其不能死也。有愧于苻登之毛氏、窦建德之曹氏多矣[⑤]。同时孟鲠有《折花怨》云[⑥]：“匆匆杯酒又天涯。晴日墙东叫卖花。可惜同生不同死，却随春色去谁家。”鲍輗亦有诗云[⑦]：“生死双飞亦可怜。若为白发上征船。未应分手江南去，更有春光七十年。”噫，妇人不足责，误国至此者，秦桧、贾似道，可胜诛哉。

【注释】

①陈敬叟：见卷二《坊曲》注。

②谢太后（1210—1283，一作1206—1279）：名道清，天台（今属浙江）人。南宋理宗皇后，度宗时尊为皇太后，咸淳十年（1274）恭帝即位后又尊为太皇太后，主持国政。德祐二年（1276）元军逼近临安（今浙江杭州），谢后向元军奉表称臣，被封为寿春郡夫人。

③“晚来江阔潮平”几句：见陈以庄《水龙吟·记钱塘之恨》。《中兴以来绝妙词选》卷十“旧罗衣、新番金缕”作“茜罗新、衣翻金缕”，“仙音”作“旧音”，“丝老”作“绿老”。

④秋娘：唐杜牧《杜秋娘诗序》：“杜秋，金陵女也。年十五为李锜妾。后锜叛灭，籍之入宫，有宠于景陵。穆宗即位，命秋为皇子傅姆，皇子壮，封漳王。郑注用事，诬丞相欲去己者，指王为根。王被罪废削，秋因赐归故乡。”泰娘：原为唐民间歌女，其伎艺闻名京城。后归韦执谊。执谊死，复归蕲州刺史张愻，后流落民间。刘禹锡为赋《泰娘歌》。

⑤有愧于苻登之毛氏、窦建德之曹氏多矣：毛氏乃前秦高帝苻登皇后，后为姚苌所掳，不屈而死，事见北魏崔鸿《十六国春秋·登后毛氏》；曹氏乃窦建德妻，《旧唐书·窦建德传》载：“其（窦建德）妻曹氏不衣纨绮，所使婢妾

才十数人。……（齐）善行乃与建德右仆射裴矩、行台曹旦及建德妻率伪官属举山东之地，奉传国等八玺来降。”

⑥孟鲠：生卒年不详。金元间人。据元人杜本《谷音》卷上，孟鲠，字介甫，曲阜（今属山东）人，“鲠沈毅雄略，中统癸亥，山东兵欲起，劫鲠计事，甲者三至，鲠不肯，遂被害。”所引诗见《谷音》上，题为《折花怨》，“同生不同死”作“全生不全死”。

⑦鲍輗：宋元间人，遗民诗人。据元人《谷音》卷下，鲍輗，字以行，括苍（今浙江丽水）人，“輗嗜酒，授简万言教授，得钱，悉送酒家。遇客尽饮，乃去。晚益傲诞，衲衣鬟结，游青城不返。”所引诗见《谷音》下，乃《重到钱唐》其一，“亦可怜”作“正可怜”。

【评析】

陈以庄存词不多，只有三首，其中，最为后世所赞许和称引者，就是这首《水龙吟》。

杨慎以为，该词记咏谢太后北去事。当元军兵临城下之际，谢太后选择了奉表称臣、开门纳降。此举当时遭到不少的反对，后世亦多所讥讽和诟病。杨慎以为，陈以庄此词即隐写其事，“盖惜其不死也”。不过，学界有以为，此词与谢太后无关：“然此词见于《中兴以来绝妙词选》卷十，陈未及见宋亡，不可能记，杨慎所言不确。”（马兴荣等主编《中国词学大辞典》“陈以庄”条，浙江教育出版社 1996 年）是说确当。该词见录于《中兴以来绝妙词选》，而《绝妙词选》初刻于淳祐九年（1249），此距谢太后北去尚有二十余年。因此，此词非咏谢后明矣，杨慎之说不能成立。如此，则秋娘、泰娘之比，毛氏、曹氏之况，也就无从谈起。陈词中之“秋娘渡”“泰娘桥”也非实指其人，应为吴中名胜。蒋捷《一剪梅·舟过吴江》有“秋娘度与泰娘桥，风又飘飘，雨又萧萧”句，其《行香子·舟宿兰湾》也有“过窈娘堤，秋娘渡，泰娘桥”句，此中秋娘渡、泰娘桥为吴江地名。

杨慎对《水龙吟》词题旨的解析虽属臆断，但文末“妇人不足责”之论却能思出常表，也颇能体现杨慎对当权误国者的憎恨。陈词虽与谢后无涉，但也并不影响其思旨意趣。刘克庄评陈以庄“才气清拔，力量宏放，险夷浓淡、深浅密疏，各极其态，不主一体”（《后村先生大全集·陈敬叟集序》），可知，在当时文坛上，陈以庄的作品还是有一定影响的。

八〇 刘后村

刘克庄[1]，字潜夫，号后村。有《后村别调》一卷，大抵直致近俗，效稼轩而不及也。梦方孚若《沁园春》云[2]：“何处相逢，登宝钗楼，访铜雀台。唤厨人斫就，东溟鲸鲙，圉人呈罢，西极龙媒。天下英雄，使君与操，余子谁堪共酒杯。车千乘，载燕南代北，剑客奇材。　饮酣画鼓如雷。谁信被、晨鸡催唤回。叹年光过尽，功名未立，书生老去，机会方来。使李将军，遇高皇帝，万户侯、何足道哉。推衣起，但凄凉感旧，慷慨生哀[3]。”举一以例，他词类是。其咏菊《念奴娇》后段云：“尝试铨次群芳，梅花差可，伯仲之间耳。佛说诸天金色界，未必庄严如此。尚友灵均，定交元亮，结好天随子。篱边坡下，一杯聊泛霜蕊[④]。”亦奇甚。送陈子华帅真州云：“记得太行兵百万，曾入宗爷驾御。今把做、握蛇骑虎。”“堪笑书生心胆怯，向车中闭置如新妇。空目送，孤鸿去[⑤]。”庄语亦可起懦。旅中《浪淘沙》云：“纸帐素屏遮。全似僧家。无端霜月闯窗纱。惊起玉关征戍梦，几叠寒笳。　岁晚客天涯。鬓发苍华。今年衰似去年些。诗酒近来都减价，孤负梅花。”见《天机余锦》[⑥]。

【注释】

①刘克庄：见卷四《王实之》注。

②方孚若：即方信孺（1177—1222），字孚若，号好庵，兴化军莆田（今属福建）人。官至淮冬转运判官，曾力主抗金。

③“何处相逢”几句：此词题作“梦孚若”。圉人，官名，掌管养马放牧等事。龙媒，骏马。《汉书·礼乐志》：“天马徕，龙之媒。”

④“尝试铨次群芳”几句：出自刘克庄《念奴娇·菊》下片。其上片为：“老夫白首，尚儿嬉、废圃一番料理。餐饮落英并坠露，重把离骚拈起。野艳幽香，深黄浅白，占断西风里。飞来双蝶，绕丛欲去还止。”

⑤“记得太行兵百万”几句：出自刘克庄《贺新郎·送陈真州子华》：“北望神州路。试平章这场公事，怎生分付？记得太行山百万，曾入宗爷驾驭。今把作、握蛇骑虎。君去京东豪杰喜，想投戈下拜真吾父。谈笑里，定齐

鲁。　两河萧瑟惟狐兔。问当年、祖生去后，有人来否？多少新亭挥泪客，谁梦中原块土？算事业、须由人做。应笑书生心胆怯，向车中、闭置如新妇。空目送，塞鸿去。”堪笑，也做“应笑”。

⑥《天机余锦》：见卷二《十六字令》注。今存《天机余锦》不载该词。

【评析】

杨慎评《后村别调》“直致近俗”云云，源自宋张炎《词源》卷下：“《后村别调》一卷，太抵直致近俗，乃效稼轩而不及者。”所举《沁园春·梦孚若》一首，表现了英雄末路、壮志未酬之激愤与悲慨，光英朗炼，顿挫情壮，确与辛弃疾词声气相通。所选巨鲸、龙媒、剑客等意象，壮丽雄阔、震人心魄；又暗用曹操、刘备、李广、刘邦等人事典，凌厉劲节，勇武豪迈，其效仿、追慕辛弃疾词风的痕迹十分明显。至于杨慎所言“效稼轩而不及”，亦为事实，后人亦多持此论。如清陈廷焯《白雨斋词话》卷一："刘后村则感激豪宕，其词与安国相伯仲，去稼轩虽远，正不必让刘（过）、蒋（捷）。"

所引《念奴娇》下阕数句，将菊与梅花并举，以类相推，以衬托菊花品节；又引佛典，以突出其幽洁冷艳、超凡脱俗之质；末了，连用屈原、陶潜、陆龟蒙三典，以拟人手法叙写菊花的人文情怀。该词巧用事典，熔铸经史，驾轻就熟，杨慎评为"奇甚"。所引《贺新郎·送陈真州子华》一词，向来被视为刘克庄的代表作。此词以爱国将领宗泽招抚义军、抗击金兵的历史事实，与南宋朝廷对待义军握蛇骑虎、犹豫不决的态度形成对照，进而批判了投降派的昏聩无能，并用以勉励陈子真延纳俊杰、收复河山。写来酣畅淋漓，豪情万丈。"车中新妇"典出《梁书·曹景宗传》："景宗谓所亲曰：'我昔在乡里，骑快马如龙，与年少辈数十骑，拓弓弦作霹雳声，箭如饿鸱叫。……觉耳后风生，鼻头出火，此乐使人忘死，不知老之将至。今来扬州作贵人，动转不得，路行开车幔，小人辄言不可。闭置车中，如三日新妇。遭此邑邑，使人无气。'"刘克庄援引此典，自嘲身受束缚，于抗金无所作为，其激愤之情溢于言表。杨慎评为"庄语亦可起懦"，以为有振发豪气之效，此论十分精当。

八一　刘伯宠

刘伯宠[①]，名褒，一字春卿，其词多俊语。元夕云："金猊戏掣星桥锁。绛纱万炬，玉梅千朵。羯鼓喧空，鹍弦沸晓，樱梢微破[②]。"春日旅况云："遗策谁家荡子，唾花何处新妆。流红有恨，拾翠无心，往事凄凉。”“红泪不胜闺怨，白云应老他乡”③。送别云：“红枕臂香痕未落，舟横岸、作计匆匆。”“愁如织，断肠啼鴂，饶舌诉东风”④。

【注释】

①刘伯宠：即刘褒，生卒年不详。字伯宠，一字春卿，建宁崇安（今福建武夷山市）人。淳熙五年（1178）进士，除司门郎中，历官朝请郎，知西全州。有《梅山诗集》，不传。《全宋词》辑录其词五首。

②“金猊戏掣星桥锁”几句：出自刘褒《水龙吟·桂林元夕呈帅座》：“东风初縠池波，轻阴未放游丝堕。新春歌管，丰年笑语，六街灯火。绣毂雕鞍，飞尘卷雾，水流云过。恍扬州十里，三生梦觉，卷珠箔、映青琐。　金猊戏掣星桥锁。博山香、烟浓百和。使君行乐，绛纱万炬，雪梅千朵。羯鼓轰空，鹍弦沸晓，樱梢微破。想明年更好，传柑侍宴，醉扶狨座。”金猊，香炉的一种。炉盖作狻猊形，空腹。焚香时，烟从口出。玉梅，《中兴以来绝妙词选》卷七作“雪梅”。

③“遗策谁家荡子”几句：出自刘褒《雨中花慢·春日旅况》：“缥蒂缃枝，玉叶翡英，百梢争赴春忙。正雨后、蜂黏落絮，燕扑晴香。遗策谁家荡子，唾花何处新妆。想流红有恨，拾翠无心，往事凄凉。　春愁如海，客思翻空，带围只看东阳。更那堪、玉笙度曲，翠羽传觞。红泪不胜闺怨，白云应老他乡。梦回羁枕，风惊庭树，月在西厢。”《中兴以来绝妙词选》卷七“流红”作“想流红”。

④“红枕臂香痕未落”几句：出自刘褒《满庭芳·留别》：“柳袅金丝，梨铺香雪，一年春事方中。烛前一见，花艳觉羞红。枕臂香痕未落，舟横岸、作计怱怱。明朝去，暮天平水，双桨碧云东。　隔离歌一阕，琵琶声断，燕子楼空。叹阳台梦杳，行雨无踪。后会芙蕖未老，从今去、日望归鸿。愁如织，断肠啼鴂，饶舌诉东风。”杨慎此处所引“红枕臂香痕未落”断句有误。

【评析】

刘褒词，宋黄昇《中兴以来绝妙词选》辑录五首，《中兴词话》评曰：“刘伯宠，武夷之文士，尤工于乐府，而鲜传于世。余极爱其《桂林元夕呈帅座》一阕云：‘东风初縠池波……’盖《水龙吟》也。”又评刘褒词《雨中花慢》：“下字造语，精深华妙，惟识者能知之。”

此处，杨慎列举《水龙吟·桂林元夕呈帅座》等三首，载引其中个别词句，评为“其词多俊语”。前两首，与《诗人玉屑》所录同，其“多俊语”之论，也与《诗人玉屑》所言之“下字造语，精深华妙”略同。可知，杨慎此评是受到了《诗人玉屑》的影响。所引《水龙吟》中数句，摘自该词下阕。“金猊”句描述香炉形态；“绛纱”数句叙写元夕节灯火通明、鼓乐喧天的情形，并以梅、樱暗示春天的到来。所举《雨中花慢》中数句，以“遗策（马鞭）”“荡子”与“唾花（咳唾成花）”“新妆”对举，又以“白云”喻游子，极写离别之苦，突出了“春日旅况”的主题。《满庭芳》写送别，其啼鴂“饶舌”之喻亦新巧秀丽，韵味悠深。综合地看，杨慎所举诸诗例语言流利隽爽，饶有情致，以“俊语”称之，是恰当的。

八二 刘叔安

刘叔安[①]，名镇，号随如。元夕《庆春泽》一首[②]，入《草堂》选。又有《阮郎归》云："寒阴漠漠夜来霜。阶庭风叶黄。归鸦数点带斜阳。谁家砧杵忙。　灯弄幌，月侵廊。熏笼添宝香。小屏低枕怯更长。和云入醉乡。"亦清丽可诵。其咏茉莉云："月浸阑干天似水，谁伴秋娘窗户[③]。"评者以为不言茉莉，而想像可得，他花不能承当也。又春宴云："庭花弄影，一帘香月娟娟[④]。"有富贵蕴藉之味。饯元宵、饯春二词皆奇[⑤]，南渡填词钜工也。

【注释】

①刘叔安：即刘镇，见卷三《天粘衰草》注。

②元夕《庆春泽》一首：指刘镇《庆春泽·丙子元夕》："灯火烘春，楼台浸月，良宵一刻千金。锦步承莲，彩云簇仗难寻，蓬壶影动星球转，映两行、宝珥瑶簪。恣嬉游，玉漏声催，未歇芳心。　笙歌十里夸张地，记年时行乐，憔悴而今。客里情怀，伴人闲笑闲吟。小桃未静刘郎老，把相思、细写瑶琴。怕归来，红紫欺风，三径成阴。"

③"月浸阑干天似水"两句：出自刘镇《念奴娇·茉莉》："调冰弄雪，想花神清梦，徘徊南土。一夏天香收不起，付与蕊仙无语。秀入精神，凉生肌骨，销尽人间暑。稼轩愁绝，惜花还胜儿女。　长记歌酒阑珊，开时向晚，

笑浥金茎露。月浸栏干天似水，谁伴秋娘窗户。困殢云鬟，醉攲风帽，总是牵情处。返魂何在，玉川风味如许。”阑干，也作“栏干”

④“庭花弄影”两句：出自刘镇《汉宫春·郑贺守席上怀旧》：“日软风柔，望暖红连岛，晴绿平川。寻芳拾蕊，胜伴陌上鲜妍。玉骢归路，记青门、曾堕吟鞭。人去后，庭花弄影，一帘香月娟娟。　追念旧游何在，叹佳期虚度，锦瑟华年。博山夜来烬冷，谁换沈烟。屏帏半掩，奈梦云、不到愁边。春易老，相思无据，闲情分付鱼笺。”

⑤饯元宵：指刘镇《浣溪沙·丁亥饯元宵》：“帘幕收灯断续红。歌台人散彩云空。夜寒归路噤鱼龙。　宿醉未消花市月，芳心已逐柳塘风。丁宁莺燕莫匆匆。”饯春：指刘镇词《江神子·三月晦日西湖饯春》：“送春曾到百花洲。夕阳收。暮云留。想伴花神，骑鹤上扬州。回首湖山情味淡，重把酒，更登楼。　相思南浦古津头。未拏舟。已惊鸥。柳外归鸦，点点是离愁。空倚阳关三叠曲，歌不尽，水东流。”

【评析】

本则评刘镇词，涉及刘镇的词作有六首之多，几及刘镇全部词作的四分之一。

《阮郎归》一首写闺怨，上阕描摹秋景，取象典型，语意凄苦；下阕写闺中情思，颇见思妇神情。杨慎评为“清丽可诵”。《念奴娇》一首咏茉莉，全词托物言情，语意高妙。所引两句出自该词下阕，通过茗茶、戴花等细节的描摹，从侧面写出了茉莉的清香俊秀。其对茉莉的摹写在似与不似之间，咏物而不滞于物，轻灵俊丽，韵味醇厚。因此，杨慎有“想像可得”之评。《汉宫春》一首，乃席上怀旧之作，通过对往昔旧游的追念，抒发了光阴虚度、青春易老的悲怆。其“玉骢归路，记青门、曾堕吟鞭”以及“博山夜来烬冷，谁换沉烟。屏帏半掩”等句，确如杨慎所言有“富贵蕴藉之味”。《浣溪沙·丁亥饯元宵》和《江神子·三月晦日西湖饯春》两首均为小令之作，清秀隽永，语出常表，杨慎评为“奇”，给予了充分的肯定。

刘克庄《跋刘叔安感秋八词》云：“叔安刘君，落笔妙天下，间为乐府，丽不至亵，新不犯陈，借花卉以发骚人墨客之豪，托闺怨以寓放臣逐子之感。”以上述杨慎所引数阕而言，刘克庄的评述甚为精当。不过，刘克庄又以为：“周、柳、辛、陆之能事，庶乎其兼之矣。”（同上）未免揄扬过甚。相比之下，杨慎“南渡填词钜工也”的评述要客观得多。

八三 戴石屏

戴石屏[①]，名复古，字式之，能诗，江湖四灵之一也[②]。词一卷，惟赤壁怀古《满江红》一首，句有“万炬临江貔虎噪，千艘烈炬鱼龙舞”。“几度东风吹世换，千年往事随潮去”[③]，而全篇不称。《临江仙》一首差可[④]。见予所选《百琲明珠》[5]。余无可取者。方虚谷议其胸中无百字成诵书故也[6]。

【注释】

①戴石屏：即戴复古（1167—1248），字式之，台州黄岩（今属浙江）人，家于石屏山下，因号石屏。长期游历江湖，以布衣终生。曾从陆游学诗，以诗词闻名于当时，为“江湖派”代表作家。有《石屏集》，词一卷。《全宋词》录存其词四十六首。

②四灵：指南宋诗人徐玑（号灵渊）、徐照（字灵晖）、翁卷（字灵舒）、赵师秀（号灵秀）。他们都是永嘉（今属浙江）人，合称“永嘉四灵”。戴复古乃“江湖派”诗人，非“四灵”诗人，此处杨慎误记。

③“万炬临江貔虎噪”几句：出自戴复古《满江红·赤壁怀古》：“赤壁矶头，一番过、一番怀古。想当时、周郎年少，气吞区宇。万骑临江貔虎噪，千艘列炬鱼龙怒。卷长波、一鼓困曹瞒，今如许。 江上渡，江边路。形胜地，兴亡处。览遗踪，胜读史书言语。几度东风吹世换，千年往事随潮去。问道傍、杨柳为谁春，摇金缕。”《中兴以来绝妙词选》卷八“万炬”作“万骑”。

④《临江仙》一首差可：此指戴复古《临江仙·代作》，《百琲明珠》卷四有录。

⑤《百琲明珠》：词选，杨慎编、杜祝进订补，五卷。该书依调编选，收录唐宋金元词一百家，词作一百五十八首，间有评语。

⑥方虚谷：即方回，见卷一《王褒〈高句丽〉曲》注。方回《跋戴石屏诗》：“然早年读书少，故诗无事料。清健轻快，自成一家。”（《全元文》卷二一六）

【评析】

本则评戴复古词。

杨慎选取了戴复古的两首词，认为《满江红·赤壁怀古》一首有句无篇，《临江仙·代作》一首“差可”，其他词“无可取者”。总体上评价并不高。不过，《四库全书总目》卷一九九《石屏集》“提要”云：“今观其词，亦音韵天成，不费斧凿。……宜其以诗为词，时出新意，无一语蹈袭也。”显然，《四库全书总目》对戴复古的评价要远高于杨慎。

所选《满江红·赤壁怀古》一首，上阕追怀周瑜破曹的英雄业绩，长于战争场景的渲染和刻画，笔力雄健，气势豪迈。杨慎所引“万炬（骑）临江”两句描绘了雄阔的战争场面，豪情激荡，属对工整。下阕抒发盛衰兴亡之叹，表现出了对南宋国事的忧虑。杨慎所引“几度东风”两句怀古伤今，语意凄苦，大有苏轼“大江东去，浪淘尽、千古风流人物”的意味。杨慎只赞赏此四句，而以为“全篇不称”。不过，宋黄昇《中兴词话》则认为，此词可与苏轼《念奴娇·赤壁怀古》并行：“戴石屏《赤壁怀古》词云……沧洲陈公，尝大书于庐山寺。王潜斋复为赋诗云：‘千古登临赤壁矶。百年脍炙雪堂词。沧洲醉墨石屏句，又作江山一段奇。’坡仙一词，古今绝唱，今二公为石屏拈出，其当与之并行于世耶。”《四库全书总目》也认为，此词“豪情壮采，实不减于轼”。两家的看法与杨慎大不相同，可谓仁者见仁、智者见智。

戴复古《临江仙·代作》一词，也为杨慎所重，其词曰“误入风尘门户，驱来花月楼台。樽前几度得徘徊。可怜容易别，不见牡丹开。 莫恨银瓶酒尽，但将妾泪添杯。江头恰限北风回。再三相祝去，千万寄书来。”这是一首送别之作，语含幽怨，情调缠绵。杨慎虽选入《百琲明珠》中，但以为勉强可诵，算不上佳作。

八四　李公昂

李公昂，名昂英，号文溪，资州盘石人[①]。送太守词，"有脚艳阳难驻"一词得名[②]。然其佳处不在此。《文溪全集》，予家有之。其《兰陵王》一首绝妙，可并秦、周。其词云："燕穿幕。春在深深院落。单衣试、龙沫旋熏，又怕东风晓寒薄。别来情绪恶。瘦得腰围柳弱。清明近，正似海棠怯雨，芳疏任飘泊。　钗留去年约。恨易老娇莺，多误灵鹊。碧云杳杳天涯各。望不断芳草，又迷香絮，回文强写字屡错。泪欲注还阁。　孤酌。住春脚。更彩局谁欢，宝轸慵学。阶除拾取飞花嚼。是多少春恨，等闲吞却。猛拍阑干，叹命薄。悔旧诺[③]。"

【注释】

①"李公昂"几句：《词话丛编》案曰："宋李昴英……《词品》作李公昂，误，谓为资州盘石人，亦误。"李昴英（1201—1257），字俊明，号文溪，宋广州番禺（今属广东）人。宝庆二年（1226）进士，授汀州推官，历秘书郎、著作郎等，累官至龙图阁待制，吏部侍郎等。有《文溪集》（又名《文溪存

稿》）二十卷，《文溪词》一卷。《全宋词》据《文溪存稿》录存其词三十首。

②有脚艳阳难驻：出自李昴英《摸鱼儿·送王子文知太平州》：“怪朝来、片红初瘦，半分春事风雨。丹山碧水含离恨，有脚阳春难驻。芳草渡。似叫住东君，满树黄鹂语。无端杜宇。报采石矶头，惊涛屋大，寒色要春护。　阳关唱，画鹢徘徊东渚。相逢知又何处。摩挲老剑雄心在，对酒细评今古。君此去。几万里东南，只手擎天柱。长生寿母。更稳步安舆，三槐堂上，好看彩衣舞。”艳阳，又作“阳春”。

③“燕穿幕”几句：该词载于《文溪集·诗余》，文字略有不同。

【评析】

杨慎以“李昴英”作“李公昴”，《词话丛编》等已有纠正。史载，李昴英立朝敢言，不畏权贵，有善政。其文简劲，诗词创作亦骨力遒健，江万里、文天祥皆推服之。《四库全书总目》卷一六四《文溪存稿》“提要”评谓：“其文质实简劲，如其为人。诗间有粗俗之语，不离宋格，而骨力遒健，亦非靡靡之音。”

与其诗文相比，李昴英词作的成就要略逊一筹。杨慎云，李昴英以“有脚艳阳难驻”一词得名。此说亦见明毛晋《文溪词跋》：“因《摸鱼儿》词送太平州太守王子文词得名。叔旸亦止选此一调，称为‘词家射雕手’。”李昴英的词，宋黄昇《中兴以来绝妙词选》确实只选录了《摸鱼儿·送王子文知太平州》一首。综合几家评述，送王子文词为李昴英的成名作这一点当无疑议。杨慎所引“有脚艳阳难驻”一句，典出五代王仁裕《开元天宝遗事》卷下：“宋璟爱民恤物。朝野归美，时人咸谓璟为‘有脚阳春’，言所至之处，如阳春煦物也。”可知，“有脚阳春”原是称颂唐初名相宋璟的。李昴英借以称美王埜

(子文)，言其能施仁政，惠及百姓。又言“难驻”，是回扣送别之意。

杨慎又举李昴英《兰陵王》一首，评为“绝妙”，“可并秦、周”。词为三叠慢调，回环往复，一唱三叹，细致地铺叙了闺中春愁。其选景具有鲜明的节候特点，又多用暗示、比衬手法，善于多角度、多层次地刻画人物的内心苦楚。词末数语，构思精巧，转接自然，清李调元《雨村词话》叹其为“前人所未经道”。宋周邦彦有《兰陵王·柳阴直》一词，回环曲折，跌宕有致，富艳精工；宋秦观词以言情见长，情韵悠然，罕有其匹。杨慎以为李昴英《兰陵王》“可并秦、周”，未免推许过甚，夸大其词。不过，李昴英之作确有自己的特点，也不失为精妙之作。

八五　陆放翁

放翁词纤丽处似淮海，雄慨处似东坡[①]。其感旧《鹊桥仙》一首：“华灯纵博，雕鞍驰射，谁记当年豪举。酒徒一半取封侯，独去作、江边渔父。　轻舟八尺，低篷三扇，占断蘋洲烟雨。镜湖元自属闲人，又何必、官家赐与[②]。”英气可掬，流落亦可惜矣。其“坠鞭京洛，解佩潇湘。欲归时，司空笑问，渐近处，丞相嗔狂”[③]，真不减少游。

【注释】

①“放翁词纤丽处似淮海”两句：放翁，陆游号放翁，见卷一《填词句参

差不同》注。淮海，秦观字少游，号淮海居士，见卷一《填词句参差不同》注。东坡，苏轼号东坡居士，见卷一《欧苏词用选语》注。

②“华灯纵博”几句：此词《中兴以来绝妙词选》卷二“一半”作“一一”，“官家”作“君恩”。

③“坠鞭京洛”几句：出自《玉胡蝶·王忠州家席上作》：“倦客平生行处，坠鞭京洛，解佩潇湘。此夕何年，来赋宋玉高唐。绣帘开、香尘乍起，莲步稳、银烛分行。暗端相。燕羞莺妒，蝶绕蜂忙。　难忘。芳樽频劝，峭寒新退，玉漏犹长。几许幽情，只愁歌罢月侵廊。欲归时、司空笑问，微近处、丞相嗔狂。断人肠。假饶相送，上马何妨。”《中兴以来绝妙词选》卷二“渐近”作“微近”。

【评析】

本则讨论陆游词的风格问题。

陆游不仅诗名卓著，堪称“自过江后一人”（宋刘克庄《题放翁像》，《后

村集》卷三六），同时，其词亦深婉曲致，深受后人喜爱。关于陆游词的风格情调，刘克庄较早进行过总结和评述，其《后村诗话续集》云：“其激昂感慨者，稼轩不能过；飘逸高妙者，与陈简斋、朱希真相颉颃；流丽绵密者，欲出晏叔原、贺方回之上。”此论肯定了陆游词风的多样性，同时又以为能包蕴众美，皆具诸家之长。本则中，杨慎采用了与刘克庄相似的评述方法，举秦观、苏轼两家以比况陆游，认为陆游词“纤丽处似淮海，雄慨处似东坡”。所举《鹊桥仙》《玉胡蝶·王忠州家席上作》两例，一以证其似苏，一以言其近秦。

从词学倾向上看，陆游偏重苏轼一派。其《跋东坡七夕词后》谓苏词“歌之曲终，觉天风海雨逼人，学诗者当以是求之”，表现出对苏词风格的喜爱和推重。同时，陆游词情感激愤，笔触细腻，其“纤丽”似秦观处确亦不在少数。因此，杨慎所言之两端，在陆游词中都有体现。后人论放翁词，对杨慎之说也多有推衍。如《四库全书总目》卷一九八《放翁词》“提要”云：“杨慎《词品》则谓其纤丽处似淮海，雄快处似东坡。平心而论，游之本意，盖欲驿骑于二家之间，故奄有其胜，而皆不能造其极。要之，诗人之言，终为近雅，与词人之冶荡有殊。其短其长，故具在是也。”清刘熙载《艺概》卷四曰：“陆放翁词，安雅清赡，其尤佳者，在苏、秦之间。”

八六 张东父

张震①，字东父，号无隐居士，蜀之益宁人也。孝宗朝为谏官，有直声。孝宗称其知无不言，言无不当。光宗朝以数直言去位。时称“王十朋去[②]，省为之空。张震去，台为之空”。一代名臣也，而其词婉媚风流，乃知赋梅花者，不独宋广平也[③]。其《蓦山溪》“青梅如豆”一首[④]，《草堂》入选，而失其名字。

【注释】

①张震：生卒年不详。字东父，号无隐居士。《中兴以来绝妙词选》卷三录其词五首，《全宋词》据以录入。

②王十朋（1112—1171）：字龟龄，号梅溪，温州乐清（今属浙江）人。绍兴二十七年（1157）进士第一。授左承事郎，改绍兴府签判。历起居舍人、侍御史、太子詹事等。有《梅溪集》五十四卷，卷首附有年谱。周泳先辑有《梅溪诗余》一卷，《全宋词》据以录入存其词二十首。

③宋广平：即宋璟（663—737），唐玄宗开元年间名相，累封广平郡公，故人称宋广平。有《梅花赋》，唐皮日休《桃花赋序》评其“清便富艳，得南朝徐、庾之体”。

④青梅如豆：出自张震《蓦山溪·春半》：“青梅如豆，断送春归去。小绿间长红，看几处、云歌柳舞。偎花识面，对月共论心，携素手，采香游，踏遍西池路。　水边朱户。曾记销魂处。小立背秋千，空怅望、娉婷韵度。杨花扑面，香糁一帘风，情脉脉，酒厌厌，回首斜阳暮。”

【评析】

南宋名张震者非一人，《建炎以来系年要录》《宋会要辑稿》《历代名臣奏议》等文献对张震事迹记载颇多，但是否就是杨慎提到的字东父之张震，已不好确考。钟振振有文《南宋词人张震考》(《文学遗产》2009年第1期)，考之甚详，足资参照。

杨慎评张震词“婉媚风流”，似本于《中兴以来绝妙词选》卷三评张震语：“词甚婉媚，盖富贵人语也。”赋梅花一事，就目前所留存的张震的五首词来看，确为事实。张震词多言梅花以及梅子、青梅等，如《鹧鸪天·怨别》：“宽尽香罗金缕衣。心情不似旧家时。万丝柳暗才飞絮，一点梅酸已着枝。”再如《蓦山溪·初春》：“春光如许。春到江南路。柳眼弄晴晖，笑梅老、落英无数。峭寒庭院，罗幕护窗纱，金鸭暖，锦屏深，曾记看承处。”

杨慎所列《蓦山溪》“青梅如豆”一词，《中兴以来绝妙词选》卷三有选，题为“春半”，作者为张震。明洪武二十五年(1392)遵正书堂刻本《群英草堂诗余》前集卷上、嘉靖刻本《类编草堂诗余》卷二、万历四十二年(1614)刻本《类选笺释草堂诗余》卷二等，亦署“张东父”作，题为“春半”。杨慎谓“《草堂》入选，而失其名字”，可知，他所见到的似为另一种《草堂诗余》刻本。

八七 天风海涛

赵汝愚题鼓山寺云[①]：“几年奔走厌尘埃，此日登临亦快哉。江月不随流水去，天风常送海涛来。”朱晦翁摘诗中“天风海涛”字题扁[②]，人不知其为赵公诗也。严次山有《水龙吟》题于壁云③："飚车飞上蓬莱，不须更跨琴高鲤④。砉然长啸，天风澒洞，云涛无际。我欲乘桴，从兹浮海，约任公起。办虹竿千丈，犗钩五十⑤，亲点对、连鳌饵⑥。　谁榜佳名空翠。紫阳仙去骑箕尾⑦。银钩铁画，龙拏凤翥，留人间世。更忆东山，哀筝一曲，洒沾襟泪。到而今，幸有高亭遗爱，寓甘棠意。"此词前段言江山景，后段"紫阳仙去"指朱文公，"东山""甘棠"指赵公也。赵诗、朱字、严词，可谓三绝。特记于此。

【注释】

①赵汝愚（1140—1196）：字子直，宋宗室，北宋恭宪王赵元佐的七世孙。乾道二年（1166）进士第一，四年（1168），召试馆职。光宗朝，累除同知枢密院事。宁宗朝，权参知政事，拜右丞相。为韩侂胄所忌，责授宁远军节度副使，永州安置。至衡州，暴薨。此所引诗题为《题福州鼓山寺》，见《四朝诗》卷七十一。

②朱晦翁：即朱熹（1130—1200），字元晦，又字仲晦，号晦庵，徽州婺源（今属江西）人，宋代理学集大成者。绍兴十八年（1148）进士，授泉州同安主簿，转监潭州南岳庙。孝宗朝，上书反对议和，与朝廷执政不合，屡屡辞官不就。淳熙五年（1178），宰相史浩荐为南康太守，明年赴任，修复并讲学于白鹿洞书院。绍熙五年（1194），任湖南安抚使，修复扩建岳麓书院。庆元元年（1195），为焕章阁待制、侍讲，次年革职归建阳，从此讲学著

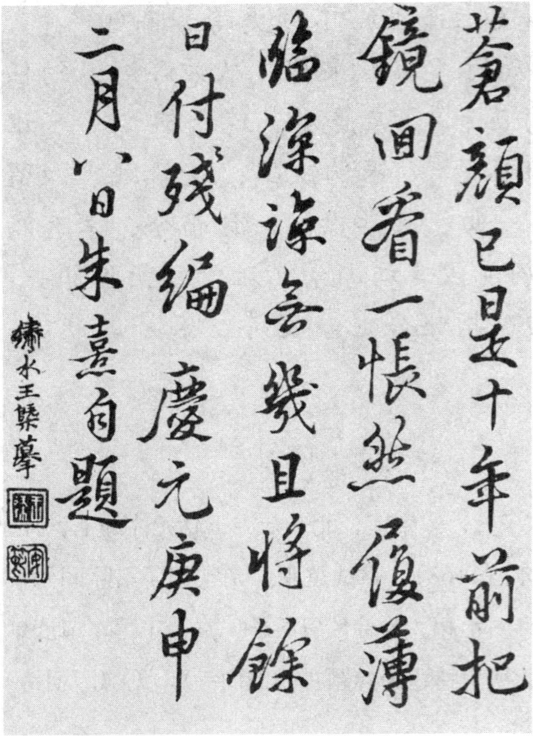

述，直到去世。今传其主要撰著有《四书章句集注》《周易本义》《诗集传》《楚辞集注》等。

③严次山：即严仁，见卷三《天粘衰草》注。此所引词题为“题天风海涛呈潘料院”。

④琴高鲤：汉刘向《列仙传·琴高》：“琴高，周末赵人，能鼓琴，为宋康王舍人，浮游冀州涿郡间。后与诸弟子期，入涿水取龙子，某日当返。至期，弟子候于水旁，琴高果乘鲤而出。留一月，复入水去。”

⑤“约任公起”几句：《庄子·外物》：“任公子为大钩巨缁，五十犗以为饵。”犗（jiè），犍牛。

⑥连鳌饵：《列子·汤问》：“而龙伯之国有大人，举足不盈数步而暨五山之所，一钓而连六鳌，合负而趣归其国，灼其骨以数焉。于是岱舆员峤二山流于北极，沉于大海，仙圣之播迁者巨亿计。”

⑦骑箕尾：《庄子·大宗师》："夫道有情有信，无为无形，可传而不可受，可得而不可见……傅说得之，以相武丁，奄有天下，乘东维，骑箕尾，而比于列星。"箕、尾，星宿名。

【评析】

本则围绕"天风海涛"一语，叙赵汝愚诗、朱熹题字和严仁词作，记载了一段文坛佳话。

赵汝愚《题福州鼓山寺》中"天风海涛"之语，取象雄浑，意境广阔，壮怀激烈。朱熹爱其语，摘而书之，题为匾额。两人均为宋代名臣，学问精深，门生弟子盈室，"赵诗""朱字"已自不同凡响。严仁又敷演其事，成《水龙吟》长调。其词壮丽雄浑，用典恰切，寓意深刻，亦为不可多得之佳作。因此，杨慎称"赵诗、朱字、严词，可谓三绝"。

严仁词上阕摹景，下阕写人、抒情。与"天风海涛"之境相称，上阕写景亦雄浑壮阔，气势飞腾。词中援引琴高乘鲤、任公子垂钓、大人连鳌等神话故事，以敷写登临之感。下阕中，杨慎以为"'紫阳仙去'指朱文公"，符合词意。箕、尾间有傅说星，传为殷王武丁的贤相傅说死后升天所化。此用《庄子》中的典故以称美朱子贤能，并寓朱子得道成仙。"银钩铁画，龙拏凤翥"是形容朱熹的题字，极写其刚劲有力、龙腾凤舞。以下，杨慎以为，"'东山'、'甘棠'指赵公也"，同样符合词意。"东山"指东晋孝武帝时宰相谢安，谢安出仕前曾隐居会稽东山。"哀筝"事，见《晋书·桓宣传》附《桓伊传》："及孝武末年，嗜酒好内……而好利险诐之徒，以安功名盛极，而构会之，嫌隙遂成。帝召伊饮宴，安侍坐。帝命伊吹笛。……奴既吹笛，伊便抚筝而歌《怨诗》曰：‘为君既不易，为臣良独难。忠信事不显，乃有见疑患。周旦佐文武，《金縢》功不刊。推心辅王政，二叔反流言。’声节慷慨，俯仰可观。安泣下沾衿，乃越席而就之，捋其须曰：‘使君于此不凡！’帝甚有愧色。”晋武帝晚年听信谗言，疏远谢安。桓伊吹笛、弹筝，唱《怨诗》，谢安为之流泪。此用谢安听筝洒泪事，寓写赵汝愚为权臣所忌的愤懑与感伤。末两句，转向称美赵公，言其仁爱有善政，为百姓所思念。古人称贤良之臣死后亦能遗留仁爱于民，惠泽后世，谓之“遗爱”。“甘棠”一词则典出《诗经·召南·甘棠》：“蔽芾甘棠，勿剪勿伐，召伯所茇。”郑玄笺：“茇，草舍也。召伯听男女之讼，不重烦劳百姓，止舍小棠之下而听断焉。国人被其德，说其化，思其人，敬其树。”召公为周武王时大臣，有善政。相传他曾听讼于甘棠树下，《甘棠》即为歌颂他的作品。此处，严仁以“遗爱”“甘棠”称颂赵汝愚，用典自然贴切，且不乏忠愤之情。

赵诗、朱字、严词，前后相承，气韵如一，珠联璧合。杨慎言“三绝”，名实相孚。

八八　刘篁嵲

刘圻父，字子寰，号篁嵲[①]。早登朱文公之门，居麻沙，有文集行世。其《玉楼春》云：“今来古往长安道。岁岁荣枯原上草。行人几度到江滨，不觉身随枫树老。　蒲花易晚芦花早。客里光阴如过鸟。一般垂柳短长亭，去路不如归路好[②]。”颇有警悟。观泉二句云：“静坐时看松鼠饮，醉眠不碍山禽浴[③]。”亦新。

【注释】

①“刘圻父”几句：《中兴以来绝妙词选》卷十：“刘圻父，名子寰，号篁嵲翁，居麻沙，早登朱文公之门，刘后村尝序其诗。”可知，杨慎混淆了名、字。刘子寰于嘉定十年（1217）登进士第，官至观文殿学士。能诗文，有《篁嵲词》，存词十九首。

②“今来古往长安道”几句：此词题为“题小竿岭”，《中兴以来绝妙词选》“长安”作“吴京”，“枫树”作“风树”。

③“静坐时看松鼠饮”两句：出自刘子寰《满江红·风泉峡观泉》：“云壑飞泉，蒲根下、悬流陆续。堪爱处、石池湛湛，一方寒玉。暑际直当盘石坐，渴来自引悬瓢掬。听泠泠、清响泻琮琤，胜丝竹。　寒照胆，消炎燠。清彻骨，无尘俗。笑幽人忻玩，滞留空谷。静坐时看松鼠饮，醉眠不碍山禽浴。唤仙人、伴我酌琼瑶，餐秋菊。”

【评析】

在宋代文坛上，刘子寰的诗有一定影响。刘克庄曾序其诗，评价说“融液众格，自为一家”。与其诗相比，其词成就一般，几不为人所知。从内容来看，其词大致题咏山川泉石、四季风物等，此外，尚有个别祝寿之作。《中兴以来绝妙词选》录其词八首，数量确乎不算少。杨慎由《中兴以来绝妙词选》所载，简单介绍了刘子寰的名号和从师情况，可惜却误名为字；又依《中兴以来绝妙

词选》所录，摘引刘子寰词两首，并加以简单评述。《玉楼春·题小竿岭》一词，感叹岁月流转、韶光易逝，并委婉地抒发了羁旅之愁与乡关之思。全词即景抒情，议论精深，能于寻常处见出警迈，故杨慎评为“警悟”。《满江红·风泉峡观泉》上阕摹写山涧瀑布奇观，其“云壑飞泉，蒲根下，悬流陆续”，“听泠泠，清响泻琮琤，胜丝竹”诸句，气势飞腾，灵动而有气韵。下阕写空谷幽趣，并寓出尘之想。杨慎所引“静坐时看松鼠饮，醉眠不碍山禽浴”两句，既展现了人与自然和谐相处的优美景致，也抒发了作者率性自适、纵浪大化的人生追求。在写法上不拘俗套，境界上亦清雅谐和。因此，杨慎评为“新”。

八九 魏了翁

魏了翁[1]，字华父，号鹤山，邛州人。庆元己未第二人及第，与真西山齐名[2]。道学宗派，词不作艳语。长短句一卷，皆寿词也。《菩萨蛮》寿范靖倅云：“东窗五老峰前月。南窗九叠坡前雪。推出侍郎山。著君窗户间。　离骚乡里住。却记庚寅度。挹取芷兰芳。酌君千岁觞[③]。”又《鹧鸪天》寿范靖州云：“谁把璇玑运化工。参旗又挂玉梅东。三三律琯声余亥，九九玄经卦起中[④]。”又《水调歌头》云：“玉围腰，金系肘，绣笼鞍[⑤]。”宋代寿词，无有过之者。

【注释】

①魏了翁（1178—1237）：字华父，号鹤山，邛州蒲江（今属四川）人，南宋著名理学家。庆元五年（1199）进士，授签书剑南西川节度判官，理宗朝，累官权工部侍郎、签书枢密院事，改资政殿学士，后为福州安抚使。卒赠太师称号，谥文靖。有《鹤山先生大全文集》，收词三卷，计一百八十九首。

②真西山：即真德秀（1178—1235），字景元，后改为希元，人称西山先生，建宁府浦城（今属福建）人。与魏了翁齐名，有“西山鹤山”之称。

③“东窗五老峰前月”几句：词载于《鹤山先生大全文集》卷九十六，题为“江通判埙生日”，“却记”作“恰记”。

④“谁把璇玑运化工”几句：词载于《鹤山先生大全文集》卷九十六，题为“范静州生日（鹧鸪天）”。此所引句为上片，下片为：“新岁月，旧游从。一觞还似去年冬。人间事会无终极，分付翘关老令公。”

⑤“玉围腰”几句：词载于《鹤山先生大全文集》卷九十六，出自《水调歌头·范靖州生日》：“犹记端门外，鞭袖五更寒。一声天上钟柝，金锁掣重关。君向紫宸上阁，我侍玉皇香案，都号舍人班。梦觉帝乡远，相对两苍颜。　玉围腰，金系肘，绣笼鞯。乡人衮衮严近，五马度荆山。收拾五湖

气度，卷束蟠胸兵甲，春意满人间。天锡公纯嘏，气象自平宽。”鞍，又作“鞯”。

【评析】

《中兴以来绝妙词选》卷七载：“魏华父，名了翁，临邛人，号鹤山先生。庆元己未黄甲第三名，晚与真西山齐名。”杨慎所记，于此略同，但将“第三”误为“第二”。魏了翁是宋朝末年理学大师，针对当时讳言理学的状况，他和好友真德秀一起，竭力弘扬理学，推尊周（周敦颐）、程（程颢、程颐），终于使程朱理学逐渐兴盛起来。因此，《四库全书总目》卷一六二《鹤山全集》“提要”评曰：“南宋之衰，学派变为门户，诗派变为江湖，了翁容与其间，独以穷经学古，自为一家。”

魏了翁又长于作词。杨慎谓“道学宗派，词不作艳语”，这是对的。不过，魏了翁词有三卷，并非杨慎所言之“长短句一卷”。其词寿词居多，共一百余首，占其全部词作的53.4%（见张文利《鹤山寿词考述》，载于《文学遗产》2006年第5期），单从数量上讲，历代词人无出其右。杨慎“皆寿词也”之说，显然是不符合实际的。

作为应景之作，寿词难免要对寿主进行称诩夸耀；又往往言不由衷，缺乏真情实感。因此，宋张炎《词源》卷下云：“难莫难于寿词，倘尽言富贵则尘俗，尽言功名则谀佞，尽言神仙则迂阔虚诞。”不过，魏了翁的寿词，前人评价较高，以为“皆寿词之得体者”（宋黄昇《中兴以来绝妙词选》卷七），“鹤山词虽不必语法新奇，然学养所臻，意多规勉，亦少犯玉田（张炎，号玉田）所举三蔽。”（饶宗颐《词集考》卷五）文中所举词及句，可证上述两家之说。

其《菩萨蛮·江通判埙生日》一首，上阕五老峰、九叠坡、侍郎山均为楚湘胜景，作者以此暗示了寿主江州通判的身份。同时，各景的选择又紧扣祝寿主题，隐含了“寿比南山”之意。下阕中，“离骚乡”与江州同属楚地，故以取喻；“庚寅”语出《离骚》“惟庚寅吾以降”，比衬褒扬之意明显。歇拍取《离骚》诗意，以香草喻指寿主品节，高雅脱俗，饶有情致。所引《鹧鸪天》中四句，“璇玑”“参旗”皆星宿名，据事类义，取其“寿星”之喻；“三三律琯”句，用《汉书·律历志》以律管确定月份之法，暗指寿主生日当在十月；“九九元经”句，则用汉扬雄《太玄》九九（八十一）之数，祝福寿主吉祥长寿。此中用典绵密、恰切，非学养深厚者不能至此。所列《水调歌头》中三句，以官服、金银和装饰喻指寿主及贺寿者的地位和身份，从全篇来看，也是对逝去荣光的追念。不独语言华美，亦暗用事典，蕴含深沉。综合地看，魏了翁寿词醇正有法，雅致得体，杨慎“宋代寿词，无有过之者”之评并非溢美之言。

九〇 吴毅甫

吴毅甫[①]，名潜，号履斋，嘉定丁丑状元，为贾似道所陷，南迁。有《履斋诗余》行世。有送李御带祺一词，“报国无门空自怨，济时有策从谁吐”[②]，亦自道也。李祺号竹湖[③]，亦当时名士。所著有《春秋王霸列国分纪》，予得之于市肆，故书中乃为传之，亦奇事也。并附见。

【注释】

①吴毅甫：即吴潜（1196—1262），字毅甫，号履斋，宣州宁国（今属安徽）人。嘉定十年（1217）进士第一。官至参知政事、右丞相兼枢密使。进左丞相，封许国公。理宗末，和权臣贾似道不和，又得罪理宗，被贬到建昌军，后安置在循州。其著作后人裒辑为《履斋遗集》四卷，存词二百五十余首。

②“报国无门空自怨”两句：出自《满江红·送李御带琪》：“红玉阶前，问何事、翩然引去。湖海上、一汀鸥鹭，半帆烟雨。报国无门空自怨，济时有策从谁吐。过垂虹亭下系扁舟，鲈堪煮。　拼一醉，留君住。歌一曲，送君路。遍江南江北，欲归何处。世事悠悠浑未了，年光冉冉今如许。试举头、一笑问青天，天无语。”

③李祺：为“李琪”之误。生卒年不详。字孟开，一字开伯，号竹湖，连江（今属福建）人。庆元二年（1196）进士，嘉定十一年（1218），除礼部员外郎，历国子司业，淳祐中，为翰林学士。著有《春秋王霸列国世纪编》三卷。杨慎记为“《春秋王霸列国分纪》”，误。

【评析】

史载，吴潜刚直豪迈，不肯阿附权要；即使受到权臣贾似道的排斥、陷害，亦能不畏权贵，傲骨铮铮，因此，一时为世人所推重。其词亦如其人，豪迈俊爽，刚健沉毅，具有强烈的时代意识和积极进取精神。从内容来看，其词多送行、登临、怀古类题材，但并非一般意义上的叙写友情、鉴赏风月，而是包蕴了深沉的现实感慨，抒写了豪壮的政治理想。因此，《四库全书总目》卷一六三《履斋遗集》“提要”评曰：“其诗余则激昂凄劲，兼而有之，在南宋不失为佳手。”

此处，杨慎拈取吴潜《满江红·送李御带琪》中“报国无门空自怨，济时有策从谁吐”两句，认为吴潜是借送别李琪而自明心迹，其嘉许与赞扬之意是明显的。同时，如此释读无疑也是准确的。与吴潜的一贯词风相同，该词亦抒写了作者匡时济世的强烈愿望以及理想难以实现的悲愤之情，刚劲与沉郁兼而有之。除杨慎所列两句外，其他如“过垂虹亭下系扁舟，鲈堪煮”，“世事悠悠浑未了，年光冉冉今如许。试举头、一笑问青天，天无语”等句，其忠勇之气、凄楚之情溢于言表。

九一《蓦山溪》

葛鲁卿有《蓦山溪》一由[①]，咏天穿节郊射也。宋以前，以正月二十三日为天穿节。相传云：女娲氏以是日补天，俗以煎饼置屋上，名曰补天穿。今其俗废久矣。词云：“春风野外，卵色天如水。鱼戏舞绡纹，似出听、新声北里。追风骏足，千骑卷高门。一箭过，万人呼，雁落寒空里。　天穿过了，此日名穿地。横石俯清波，竞追随、新年乐事。谁怜老子，使得纵遨游，争捧手，共凭肩，夹路游人醉[②]。”词不甚工，而事奇，故拈出之。“卵色天”用唐诗“残霞蹙水鱼鳞浪，薄日烘云卵色天”之句[③]。东坡诗亦云：“笑把鸱夷一杯酒，相逢卵色五湖天[④]。”今刻苏诗不知出处，改“卵

色”为“柳色”，非也。《花间》词“一方卵色楚南天”[5]，注以“卵”为“泖”，亦非。

【注释】

①葛鲁卿：即葛胜仲（1072—1144），字鲁卿，常州江阴（今属江苏）人。绍圣四年（1097）进士，曾官杭州司理参军、太学正、国子祭酒等。著有《丹阳集》《丹阳词》，《全宋词》录存其词八十二首。

②“春风野外”几句：该词汲古阁本《丹阳词》题作“天穿节和朱刑掾二首”，“高门”作“高冈”，“纵遨游”作“暂遨游”，“共凭肩”作“乍凭肩”，“夹路”作“夹道”。

③“残霞蹙水鱼鳞浪”两句：出自宋陆游《东门外遍历诸园及僧院观游人之盛》：“马上哦诗画醉鞭，东城南陌去翩翩。微风蹙水鱼鳞浪，薄日烘云卵色天。隔屋鸠鸣闲院落，争门花簇小輜軿。病来久已疏杯酌，春物撩人又破禅。”见《剑南诗稿》卷八，“残霞”作“微风”。杨慎误记为唐诗。

④“笑把鸱夷一杯酒”两句：出自宋苏轼《和林子中待制》：“两翁留滞各皤然，人笑迂疏老更坚。共把鸱夷一樽酒，相逢卯色五湖天。江边遗爱啼斑白，海上先声入管弦。早晚渊明赋归去，浩歌长笑老斜川。”见宋王十朋《集注分类东坡先生诗》卷十九，“卵色”作“卯色”。

⑤一方卵色楚南天：出自宋初孙光宪《河渎神》其二：“江上草芊芊。春晚湘妃庙前。一方卵色楚南天。数行征雁联翩。　独倚朱栏情不极。魂断终朝相忆。两桨不知消息。远汀时起鸂鶒。”载于《花间集》卷九。

【评析】

此则记葛胜仲《蓦山溪》咏天穿节郊射词，并对“卵色天”的出处等问题进行了辨析，亦见《升庵集》卷五十八。

宋陈元靓《岁时广记》卷一引东晋王嘉《拾遗记》：“江东俗号正月二十日为天穿日，以红缕系煎饼饵置屋上，谓之补天穿。”杨慎所记与此基本相同，只时间上略有差异。文献记载天穿节的时间有正月初七、十九、二十、二十三日等几种说法，因此杨慎所记也是有依据的。

所引葛胜仲《蓦山溪》一词，重在叙写骑射及新年郊游乐事，体现出了浓重的民俗文化内涵，具有较高的文献价值。杨慎曰“词不甚工，而事奇，故拈出之”，可见，杨慎所看重的也是词中有关节日风俗的这部分内容。在宋代词坛上，葛胜仲亦属名家，存词数量也比较多。明毛晋汲古阁本《丹阳词跋》评价说：“鲁卿、常之（葛立方），虽不逮李氏、晏氏父子，每填一词，辄流传丝竹。然绍兴、绍圣间，俱负海内重望。其词亦能入雅字。”葛氏父子皆以文名世，不过就其词的成就和影响而言，毕竟难以与李璟、李煜父子及晏殊、晏几道父子相比肩。吴梅在其《词学通论》中也有比较客观的评判："鲁卿与常之，亦如元献、小山也。然门第誉望，可以齐驱。至论词，则虎贲之与中郎矣。鲁卿以《蓦山溪》'天穿节'二首得盛誉，其词亦平平，盖名高而实不足副也。"吴梅也认为《蓦山溪》咏天穿节词无殊胜之处，这与杨慎"词不甚工"的看法是一致的。

文末，杨慎考察了一些苏诗刻本及《花间集》刻本中对"卯"字的误改、误释情况，订正了其中的讹误，颇能见出杨慎对待古籍文献的审慎态度。

九二　苏雪坡赠杨直夫词

苏雪坡赠杨直夫名栋，青神人①。词云："允文事业从容了。要岷峨人物，后先相照。见说君王曾有问，似此人才多少。""况蜀珍、先已登廊庙。但侧耳，听新诏"②。按小说，高宗曾问马骐曰："蜀中人才如虞允文者有几？"骐对曰："未试焉知？允文亦试而后知也。"苏与杨、马皆蜀人。杨在眉山为甲族。直夫之妹通经学，比于曹大家③。嫁虞氏，生虞集④，为巨儒。其学无师，传于母氏也。此事蜀人亦罕知，故著之。马骐，南郡人，涓之孙。

【注释】

①苏雪坡：应为"姚雪坡"，即姚勉（1216—1262），字述之，一字成一，

号雪坡，瑞州新昌（今江西宜丰）人。宝祐元年（1253）廷对第一。除校书郎、兼太子舍人。有《雪坡词》,《全宋词》据《姚舍人集》辑存其词三十二首。苏雪坡，《词话丛编》有案语曰："此姚勉词。勉号雪坡，杨慎误作苏雪坡。"杨直夫：即杨栋，生卒年不详。字元极，眉州青神（今属四川）人。绍定二年（1229）进士，景定五年（1264）拜参知政事。

②"允文事业从容了"几句：出自宋姚勉《贺新郎·送杨帅参之任》："唱彻阳关调。伴行人、梅拂征鞍，晓霜寒峭。金甲雕戈开玉帐，尊俎风流谈笑。看策马、从容江表。自是药阶苔砌客，卷经纶、且泛芙蓉沼。襟量阔，江面小。　允文事业从容了。要岷峨人物，后先相照。见说君王曾有问，似此人才多少。便咫尺、云霄清要。四世三公毡复旧，况蜀珍、先已登廊庙。但侧耳，听新诏。"允文：即虞允文（1110—1174），字彬甫，隆州仁寿（今属四川）人，绍兴年间进士，官至左丞相，兼枢密使，南宋著名抗金英雄。

③曹大家（gū）：指班昭（约49—约120），班固之妹，东汉史学家。嫁曹世叔，早寡，屡受诏入宫，曾奉诏校续《汉书》。

④虞集（1272—1348）：字伯生，号道园，又号邵庵，临川崇仁（今属江西）人，南宋丞相虞允文五世孙。成宗大德年间被荐为大都路（今北京）儒学教授，先后供职于国子学、翰林院、集贤院、奎章阁等，历仕八朝，秩从二品。"元诗四大家"之一。有《道园学古录》五十卷、《道园类稿》五十卷、《道园遗稿》六卷（别本八卷）、《翰林珠玉》六卷、《虞伯生诗续编》三卷等传世。

【评析】

本则记姚勉送杨栋词，并杂叙蜀中俊彦。

“苏雪坡”为“姚雪坡”之误。姚为宝祐状元，直言无忌，有政声。终因忤贾似道，免归。博通经史，能诗擅文，《四库全书总目》卷一六四《雪坡文集》“提要”评为：“诗法颇有渊源，虽微涉粗豪，然落落有气，文亦颇婞雅可观，无宋末语录之俚语。”杨慎所引《贺新郎·送杨帅参之任》一词，称美杨氏“四世三公毡复旧”，借同姓事迹，勉励友人光大世家功业。又引虞允文为喻，称颂蜀地人才辈出，前后相照。此词用典恰切，雅致得体，充分表达了对友人的期许和赞誉。

杨慎称“苏与杨、马皆蜀人”，又叙元代巨儒虞集母亲的事迹，其嘉许和褒扬蜀中俊良的用意十分明显。杨慎亦蜀人，其在列举蜀中俊彦的同时，也未尝没有自许之意。不过，姚勉乃新昌人，杨慎言其为“蜀人”，反有攀附之嫌。虞集母杨氏，也非杨栋之女，乃国子监祭酒杨文仲之女，杨慎误记。《元史·虞集传》载，虞集幼时，因干戈中无书册可携，其母口授《论语》《孟子》《左传》及欧阳修、苏轼文。因此，言虞集“其学无师，传于母氏也”是基本符合历史事实的。

九三　詹天游

詹天游以艳词得名[1]，见诸小说。其送童瓮天兵后归杭《齐天乐》云：“相逢唤醒京华梦，胡尘暗斑吟发。倚担评花，认旗沽酒，历历行歌奇迹。吹香弄碧。有坡柳风情，逋梅月色。画鼓江船，满湖春水断桥客。　当时何限俊侣，甚花天月地，人被云隔。却载苍烟，更招白鹭，一醉修江又别。今回记得。再折柳穿鱼，赏梅催雪。如此湖山，忍教人更说[②]。”此伯颜破杭州之后也。观其词全无黍离之感，桑梓之悲，而止以游乐言。宋末之习，上下如此，其亡不亦宜乎。童瓮天失其名氏，有《瓮天脞语》一卷传于今云。天游又有《清平调》云：“醉红宿翠。髻亸乌云坠。管甚夜来不得睡。那更今朝早起。　　东风满搦腰肢。阶前小立多时。却恨一番新雨，想应湿透鞋儿[③]。”盖咏妓诉状立厅下也。又见《石次仲集》。

【注释】

①詹天游：即詹玉，生卒年不详。字可大，号天游。由宋入元，至元间为翰林应奉、集贤学士，监蘸长春宫。有《天游词》，收词二十二首，其中有误收之作。《全宋词》去其误入之作，录存其词十三首。

②“相逢唤醒京华梦”几句：此词调为《齐天乐》，题为“赠童瓮天兵后归杭”。《名儒草堂诗余》卷上“胡尘”作“吴尘”，“江船”作“红船”，“俊侣”作“怪侣”。

③“醉红宿翠”几句：此词一般认为是石孝友所作。石孝友，见卷二《石次仲西湖词》注。亸（duǒ），下垂。

【评析】

此则讨论詹天游词，批评其《齐天乐·赠童瓮天兵后归杭》一词无所

讽寄。

该词乃送人归杭州之作，作于伯颜破杭州之后。作为遗民词人，按常理来说，应当有所寄寓和讽谏。但在杨慎看来，此词“全无黍离之感，桑梓之悲，而止以游乐言”。据此，杨慎感慨宋末士风之衰颓孱弱，上下相习，因此国家之破败也就在情理之中了。

对于杨慎的看法，清人多有不同意见。清丁绍仪《听秋声馆词话》卷九就直接反驳了杨慎的观点：“《词品》讥其绝无黍离之感，桑梓之悲，而止以游乐为言，真是无目人语。篇中第一句即寓沧桑之慨。前阕‘倚担’‘认旗’‘吹香弄碧’，追喟时事，隐然言表。后阕‘花天月地，人被云隔’，似指贾似道一辈言。至后结二语，更明明点破矣。”丁绍仪讥杨慎之论为“无目人语”，并详细指发了词中的幽隐之意。清况周颐《蕙风词话》卷三也认为：“刘起潜《菩萨蛮》和詹天游云：……与天游《齐天乐》赠童瓮天兵后归杭阕，各极慷慨低徊之致。”况周颐认为，詹天游《齐天乐》词与刘壎《菩萨蛮》一样，都抒发写了故国之思、黍离之悲。《蕙风词话》卷三《詹天游词》，对《齐天乐》中的微旨纤意多有释解，同时对杨慎之论提出了尖锐批评：“升庵斯言，微特论世少疏，即论词亦殊未允。当元世祖盛棱震叠，文字之狱，在所不免，第载籍弗详耳。…… 天游词歇拍云：‘如此湖山，忍教人更说。’看似平淡，却含有无限悲凉。以此二句结束全词。可知弄碧吹香，无非伤心惨目，游乐云乎哉。曲终奏雅，吾谓天游犹为敢言。升庵高明通脱，其于昔贤言中之意，不耐沉思体会，遽尔肆口讥评，是亦文人相轻，充类至义之尽矣。…… 升庵涉猎群籍，大都一目十行，或并天游《齐天乐》词未尝看到歇拍，它词无论矣。其言乌足为定评也。”况周颐分析说，詹天游是出于文字狱的考虑才婉曲微讽的，《齐天乐》中的黍离之感、悲凉之情是客观存在的。况周颐还批评了杨慎的草率，认为其论不足为凭。

詹天游《齐天乐》词低徊婉曲、凄恻伤感，客观地看，其沧桑之感与故国之思是明显存在的。丁绍仪、况周颐所论是，杨慎所论为非。不过，依丁绍仪之意，全词义皆幽隐、别有所指，这也未必都是作者之本意，不免有牵强附会之嫌。

九四 滕玉霄

元人工于小令套数，而宋词又微。惟滕玉霄集中[①]，填词不减宋人之工。今略记其《百字令》一首云：“柳颦花困。把人间恩怨，樽前倾尽。何处飞来双比翼，直是同声相应。

寒玉嘶风，香云卷雪，一串骊珠引。阮郎去后，有谁著意题品。　谁料浊羽清商，繁弦急管，犹自余风韵。莫是紫鸾天上曲，两两玉童相并。白发梨园，青衫老传，试与留连听。可人何处，满庭霜月清冷[②]。”玉霄又有赠歌童阿珍《瑞鹧鸪》云：“分桃断袖绝嫌猜。翠被红裈兴不乖。洛浦乍阳新燕尔，巫山行雨左风怀。　手携襄野便娟合，背抱齐宫婉娈怀。玉树庭前千载曲，隔江唱罢月笼阶[③]。”盖郑樱桃、解红儿之流也[④]。用事甚工。予同年吴学士仁甫喜诵之。

【注释】

①滕玉霄：即滕斌，生卒年不详。字玉霄，黄冈（今属湖北）人，或云睢阳（今河南商丘）人。至大间，历官翰林学士，出为江西儒学提举，后弃家入天台山为道士。工散曲。词有周泳先《唐宋金元词钩沉》辑本《玉霄集》一卷，九首；又刘毓盘所辑《涵虚词》有《夺锦标》送李景山西使一首，共存词十首。

②“柳颦花困”几句：此词《全金元词》据杨慎《词品》辑入，题为“赠宋六嫂”。

③“分桃断袖绝嫌猜”几句：此词首见杨慎《词品》，《全金元词》据以辑入，题为“赠歌童阿珍”。裈（kūn），满裆裤。以别于无裆的套裤而言。

④郑樱桃：后赵武帝石虎之妻。初为优僮，深得石虎所爱，曾先后谮杀石虎妻郭氏和崔氏，事见《晋书》。乐府有《郑樱桃歌》，见《乐府诗集·杂歌谣辞三》。解红儿：五代和凝的歌童，和凝为之制《解红歌》。

【评析】

此则记元代词人滕斌的两首词，并对《瑞鹧鸪》赠歌童一首予以了简单评述。

杨慎首先指出："元人工于小令套数，而宋词又微。"这一论断是符合文学史事实的。王国维讲"一代有一代之文学"，词最能代表宋代的文学成就，同时也最能体现宋人的思想情趣和审美追求。然而，经过近三百年的繁荣之后，宋词最终还是走向了衰落。代之而起的是元曲的全面繁荣，即杨慎所讲的"元人工于小令套数"。元代词作的总体成就远逊于宋代，但也有个别作家"填词不减宋人之工"，杨慎以为滕斌即是其中之一。

本则中，杨慎完整引录了滕斌的两首词作。《百字令》重在描述音乐曲律的曼妙动听，用语雅润可味，事典的援用亦恰当自如，一如己出。其工致精巧，确实堪比宋人。《瑞鹧鸪》一首，乃赠其歌童之作，"盖郑樱桃、解红儿之流也"。又言其"用事甚工"，亦揣度精细，评骘允当。此词大量用典："分桃"，用汉刘向《说苑·杂言》中卫灵公与男宠弥子瑕分桃而食之典；"断袖"，乃汉哀帝为不惊动男宠董贤午睡、割袖起坐事，载于《汉书·董贤传》中；"洛浦"，出自汉张衡《思玄赋》"载太华之玉女兮，召洛浦之宓妃"；"巫山行雨"，载于战国时期宋玉《高唐赋》"妾在巫山之阳，高丘之阻。旦为朝云，暮为行雨，朝朝暮暮，阳台之下"；"襄野"指受到帝王称赞的少年才俊，语出《庄子·徐无鬼》；歇拍两句则檃括杜牧《泊秦淮》："烟笼寒水月笼沙，夜泊秦淮近酒家。商女不知亡国恨，隔江犹唱后庭花。"用典虽密，但能事意相切，弥合无间，故杨慎评为"用事甚工"。从现存文献来看，此词首见于杨慎《词品》。如此，《词品》对于古代文学文献的保存和传播也是卓有贡献的。

卷六

九五 八咏楼

沈休文八咏诗[①]，语丽而思深，后人遂以名楼，照映千古。近时赵子昂、鲜于伯机诗词颇胜[②]。赵诗云："山城秋色静朝晖。极目登临未拟归。羽士曾闻辽鹤语，征人又见塞鸿飞。西流二水玻璃合，南去千峰紫翠围。如此溪山良不恶，休文何事不胜衣[③]。"鲜于《百字令》云："长溪西注，似延平双剑，千年初合。溪上千峰明紫翠，放出群龙头角。潇洒云林，微茫烟草，极目春洲阔。城高楼迥，恍然身在寥廓。　我来阴雨兼旬，滩声怒起，日日东风恶。须待青天明月夜，一试严维佳作。风景不殊，溪山信美，处处堪行乐。休文何事，年年多病如削[④]。"二作结句略同，稍含微意，不专为咏景发。予故取而著之也。

【注释】

①沈休文：即沈约（441—513），字休文，吴兴武康（今浙江湖州）人。笃志好学，博通群籍，擅诗文。历仕宋、齐、梁三朝，宋时仕记室参军、尚

书度支郎；齐竟陵王萧子良开西邸，招文学之士，沈约为“竟陵八友”之一，与谢朓交好，创“永明体”；在梁代官至尚书令，封建昌县侯，卒谥隐。著有《晋书》《宋书》《齐纪》《梁武纪》《迩言》《谥例》《宋文章志》，并撰《四声谱》。作品除《宋书》外，多已亡佚。明人辑有《沈隐侯集》。

②赵子昂：即赵孟頫（1254—1322），字子昂，号松雪道人，湖州（今属浙江）人。拜翰林学士承旨，卒追封魏国公，谥文敏。有《松雪斋集》，存词三十六首。鲜于伯机：即鲜于枢（1246—1302），字伯机，大都（今北京）人。曾官江浙行省都事，迁太常寺典簿。有《困学斋集》，存词四首。

③“山城秋色静朝晖”几句：该诗题为《东阳八咏楼》，载于《松雪斋文集》卷四，“静朝晖”作“净朝晖”，“溪山”作“山川”。

④“长溪西注”几句：此词首见于杨慎《词品》，《全金元词》据以录入，调作“念奴娇”，题为“八咏楼”。

【评析】

《金华志》曰："八咏诗，南齐隆昌元年太守沈约所作。题于玄畅楼，时号绝倡。后人因更玄畅楼为八咏楼云。"八咏诗包括《登台望秋月》《会圃临春风》《岁暮悯衰草》《霜来悲落桐》《夕行闻夜鹤》《晨征听晓鸿》《解佩去朝市》《被褐守山东》，是著名的登临写景之作，杨慎评为"语丽而思深"。"玄畅楼"因此而更名为"八咏楼"，这也颇能反映该组诗在文坛上的声誉。

其后，相关题作不少，如唐代李白、宋代李清照均有同类题材的作品。本则中，杨慎列举了赵孟頫诗作一首和鲜于枢词作一首。其中，鲜于枢词首见于此，这也为保存元代文学文献做出了可贵的贡献。史载，鲜于枢工诗善画，豪放不羁，被视作世外奇人，赵孟頫曾为他画像。两人俱为一代名士，文名亦不相上下。杨慎所引二作均为登临摹景之作，虽节候风物有异，立意抒怀各有侧重，但均境界雄阔，韵味深厚。结句处，都提及沈约多病事。据《梁书·沈约传》："初，约久处端揆，有志台司，论者咸谓为宜，而帝终不用，乃求外出，又不见许。"于是，给好友徐勉写信以陈其情："而开年以来，病增虑切，当由生灵有限，劳役过差，总此凋竭，归之暮年，牵策行止，努力祗事。外观傍览，尚似全人，而形骸力用，不相综摄。常须过自束持，方可僶俛。解衣一卧，支体不复相关。上热下冷，月增日笃，取暖则烦，加寒必利，后差不及前差，后剧必甚前剧。百日数旬，革带常应移孔；以手握臂，率计月小半分。以此推算，岂能支久？"可见，沈约之多病消瘦亦与其仕途的愁苦、不得志有关。赵孟頫诗与鲜于枢词在结句处都流露出了溪山信美、无须愁苦之意，其豪情逸兴正与登高临远的格调相一致，能给人以振发之感。因此，杨慎认为：

“二作结句略同，稍含微意，不专为咏景发。”

九六　杜伯高三词

杜旟[①]，字伯高，兰亭诗为世所传[②]，乐府亦佳。《酹江月》赋石头城云：“江山如此，是天开万古，东南王气。一自髯孙横短策，坐使英雄鹊起。玉树声消，金莲影散，多少伤心事。千年辽鹤，并疑城郭非是。　当日万驷云屯，潮生潮落处，石头孤峙。人笑褚渊今齿冷，只有袁公不死。斜日荒烟，神州何在，欲堕新亭泪。元龙老矣，世间何限余子[③]。”《摸鱼儿》湖上赋云：“放扁舟，万山环处，平铺碧浪千顷。仙人怜我征尘久，借与梦游清枕。风乍静，望两岸群峰，倒浸玻璃影。楼台相映。更日薄烟轻，荷花似醉，飞鸟堕寒镜。　中都内，罗绮千街万井。天教此地幽胜。仇池仙伯今何在，隄柳几眠还醒。君试问，问此意只今，更有何人领。功名未竟。待学取鸱夷，仍携西子，来动五湖兴[④]。”《蓦山溪》赋春云：“春风如客，可是繁华主。红紫未全开，早绿遍江南千树。一番新火，多少倦游人。纤腰柳，不知愁，犹作风前舞。　小阑干外，两两幽禽语。问我不归家，有佳人天寒日暮。老来心事，唯只有春知。江头路，带春来，更带春归去[⑤]。”

【注释】

①杜旟（yú）：生卒年不详。字伯高，号桥斋，婺州兰溪（今属浙江）人。尝登吕祖谦之门。孝宗淳熙、宁宗开禧间两以制科荐，有《桥斋集》，不传。《全宋词》存其词三首。

②兰亭诗：指杜旟诗《题兰亭序》。宋刘克庄《后村诗话》续集卷四："杜旟伯高《题兰亭序》云：'君勿笑，新亭相对泣，却胜兰亭暮春集。'《白头吟》云：'长门作赋值千金，不知家有白头吟。'二诗皆有味。"

③"江山如此"几句：该词首见于杨慎《词品》卷六，《全宋词》据以辑入，题作"石头城"。

④"放扁舟"几句：该词首见于杨慎《词品》卷六，《全宋词》据以辑入，题作"湖上"。

⑤"春风如客"几句：该词首见于杨慎《词品》卷六，《全宋词》据以辑入，题作"春"。

【评析】

在南宋文坛上，杜旟颇有文名，曾得到陆游、叶适、陈傅良、陈亮等人的称赏。宋刘克庄《后村诗话》评其《题兰亭序》曰"有味"，胡应麟《诗薮》杂编卷五举其《白头吟》一首，评价说"语意皆警"。可见，杜旟诗文并擅，成就较高。

杜旟词数量不多，传世之作更少。今所能见者，只有杨慎《词品》所录之三首。后人讨论杜旟词，多以杨慎所录为据，其文献价值可见一斑。杨氏藏书颇富，明任良幹《词林万选序》讲："升庵太史公家藏唐宋五百家词，颇为全备。”此说虽不可信，但《词品》中屡屡提及的就有《遏云集》《花间集》《兰畹集》《花庵词选》《诗余图谱》《天机余锦》《草堂诗余》以及大量的别集。丰富的藏书为杨慎选录古人词作提供了便利，而部分选作还起到留存古籍的作用，具有重要的文献价值，杜旟词就属此列。

杜旟词虽少，但成就不俗。清陈廷焯《白雨斋词话》卷八评价说：“杜伯高词，气魄绝大，音调又极谐。所传不多，然在南宋，可以自成一队。陈同甫云：‘伯高奔风逸足而鸣以和鸾。’评论甚当。”以杨慎所录诸词证之，陈廷焯所言不虚。如其《酹江月》一词，气势雄宏，纵横开阖，寄予了深沉的兴亡之叹。石头城即古之金陵，是王气所钟之地，故词开篇即咏“是天开万古，东南王气”。“髯孙”指孙权，“玉树”代陈后主，均为六朝旧事。作者于一扬一抑之间，写出了兴亡之慨。“千年辽鹤”，典出晋陶潜《搜神后记》卷一：“丁令威，本辽东人，学道于灵虚山。后化鹤归辽，集城门华表柱。时有少年，举弓欲射之。鹤乃飞，徘徊空中而言曰：‘有鸟有鸟丁令威，去家千年今始归。城郭如故人民非，何不学仙冢垒垒。’遂高上冲天。”作者用此典寓写石头城的今昔巨变。下阕用褚渊、袁粲及陈登旧事寓写心迹。《南史·褚裕之传》附《褚彦回传》载，南朝宋明帝遗诏以褚渊与袁粲同为顾命大臣，等到萧道成篡宋立齐后，褚渊叛宋事齐，袁粲死节，后世遂以“褚公齿冷”嘲讽大臣失节；据《三国志·魏书》卷七，汉末陈登自卧高床，以示对求田问舍者的鄙夷。作者用此二典，表达了对南宋朝廷的忠诚，也写出了忧国救世之志。全词凌厉豪迈，激越慷慨，大有辛词风范。其余两词亦潜气内转，境情不俗，自成高格。杨慎评为“乐府亦佳”，显然是允当的。

九七 花纶太史词

杭州花纶[1]，年十八，黄观榜及第三人[2]。初读卷官进卷，以花纶第一，练子宁第二[3]，黄观第三。御笔改定以黄第一，练第二，花第三。南京谚有“花练黄、黄练花”之语。故后人犹以花状元称之。其题科名记及《登科录》[4]，皆以黄练二公死革除之难刬毁，故相传多误。花有词藻，其谪戍云南，有题杨太真画图《水仙子》一阕云：“海棠风，梧桐月，荔枝尘。霓裳舞，翠盘娇，绣岭春。锦䌷嬉，金钗信。香囊恨。　痴三郎，泥太真。马嵬坡，血污游魂。杨柳眉、侵颦黛损。芙蓉面、零脂落粉。牡丹芽、剪草除根。”其风致不减元人小山、酸斋辈[5]。滇人传唱，多讹其字，余为订之云。

【注释】

①花纶：生卒年不详。洪武十八年（1385）进士，官至江西按察使，曾谪戍云南。

②黄观（1364—1402）：字伯澜，一字尚宾，贵池（今安徽池州）人。洪武中，由贡生进入太学。洪武二十四年（1391）会试、廷试都得第一。累官礼部右侍郎。建文初，改任右侍中，燕王举兵反朝，草檄规劝燕王，奉建文帝诏募兵。燕王兵攻入京师后，投水而死。

③练子宁（？—1402）：名安，以字行，号松月居士，江西新淦（今江西新干）人。洪武十八年（1385）由贡士廷试对策，得一甲第二名，授翰林修撰。历官副都御史，工部侍郎。建文初，改吏部左侍郎，复拜御史大夫。燕王举兵反朝，李景隆北征屡败，练子宁面数其罪，力请诛之。燕王即位，被杀。著作有《中丞集》《金川玉屑集》。

④其题科名记：顾起元外集本、李调元函海本作“其科题名记”，宜从。

⑤小山：即张可久，生卒年不详。名久可，字小山，庆元（今属浙江）人。以小令见长，今存小令八百五十五首，套数九套，是元代散曲家中存曲最多的作家之一。酸斋：即贯云石（1286—1324），字浮岑，号成斋、疏仙、酸斋，别号芦花道人。初袭父职为两淮万户府达鲁花赤，后又出镇永州。仁宗即位，拜翰林侍读学士、知制诰同修国史。有《贯酸斋集》二卷，今存小令八十八首，套数十首，词二首。

【评析】

花纶其人，史籍记载、留存不多。杨慎本则中的记述，是了解花纶及其生平行事的重要资料，对于研究明代科举制度及其与文学的关系具有重要的参鉴意义，因此，其文献价值较高。后世如清陈田《明诗纪事》、清沈辰垣《历代诗余》等都完整引录了杨慎《词品》中的这一则材料。

所引《水仙子》一阕《全明词》据以录入，但该作实为曲，非词，故下文言其风致不减张可久、贯云石。按照杨慎的描述，此乃题画之作。内容为咏叹杨贵妃与唐玄宗的爱情故事，特别突出了其悲剧性结局。全篇檃括白居易《长恨歌》、杜牧《过华清宫》、白朴《梧桐雨》等相关题材作品中的情节和意旨，用典繁富而镕裁合度，节奏明快，婉雅可观。杨慎又言，滇人多有传唱，这也说明了该篇在当时是有一定影响的。

拾遗

九八 李师师

李师师，汴京名妓。张子野为制新词[①]，名《师师令》。略云："蜀采衣长胜未起。纵乱云垂地。""正值残英和月坠。寄此情千里"[②]。秦小游亦赠之词云："看遍颍川花，不似师师好[③]。"后徽宗微行幸之，见《宣和遗事》。《瓮天脞语》又载，宋江潜至李师师家，题一词于壁云："天南地北，问乾坤何处，可容狂客。借得山东烟水寨，来买凤城春色。翠袖围香，鲛绡笼玉，一笑千金值。神仙体态，薄倖如何销得。　想芦叶滩头，蓼花汀畔，皓月空凝碧。六六雁行连八九，只待金鸡消息。义胆包天，忠肝盖地，四海无人识。闲愁万种，醉乡一夜头白[④]。"小词盛于宋，而剧贼亦工如此。

【注释】

①张子野：即张先（990—1078），字子野，吴兴乌程（今浙江湖州）人。天圣八年（1030）进士。曾为宿州掾、嘉禾判官等，皇祐五年（1053）知渝州，

嘉祐三年（1058）知安州。以都官郎中致仕。有《张子野词》,《全宋词》录存一百六十五首。

②“蜀采衣长胜未起”几句：此词题为“春兴”，一作“赠美人”：“香钿宝珥。拂菱花如水。学妆皆道称时宜，粉色有、天然春意。蜀彩衣长胜未起。纵乱云垂地。　都城池苑夸桃李。问东风何似。不须回扇障清歌，唇一点、小于珠子。正是残英和月坠。寄此情千里。”蜀采，一作“蜀彩”。

③“看遍颍川花”两句：出自晏几道《生查子》：“远山眉黛长，细柳腰肢袅。妆罢立春风，一笑千金少。　归去凤城时，说与青楼道。遍看颍川花，不似师师好。”杨慎误记为秦观词。《小山词》“看遍”作“遍看”。

④“天南地北”几句：此词《全宋词》据杨慎《词品》“拾遗”录入，调为《念奴娇》。

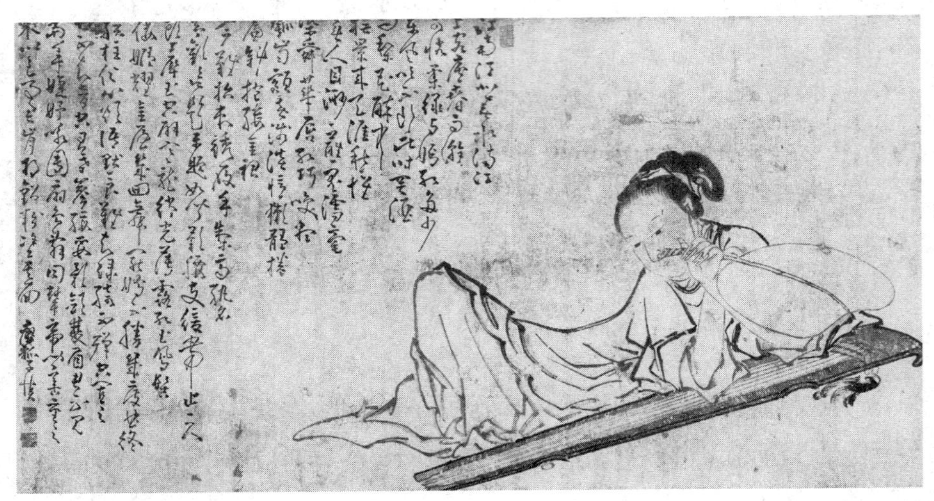

【评析】

李师师乃北宋汴京名妓，关于她的传说，见于野史、笔记、小说者甚多。

杨慎所言张先《师师令》一词见存于《张子野词》，且此调始于张先，前人未有述作。但张先其实未及见李师师，清人对此辨析甚详。清吴衡照《莲子居词话》卷一云："张子野《师师令》，相传为赠李师师作。按子野天圣八年进士，见《齐东野语》。至熙宁六年，年八十五，见《东坡集》。熙宁十年，年八十九卒，见《吴兴志》。自子野之卒，距政和、重和、宣和年间，又三十余年，是子野已不及见师师，何由而为是言乎？调名《师师令》，非因李师师也。"《四库全书总目》卷二〇〇《词林万选》"提要"中也有类似考辨，也持相同观点。由上述两家之辨析可知，杨慎所谓张子野为李师师"制新词"之说不能成立。

秦观确有书师师之作，但不是杨慎所引之"看遍颍川花"词（此为晏几道《生查子》词），而是《一丛花》，词曰："年时今夜见师师。双颊酒红滋。疏帘半卷微灯外，露华上、烟袅凉飔。簪髻乱抛，偎人不起，弹泪唱新词。　佳期。谁料久参差。愁绪暗萦丝。想应妙舞清歌罢，又还对、秋色嗟咨。惟有画楼，当时明月，两处照相思。"不过，此师师亦非彼师师，上引《四库全书总目》卷二〇〇《词林万选》"提要"已有辨析："考师师得幸徽宗，虽不能确详其年月，……记其盛时，必在宣、政之间。……秦观则于哲宗绍圣处业已南窜，后即卒于滕州，未尝北返。何由得见师师？"因此，杨慎所言秦少游有赠李师师词，亦属子虚乌有。

至于宋江一词，杨慎言，载于《瓮天脞语》中。该书已佚，其事亦无从查考。在宋代，词是一种高度社会化的文体，举凡文人学士、青楼歌妓、征夫思妇、贩夫走卒均有词作存世。宋江的词，也正反映了这一情形。

九九 于湖《南乡子》

张于湖送朱元晦行[①]，与张钦夫、邢少连同集，作《南乡子》一词云："江上送归船。风雨排空浪拍天。赖有清樽浇别恨，凄然。宝烛烧花看吸川。　楚舞对湘弦。暖响围春锦帐毡。坐上定知无俗客，俱贤。便是朱张与少连[②]。"此词见《兰畹集》。观"楚舞湘弦"之句及朱文公云谷寄友绝句云："日暮天寒无酒饮，不须空唤莫愁来[③]。"则晦翁于宴席，未尝不用妓。广平之赋梅花[④]，又司马公亦有艳辞，亦何伤于清介乎？

【注释】

①张于湖：即张孝祥，见卷二《心字香》注。朱元晦：即朱熹，见卷五《天风海涛》注。

②"江上送归船"几句：此张孝祥词《南乡子》，题为"送朱元晦行，张钦夫、邢少连同集"，见《于湖集》卷三十二，"清樽"作"清尊"，"宝烛"作"宝蜡"。吸川，形容狂饮。杜甫《饮中八仙歌》："左相日兴费万钱，饮如长鲸吸百川，衔杯乐圣称避贤。"

③“日暮天寒无酒饮”两句：此宋朱熹绝句《题安隐壁》后两句，前两句为：“征车少憩林间寺，试问南枝开未开。”见《晦庵别集》卷七。

④广平之赋梅花：唐宋璟有《梅花赋》，见卷五《张东父》注。

【评析】

本则讨论张孝祥《南乡子》送朱熹词，涉及词的性质和功能问题。

词在诞生之初，就有比较明显的香艳性、缘情性和柔媚性特点，其基本功能是遣兴娱宾，而不是言志抒怀。这一点有别于诗，因此词又称为“诗余”。后蜀欧阳炯《花间集序》云：“有绮筵公子，绣幌佳人，递叶叶之花笺，文抽丽锦；举纤纤之玉指，拍按香檀。不无清绝之词，用助妖娆之态。”这段文字比较典型地体现了唐五代人对词体特征的体认。至宋，虽然词的表现范围日渐扩大，词的功能和作用更趋丰富，但其言情娱兴的特点始终没有改变。因此，即使王公胄胤、宰府正臣，亦多喜欢以词侑酒，遣兴佐欢。宋明理学以理格情，压抑人真实情感的自然表露，然而在现实中，他们未尝都能远绝尘俗、与情无涉。本则中，杨慎举张孝祥送别朱熹词及朱熹本人的诗作，推断朱熹在宴席间也曾用妓。这样的列举和论析，直接批驳了理学的虚伪不实，同时也从一个侧面肯定了词的言情功能。

文末，杨慎又以唐代宋璟和宋代司马光为例，亦欲说明艳词无伤乎清介的道理。宋璟《梅花赋》绮媚婉错，风流富艳，有南朝徐、庾宫体之风；司马光《锦堂春》一词亦有“笙歌丛里”“青衫湿透”之咏，侧艳柔媚。在杨慎看来，这并无损于二公之高名。杨慎喜好“风华情致”之作，也主张以词言情，因此才有此论。明陈霆以为司马光《锦堂春》一词可能是其少年之作：“公端劲有守，所赋妩媚凄婉，殆不能忘情，岂其少年所作耶？古贤者未能免俗，正谓此耳。”（《渚山堂词话·司马温公锦春堂》）此矫饰过甚，略显迂阔。杨慎则直言“艳词”，通透明了。相比之下，杨慎之论显然更切近作品实际。

补

一〇〇 刘会孟

刘须溪丁酉元夕《宝鼎现》词云[1]："红妆春骑，踏月花影，牙旗穿市。望不尽、歌楼舞榭，习习香尘莲步底。箫声断，约彩鸾归去，未怕金吾呵醉。甚辇路、喧阗且止。听得念奴歌起。　父老犹记宣和事，抱铜仙，清泪如水。还转盼，沙河多丽。滉漾明光连邸第，帘影动，散红光成绮。月浸蒲桃十里。看往来神仙才子。肯把菱花扑碎。　肠断竹马儿童，空见说，三千乐指。等多时、春不归来，到春时欲睡。又说向、灯前拥髻。暗滴鲛珠坠。便当日、亲见霓裳，天上人间梦里[2]。"此词题云"丁酉"，盖元成宗大德元年，亦渊明书甲子之意也。词意凄婉，与《麦秀歌》何殊[3]！尹济翁寿须溪《风入松》词云[4]："曾闻几度说京华。愁压帽檐斜。朝衣熨贴天香在，如今但、弹指兰阇。不是柴桑心远，等闲过了元嘉。　长生休说枣如瓜。壶日自无涯。河倾南纪明奎壁，长教见、寿气成霞。但得重携溪上，年年人共梅花[5]。"

【注释】

①刘须溪：即刘辰翁（1232—1297），字会孟，号须溪，吉州庐陵（今江西吉安）人。景定元年（1260）补太学生，受知于国子祭酒江万里。景定三年（1262）进士，廷试忤贾似道，以亲老请为赣州濂溪书院山长。德祐元年（1275），文天祥起兵勤王，刘辰翁参与江西幕府。宋亡后，托迹方外，隐遁不出，于故乡庐陵山中专事著述。有《须溪集》六卷，已佚。四库馆臣据《永乐大典》辑有《须溪集》十卷，又有《须溪四景诗》等。词有《须溪集》三卷，《全宋词》录存三百五十四首。

②“红妆春骑”几句：此词载于《须溪集》卷九，题作“春月”。《全宋词》据《彊村丛书》本《须溪词》“月花影”作“月影”，“牙旗”作“竿旗”，“歌楼舞榭”作“楼台歌舞”，“帘影动”作“帘影冻”。

③《麦秀歌》：古歌名，传为箕子所作，内容为抒写亡国之恨。《史记·宋微子世家》：“于是武王乃封箕子于朝鲜而不臣也。其后箕子朝周，过故殷墟，感宫室毁坏，生禾黍。箕子伤

之，欲哭则不可，欲泣为其近妇人，乃作《麦秀》之诗以歌咏之，其诗曰：‘麦秀渐渐兮，禾黍油油。彼狡童兮，不与我好兮。’所谓狡童者，纣也。殷民闻之，皆为流涕。”《尚书大传》亦载其诗，文字稍有不同，并以为是微子所作。

④尹济翁：生卒年不详。字硐民，庐陵（今江西吉安）人，南宋词人。《名儒草堂诗余》卷下选入其词五首，《全宋词》据以录入。

⑤“曾闻几度说京华”几句：该词题为“癸巳寿须溪”，载于《名儒草堂诗余》卷下。兰阇（shé），梵语或伊朗语译音，为褒赞之辞。南朝宋刘义庆《世说新语·政事》：“王丞相拜扬州，宾客数百人并加沾接，人人有说色。唯有临海一客姓任及数胡人为未洽。公因便还到过任边云：‘君出，临海便无复人。’任大喜说。因过胡人前弹指云：‘兰阇，兰阇。’群胡同笑，四坐并欢。”枣如瓜，《史记·孝武本纪》：“（李）少君言于上曰：‘……臣尝游海上，见安期生，食臣枣，大如瓜。’”此反用其典，言刘辰翁不依靠神仙之术，自有长寿之法。壶日，神话以为壶中别有天地，《后汉书·费长房传》：“费长房者，汝南人也，曾为市掾。市中有老翁卖药，悬一壶于肆头，及市罢，辄跳入壶中，市人莫之见，唯长房于楼上睹之，异焉。因往，再拜奉酒脯。翁知长房之意其神也，谓之曰：‘子明日可更来！’长房旦日复诣翁，翁乃与俱入壶中，唯见玉堂严丽，旨酒甘肴，盈衍其中，共饮毕而出。”

【评析】

本则辑录刘辰翁词《宝鼎现》和尹济翁词《风入松》，褒扬刘辰翁的政治品节，亦见《升庵集》卷四十九。

刘辰翁存词数量较多。其早期词多抒写胸襟抱负、抨击权奸误国之作，直率自然，苍劲有力，具有很强的时代精神。入元后所作，则多亡国之恨、故国之思，沉郁低徊，哀怨凄婉。清况周颐《蕙风词话》卷二评曰："须溪词，风格遒上似稼轩，情辞跌宕似遗山。有时意笔俱化，纯任天倪，竟能略似坡公。往往独到之处，能以中锋达意，以中声赴节。"本则所录《宝鼎现·春月》一词，着眼于都市浮华的描述，运用虚实结合、对比映衬等手法，极写心中的孤寂和落寞之感。其"父老犹记宣和事，抱铜仙，清泪如水"，"肠断竹马儿童，空见说，三千乐指"等句寄寓了明显的今昔之叹，蕴含了深沉的故国之思。杨慎评为："词意凄婉，与《麦秀歌》何殊！"

杨慎又言，此词题为"丁酉"，与陶渊明刘宋时"书甲子之意"相同。据《宋书·陶潜列传》："（陶渊明）所著文章，皆题其年月，义熙以前则书晋氏年号；自永初以来，唯云甲子而已。"陶渊明入南朝宋后所著诗文不书年号、只书甲子，《文选》五臣注以为："意者，耻事二姓，故以异之。"也有人认为，此举是表示不奉刘宋正朔，也即不承认刘宋政权的合法性。刘辰翁入元后，隐遁不出，专心著述，其故国之思在作品中确实多有表现。对此，杨慎甚为嘉许。在《升庵集·刘须溪》中杨慎也讲过类似的话："盖宋亡之后，须溪竟不出也，与伯夷、陶潜何异哉！"

文末，杨慎还引录了尹济翁寿须溪词《风入松》。该词上阕借题发挥，叙写亡国之痛。其逡巡低徊之状，写尽遗民心态；而朝衣虽在、再无用场的描述，也蕴含了无尽之哀痛。"柴桑""元嘉"云云，是借陶渊明寓写心迹。下阕运用神话故事等切入祝寿主题，但显然，杨慎所重视的不在于祝寿之辞，而只在于上阕的遗民情怀。